스피릿베어

옮긴이 정미영

경희대학교와 같은 학교 대학원에서 영문학을 공부했다. 어린이책과
청소년책 영어 번역가로 일한다.《그래도 엄마는 아저씨랑 결혼할까?》
《폭풍의 언덕》《빼앗긴 내일》《이 일기는 읽지 마세요, 선생님》들을 옮겼다.

TOUCHING SPIRIT BEAR by Ben Mikaelsen

Copyright © 2001 by Ben Mikaelsen
All right reserved.

Korean translation copyright © 2005 by Tin Drum Publishing Company
This Korean edition published by arrangement with HarperCollins
Children's Books, a division of HarperCollins Publishers Inc., New York
through KCC(Korea Copyright Center Inc.), Seoul.

스피릿베어

벤 마이켈슨 · 정미영 옮김

양철북

나의 스피릿베어가 되어 준 검은 곰,
버피에게 이 책을 바친다.
버피는 나에게 겸허함을 가르쳐 주었고,
나 역시 자연의 일부임을 깨우쳐 주었다.

원형 평결 심사는 몇백 년 동안 인디언 사회에서 행했던 것이다. 근대 미합중국의 사법제도에 이 개념을 도입한 것은 최근의 일이다. 이 소설에서처럼, 가해자가 있는 외딴섬으로 피해자를 보내는 것은 가당찮다는 논란이 일 법도 하다. 하지만 원형 평결 심사의 저력은 바로 이와 같은 치유 평의회원 개개인의 창의적인 발상에서 나온다. 실제 삶에서도, 상처를 치유하는 길이라면 그 어떤 가능성도 배제하지 않기를 바란다.

스피릿베어는 브리티시컬럼비아 연안에 실제로 산다. 그들의 프라이버시를 존중하고 서식지를 보호하기 위해 위치를 구체적으로 명시하지는 않겠다. 하지만 이 책을 쓰기 위해 자료를 모으던 중, 135킬로그램이나 되는 스피릿베어 수컷이 내가 서 있던 자리에서 채 6미터도 안 되는 곳까지 다가왔던 적이 있다. 정말이지 후세에게 길이 물려줄 가치가 있는 장엄한 광경이었다.

벤 마이켈슨

1부

스피릿베어를
만나다

1

콜 매슈스는 고개를 꼿꼿이 쳐든 채 차디찬 9월의 바람을 맞받으며 뱃머리에 무릎을 꿇고 있었다. 넘실대는 파도에 작은 알루미늄 배가 기우뚱거릴 때마다 닳고 닳은 쇠 수갑이 콜의 손목을 옥죄었다. 머리 위로는 우중충한 잿빛 하늘이 불길한 징조인 양 드리워져 있었다. 잠자코 수갑을 찬 채 유배 생활을 할 섬에 가기로 한 약속 따윈 아랑곳하지 않고 콜은 손목을 힘껏 비틀었다. 미니애폴리스 감옥의 철창신세를 면하는 유일한 길은 알래스카 남동부의 외딴섬에서 홀로 1년을 보내는 데 동의하는 것뿐이다.

두 사람이 콜과 여정을 함께했다. 배 한복판에 앉은 인디언 가비는 목소리가 걸걸하고 입담 좋은 미니애폴리스의 보호관찰관이다. 가비는 자신이 틀링깃 인디언이라면서, 틀링깃을 마치 '클링킷'이라고 하듯 거만스레 혀를 차며 발음했다. 그는 눈매가 게슴츠레한 불독 같았다. 콜은 가비를 믿지 않았다. 콜은 자기를 두려워하지 않는 사람은 누구도 믿지 않았다. 가비가 제아무리 친구처럼 스스럼없이 굴어도 콜의 눈에는 기껏해야 돈 받고 애송이나 봐 주는 사람으로밖에 보이지 않았다. 이번 주에도 가비가 한 일은, 난폭하기 짝이 없는 소년을 미니애폴리스에서 시애틀로, 그다음엔 알래스카의 캐치캔으로 이송하여 거기서 큼직한 은색 수상비행기에 태워 드레이크라는 틀링깃 인디언 마을로 호송한 게 전부였다. 일행은 지금 정체불명의 섬을 향해 가고 있다.

보트 뒷전에는 과묵한 배불뚝이 틀링깃 노인 에드윈이 앉아 있었다. 그는 콜을 유배 보내는 데 큰 역할을 했다. 에드윈은 빛바랜 파란 티셔츠와 헐렁한 청바지만 달랑 걸친 채 유유히 배를 몰았다. 움푹 꺼진 눈자위 때문에 속내를 도통 짐작할 수 없는 얼굴은 먹이를 노리는 늑대처럼 끈기 있게 정면을 응시하고 있었다. 콜은 에드윈도 믿지 않았다.

에드윈은 콜이 머물게 될 섬에 오두막을 짓고 온갖 장비를 마련했다. 드레이크에서 처음 만났을 때, 그 불퉁스러운 노인은 콜을 위아래로 훑어보더니 대뜸 손가락질을 하며 엄한 목소리로 말했다.

"옷을 뒤집어 입어라."

콜은 어처구니가 없었다.

"이 영감님, 정신이 나가셨나."

"유배를 시작하고 두 주 동안은 겸손과 부끄러움의 표시로 옷을 뒤집어 입어야 한다."

에드윈은 돌처럼 딱딱한 목소리로 말했다. 그리고 뒤돌아서서는 발을 질질 끌며 낡고 볼품없는 자신의 트럭이 있는 부두로 갔다.

콜은 멈칫한 채 멀어져 가는 노인을 멀뚱하니 쳐다보며 서 있었다.

가비가 따끔하게 한마디 했다.

"시키는 대로 해라."

사람들이 훤히 보고 있는 방죽 위에서 콜은 능청스레 웃으며 옷을 훌훌 벗었다. 등도 돌리지 않고 보란 듯이 속옷까지 하나하나 느릿느릿 뒤집어 입었다. 옷을 죄다 뒤집어 입을 때까지 마을 사람들이 기슭에서 지켜보고 있었다.

콜은 거친 파도에 몸을 잔뜩 웅크린 채 능청스러운 웃음을 지었다. 청바지며 두툼한 모직 외투며 비옷에 스친 살갗이 따가웠지만 개의치 않았다. 철창신세만 면할 수 있다면 소 방울을 달고 있으라 해도 기꺼이 할 참이었다. 자신은 틀링깃 인디언이 아니었으니까. 콜은 미니애폴리스 경찰서를 들락거리며 인생의 절반을 흘려보낸 순진하고 앳된 얼굴의 열다섯 살 소년이었다. 사람들은 하나같이 콜이 죄를 뉘우치고 죗값을 치르기 위해 섬으로 가려 한다고 믿었다.

감쪽같이 속여 넘긴 것이다. 이것은 콜이 가끔 벌이는 홍미진진한 게임에 불과했다. 콜은 소금기로 얼얼해진 얼굴을 돌리다가 흘긋 에드윈을 곁눈질했다. 노인도 무심한 눈초리로 콜을 마주 보았다. 콜은 울컥 화가 치밀었다. 그 흐리멍덩한 눈초리만 보면 구역질이 났다. 짐짓 일렁이는 파도를 겨냥해 침을 퉤 뱉자 찐득찐득한 덩어리가 바람결에 휙 뒷전으로 날아가더니 에드윈의 빛바랜 셔츠 자락에 철썩 들러붙었다. 에드윈은 묵묵히 보트 바닥에서 기름에 전 천 쪼가리를 집어 침을 쓱 닦더니 그것을 도로 의자 밑에 던져 놓고 다시금 콜을 물끄러미 쳐다보았다.

콜은 마치 실수인 양 화들짝 놀란 시늉을 하며 수갑 찬 손목을 다시 한 번 비틀었다. 이 영감은 도대체 무슨 사연이 있는 걸까? 대담한 척하지만 틀림없이 두려운 게 있을 것이다. 세상에 두려운 게 없는 사람은 없다.

콜은 지난 세월 자기를 도와준답시고 설쳐 대던 숱한 사람을 떠올렸다. 괜스레 걱정해 주는 척하는 꼴들이 역겨웠다. 정작 그에게 무슨 일이 생기건 안중에도 없으면서 말이다. 그들은 모두 겁쟁이다. 잔뜩 겁에 질린 눈을 보면 알 수 있다. 그토록 두려워하던 존재가 눈앞에서 사라졌으니 얼씨구나 할 것이다. 딱히 할 일이 없어 돕는 시늉을 했던 것뿐이다.

수년간 받은 '도움의 손길'이란 것도 실상은 약물 상담소와 분노 치료 기관에 짐짝처럼 떠맡기는 것이었다. 콜은 몇 달에 한 번씩 누군가에게 위탁되었다. 콜은 '위탁'이라는 어른들 말이 성질머리 고약한 사내아이 떠넘기기라는 것을 일찌감치 알아챘다. 벌써 경찰서를 열두 번쯤 드나들었고 상담원과 심리학자를 숱하게 만났으며, 소년원을 들락거린 것만도 몇 번이나 되고 보호 시설 두어 군데를 드나든 화려한 전력이 있다.

콜은 문제를 일으킬 때마다 으레 이번이 마지막 기회이니 정신 똑바로 차리라는 훈계를 들었다. 섬으로 떠나는 날까지도 콜의 부모와 함께 배웅하러 모인 몇 사람은 "다 된 밥에 재 뿌리지 마라, 이번이 마지막 기회야" 하고 못을 박았다. 콜은 밀려오는 거대한 파도에 몸을 한껏 움츠렸다. 무슨 일이 생기든 그는 어김없이 또 한 번의 마지막 기회를 벌 수 있을 것이다.

콜은 어렵사리 주어진 기회에도 콧방귀를 뀌었다. 애당초 원형 평결 심사에서 합의한 사항 따위를 지킬 생각은 털끝만큼도 없었다. 홀로 남겨지는 순간 이 우스꽝스런 게임을 끝낼 작정이다. 평결 위원회는 콜의 농간에 넘어간 것이다. 콜이 알래스카의 외딴섬에 처박혀 꼬박 1년을 짐승처럼 썩을 거라고 믿다니, 그들은 세상에 둘도 없는 맹추들이다.

콜은 다시금 수갑을 비틀었다. 작년 이맘때까지만 해도 원형 평결 심사라는 말은 들어 본 적조차 없었다. 이번에 철물점을 턴 죄로 체포될 무렵까지도 금시초문이었다. 콜은 철물점에 몰래 기어들어 가 온통 쑥대밭을 만들어 놓았다.

한 주 뒤, 콜이 제 입으로 학교에서 떠벌리지만 않았어도 완전범죄가 되었을 터였다. 하지만 누군가가 콜의 이야기를 듣고 밀고하는 바람에 콜은 경찰 조사를 받았다. 아니나 다를까, 콜은 혐의를 완강히 부인했고, 이어 자기를 밀고한 소년을 찾아 흠씬 두들겼다.

그 소년, 피터 드리스칼은 콜이 심심풀이 삼아 툭하면 못 살게 굴던 중학교 3학년생이었다. 이제까지 콜을 궁지에 몰아넣고 온전했던 사람은 단 한 명도 없다. 그날, 콜은 학교 복도에서 피터의 멱살을 움켜쥐었다.

"넌 이제 죽었어."

콜은 깡마른 빨간 머리 소년을 거세게 밀어붙이며 윽박질렀다. 그리고 피터의 눈에 서린 두려움을 보며 낄낄 소리 내어 웃었다.

수업을 마친 콜은 주차장 구석으로 피터를 끌고 갔다. 콜은 종일토록 부글부글 끓어오르던 울분을 실어 발길질을 내리 퍼붓고는 맨주먹으로 피터의 얼굴을 호되게 후려갈겼다. 피터는 맥없이 나가떨어졌고 격렬하게 퍼붓는 주먹질에 피투성이가 되었다. 열 명쯤 되는 학생이 이를 지켜보고 있었다. 피터가 달아나려다 발을 헛디뎌 땅바닥에 나뒹굴었다. 콜은 다시 풀쩍 뛰어 피터를 와락 덮치더니 머리를 바닥에 짓찧기 시작했다. 무려 여섯이나 달려들어서야 간신히 뜯어 말릴 수 있었다. 피터는 피가 흥건한 복도에서 웅크린 채 흐느껴 울었다. 아이들이 뜯어 말리는데도 콜은 킬킬대며 막무가내로 피터에게 침을 뱉었다. 그런 콜에게 누구도 비난 한마디 하지 못하고 그저 묵묵히 자리를 떴다.

콜은 피터 드리스칼을 무지막지하게 때린 사건으로 재판을 받는 동안 소년원에서 지내야 했다. 새하얀 벽으로 둘러싸인 방에 가구라고는 회색 담요를 씌운 침대와 뚜껑 없는 변기, 옷가지를 넣을 선반, 콘크리트 탁자, 밖으로 휴게실이 보이는 쇠창살을 단 창문이 고작이었다. 게다가 살균제 냄새가 코를 찔렀다.

밤마다 교도관들이 방의 육중한 철문을 걸어 잠갔다. 교도관들은 이곳을 방이라고 했지만 콜은 감옥이라고 생각했다. 방이라면 철문을 걸어 잠글 까닭이 없다. 교도관들은 콜에게 심심하면 낮에는 휴게실에 나가 또래 아이들과 어울려도 좋다고 했다. 책을 읽거나 텔레비전을 보거나 잡담을 할 수도 있었다. 날마다 찾아오는 강사와 함께 과제물을 하라고 권하기도 했다. 어림 반 푼어치도 없는 소리. 여기는 학교가 아니고 그도 학생이 아니었다. 콜은 꼭 해야 할 일만 하면서 방구석에 틀어박혀 지냈다. 이곳은 자기 말고는 온통 낙오자들만 득시글거리는 몹쓸 곳이었다.

피터 드리스칼이 맞서 싸울 줄만 알았어도 이런 구질구질한 데서 썩고 있지는 않을 것이다. 맞서 싸우기는커녕 피터는 병원 신세를 지고 있다. 의사는 진단서에 피터가 평생 후유증에 시달릴 거라고 경고했다. "고거 쌤통이다." 피터의 상태를 들은 콜은 쾌재를 불렀다.

이번 구속 사건 이후 콜을 가장 분통 터지게 한 것은 바로 부모였다. 지금까지 콜의 부모는 어김없이 변호사를 동원하여 합의금 지불하랴 탄원서 올리랴 발을 동동 굴렀다. 그들은 남부럽지 않은 재산과 든든한 인맥이 있었으며, 지켜야 할 명성이 있었다. 자식이 비행청소년이라는 사실이 세상에 알려지길 바라는 부모가 어디 있겠는가? 콜은 사건이 원만하게 해결될 때까지 며칠 동안 반성하는 기색을 보이기만 하면 그만이었다. 하지만 부모가 이혼을 하는 바람에 모든 게 달라졌다.

이번에는 쉽게 풀려나지 못했다. 전과(前科) 기록이 있고 폭행한 정도가 심각하다는 이유로 검찰이 콜을 성인 법정으로 보내는 재정 신청 절차를 밟는 동안, 꼼짝없이 수감 생활을 해야만 했다. 콜의 아빠가 엄청난 돈을 지불하고 고용한 형사 사건 전문 변호사, 너새니얼 블랙우드조차 성인 법정에 서게 될 거라고 귀띔했다. 유죄가 확정되면 감방 신세를 질 게 뻔했다.

콜은 상황이 이 지경이 되도록 멍청하게 보고만 있는 부모 때문에 울화통이 터졌다. 병신들! 아예 눈앞에서 싹 꺼져버렸으면. 엄마는 얼굴만 반지르르했지 대들지도 뻗대지도 못하는 꼴이 꼭 겁에 질린 바비 인형 같았다. 아빠는 다혈질에다 고집불통인 술고래였다. 그는 무슨 일이건 콜을 탓했다. 집구석이 왜 이 모양이냐? 쓰레기통도 비울 줄 모르냐? 잔디 꼴이 이게 뭐냐? 그냥 콱 뒈져 버리지 뭣 하러 사느냐?

"내 앞에 두 번 다시 그 더러운 낯짝 들이밀지 말아요."

콜은 풀려나긴 글렀다는 말을 듣고는 변호사와 부모에게 악다구니를 퍼부었다. 그래도 부모는 콜을 면회하려고 애썼다. 이혼을 한 터라 두 사람은 따로따로 찾아왔다. 달랑 하나뿐인 자식보다 자기들 자존심이 더 중요하다 이거지, 콜은 기가 찼다. 그들은 나란히 콜을 면회 오기보다는 알량한 자존심을 내세웠던 것이다.

면회 때면 콜은 늘 한가로이 침대에 누워 신문을 읽는 척하며 대놓고 그들을 무시했다. 자기 부모, 특히나 상심한 나머지 풀이 죽은 아빠를 보면 고소하기 짝이 없었다. 아빠는 교도관의 감시 때문에 손찌검 한번 하지 못한 채 치밀어 오르는 화를 삭이느라 얼굴이 붉으락푸르락하기 일쑤였다.

마침내 부모의 발길이 뚝 끊겼다. 너새니얼 블랙우드도 반드시 참석해야 하는 신문이나 증언 때 말고는 얼굴조차 들이밀지 않았다. 그 변호사는 보기만 해도 속이 메스꺼웠다. 변호사는 마이크에 대고 청중에게 연설이라도 하듯 잔뜩 멋을 부려 말하는 깐깐한 사내였다. 콜은 그가 옷가지에 일일이 풀을 먹였을 거라고 확신했다. 걸음걸이만 봐도 속옷까지 빳빳하게 풀을 먹였다는 걸 알 수 있었다.

줄기차게 면회를 오는 사람은 땅딸막한 보호관찰관 가비

뿐이었다. 그는 거의 매일 들르다시피 했다.

콜은 도무지 가비를 이해할 수가 없었다. 보호관찰관이라면 눈코 뜰 새 없이 바쁠 텐데 도대체 무슨 이유로 뻔질나게 드나드는 거지? 꿍꿍이가 뭘까? 누구든 호시탐탐 노리는 게 있기 마련이다. 콜은 속셈이 뭔지 알 길이 없어 가비를 볼 때마다 울화통이 터졌다. 친구고 보호자고 다 귀찮았다.

어느 날 가비가 지나가는 말로 물었다.

"대장, 그럭저럭 잘 적응하는 것 같은데, 그래도 원형 평결 심사에 한번 의뢰해 보는 게 어때?"

"원형 평결 심사가 뭔데요?"

"수백 년 동안 원주민들이 해 온 재판 방식이야. 치유가 목적이지."

콜이 발끈했다.

"난 인디언이 아니에요!"

가비가 참을성 있게 말했다.

"꼭 인디언이나 원주민이 아니어도 돼. 사랑하고 용서하고 화해할 수 있는 사람이라면 누구라도 괜찮아. 금을 딱 그어 놓고 편 가르기를 하는 건 아니니까."

"그게 나한테 무슨 이득이 있는데요?"

가비는 고개를 설레설레 내저었다.

"만약 네가 내 고양이를 죽였다 치자. 보통은 경찰이 너한테 벌금을 물리는 것으로 일이 마무리되지. 하지만 우리 두 사람은 여전히 서로에게 앙금이 남아 있겠지. 나는 나대로 죽은 고양이 때문에 마음이 아프고, 너는 너대로 벌금을 물었으니 분통이 터질 테고. 원형 평결 심사에서라면 너는 치유 계약서에 서명을 하게 돼. 형을 집행하는 방식 가운데 하나로, 내가 새로 데려온 새끼 고양이를 네가 돌보기로 합의하는 거야."

"왜 내가 그따위 멍청한 고양이를 돌봐야 하죠?"

"내 고양이랑 나한테 해를 끼쳤으니까. 나와 다른 고양이를 위해 헌신하면서 네 죗값을 치르는 거야."

"내가 아저씨나 아저씨네 그 멍청한 고양이한테 아무 관심도 없다면요?"

"그렇다면 너 자신을 위해 그 일을 하는 거야. 너 또한 희생자니까. 작고 힘없는 짐승을 죽이고 싶은 끔찍한 충동이 바로 너한테 일어났으니까."

콜은 어깨를 으쓱했다.

"하긴 멍텅구리 새끼 고양이한테 먹이 주는 게 벌금 무는 것보단 낫겠네요."

가비는 웃으며 콜의 등을 탁 쳤다.

"대장, 내 말 뜻을 잘못 알아들은 모양이구나."

콜은 몸을 홱 틀어 가비의 손길을 뿌리쳤다. 자기를 대장이라고 부르는 주둥이를 꿰매 버리고 싶었다. 누구든 몸뚱이에 손을 대는 건 생각만 해도 진저리 나는 일이다. 지금까지어느 누구도 감히 콜의 몸에 손을 대지 않았다. 콜이 기억하는 한은 그랬다.

가비가 차근차근 설명했다.

"원형 평결 심사는 처벌이 아니라 치유가 목적이야. 변호사는 너를 동물원에 데려가 이런저런 동물들을 보여 줄 수가 있어. 검사는 하루 날을 잡아 수의사가 수술하는 장면을 네게 보여 주고 생명의 고귀함을 일깨울 수도 있고. 재판관은 네가 새의 보금자리를 쑥대밭으로 만든 대가로 주말에 새 둥지를 만들게 할 수도 있지. 이웃들도 어떤 식으로든 도와줄 수 있어."

"여기 미니애폴리스에서도 그런 걸 하나요?"

가비는 고개를 끄덕였다.

"새로 도입한 재판 방식이야. 다른 마을과 도시에서도 하고 있지."

"그렇게 번잡스럽게 구는 이유가 뭐죠?"

"치유를 위해서지. 처벌이 아닌 치유를 통해 죗값을 치르게 하는 거야. 네가 만약 내 고양이를 죽였다면 너는 다른 동물들을 더 사랑해야 하는 거야. 너와 내가 서로 마음을 열고, 나는 너에 대한 분노를 삭이고 너를 용서하는 거지. 그게 바로 원형 평결 심사야. 지역 주민을 포함해서 누구나 치유 과정에 동참할 수 있어. 관심 있는 사람이라면 누구든지. 하지만 치유한다는 건 웬만한 처벌보다 훨씬 힘든 일이야. 진정한 치유를 위해서는 자신의 행동을 스스로 책임지려는 노력을 게을리해서는 안 되거든."

콜은 입술을 깨물었다.

"그럼 감옥에 가지 안 가도 돼요?"

"이건 감옥에 가고 말고의 문제가 아니야. 원망을 품은 채 감옥에 가면 거기 있는 내내 이를 부득부득 갈게 되지. 사랑을 품고 가면 사랑하는 마음으로 돌아오게 되고. 궁극적으로 무엇을 하느냐가 아니라 어떻게 하느냐가 문제야. 하다못해 감옥도 마음먹기에 따라서는 네 집처럼 편안할 수 있어. 이렇게 말하긴 뭐하지만 한마디 조언은 해 줄 수 있어. 철창신세를 피할 수 있는 유일한 길이 있다면 그게 바로 원형 평결 심사라는 거야."

콜이 그렇게도 간절히 듣고 싶었던 건 바로 이 말이었다. 이건 승산이 있는 게임이다.

아무 내색도 하지 않고 콜이 물었다.

"원형 평결 심사인가 뭔가 하는 거 어떻게 신청하죠?"

가비가 콜의 어깨에 한 손을 얹었다.

"내가 신청을 하마. 그렇지만 이 모든 과정에 첫발을 내딛는 사람은 바로 너 자신이라는 걸 잊지 마라."

그러더니 콜의 가슴을 톡톡 쳤다.

"네가 진심으로 새사람이 되길 원치 않으면 말짱 헛수고거든."

콜은 가비의 손길을 뿌리치지 않으려고 마음을 다잡았다.

"정말이지 새사람이 되고 싶어요."

콜은 곧잘 써먹던 예의 그 천진난만하고 앳된 목소리로
말했다.

가비가 고개를 끄덕였다.

"좋아, 어디 진심인지 한번 보자꾸나. 신청하는 건 내가
도울게."

그날 가비가 떠난 후 콜은 허공에 대고 주먹질을 했다.

"앗싸!"

콜은 탄성을 내질렀다. 세상에 바보 천치가 쌔고 쌨지만
오늘의 가비는 단연코 챔피언이다.

2

　파도가 몰아칠 때마다 묵직한 짐 꾸러미를 가득 실은 작은 보트가 격렬하게 요동쳤다. 콜은 통조림, 옷가지, 침낭, 도끼, 조리 기구, 비옷, 고무장화, 심지어 학교에 제출하기로 한 과제물 따위가 수북하게 담긴 상자들을 죽 훑어보았다. 킬킬 웃음이 새어 나왔다. 그깟 과제물 하나 하는 데 1년이라니.

　몇 주 전, 드레이크 출신의 틀링깃 노인 에드윈이 콜을 위해 이 섬에 방 한 칸짜리 아담한 통나무 오두막을 지었다. 노인이 가구라고는 장작을 때는 자그마한 난로와 침대 하나뿐이라, 한 영혼이 사색에 잠기고 상처를 치유하기에 안성맞춤이라고 했다.

　콜은 오두막이며 이 모든 장비를 떠올릴 때마다 속이 왈칵 뒤집혔다. 아빠가 두 말 않고 지불한 유배 경비 일체도 심심풀이 삼아 하는 싹쓸이 한탕 값어치밖에 되지 않았기 때문이다. 콜은 아빠의 코를 납작하게 해 주려고 단단히 별렀다. 이따위 시시껄렁한 게임쯤이야 누워서 떡 먹기다. 콜은 손목을 힘껏 비틀다가 고통에 겨워 몸을 움찔했다. 이깟 고통쯤은 아무것도 아니다. 그 누구도, 그 무엇도 두렵지 않다. 도망칠 기회를 낚아챌 때까지 그럴듯하게 연기만 하면 그만이다. 콜은 가비를 흘긋 돌아보았다. 원형 평결 심사와 연관된 모든 게 한바탕 쇼에 불과했다. 미니애폴리스에서 할 수 있는 것은 유죄를 인정하고 위원들에게 뉘우칠 기회를 달라고 애걸복걸하는 것뿐이었다.

도움을 구걸하는 것쯤이야 그냥 사기극 한판 벌이는 셈 치면 그만이지만 죄를 인정하려니 영 떨떠름했다.

콜은 가비를 붙잡고 푸념을 늘어놓았다.

"꼭 내 무덤을 내가 파는 꼴이잖아요."

가비가 말했다.

"네가 원한다면 언제라도 유죄를 인정한 것을 번복하고 일반 재판을 받을 수 있어. 그렇지만 일단 재판이 시작되면, 원형 평결 심사에 의뢰할 기회는 영영 잃고 마는 거야."

콜이 망설이는 기색을 보이자 가비가 덧붙였다.

"목적을 이루기 위해서라면 물불 안 가리는 성미인 줄 알았는데, 대장은."

딱히 누구를 믿는 것은 아니지만, 달리 무슨 방도가 있단 말인가?

콜이 마지못해 대꾸했다.

"좋아요, 하지만 뻥친 거라면 그냥 두지 않을 거예요."

가비는 짐짓 화들짝 놀라는 시늉을 했다.

"이 문제는 짚고 넘어가야겠어, 대장. 널 두려워하는 사람이라야 미더운 모양인데."

가비는 살짝 미소를 지었다.

"믿음이라는 게 뭔지 아직 모르는구나."

콜이 우물우물 얼버무렸다.

"대장이라고 부르지 말아요. 번듯한 이름 놔두고 웬 대장?"

그러고는 이를 악물고 쏟아져 나오려는 말을 꾹 삼켰다. 이깟 일로 냉정을 잃어서는 안 된다. 이 게임에서 승리를 거머쥐려면.

"저, 원형 평결 심사라는 건 언제 시작해요?"

"신청은 누구나 할 수 있지만 무턱대고 받아들여지는 건 아니란다. 우선은 위원회가 너를 면담할 거야. 위원들이 피터와 그 가족, 너의 부모 그리고 이런저런 사람들을 만나 네가 진심으로 새사람이 되길 바라는지를 알아볼 거다. 그러려면 몇 주가 걸리지."

가비는 잠시 뜸을 들였다.

"꼭 기억해야 할 게 있어. 네가 진심으로 원하는 게 아니라면, 결국은 모든 사람이 귀한 시간을 낭비하는 꼴이 되고 만다는 거지."

콜은 주인의 명령이라면 굴렁쇠 뛰어넘기라도 기꺼이 하려는 강아지처럼 다소곳이 고개를 끄덕였다. 일단 섬에 도착만 하면 이 모든 연극은 가차 없이 막을 내릴 것이다. 그로써콜은 자신이 얼마나 만만치 않은 상대인지를 온 세상에 여실히 증명해 보일 터였다.

모터 소리가 잦아드는가 싶더니 에드윈이 앞에 보이는큰 섬 뒤쪽 기슭으로 보트를 몰고 갔다. 저 멀리 짙푸른 숲이잿빛 안개에 휘감겨 있었다. 해안선 너머 숲 언저리에 콜을 위해 지은 자그마한 오두막이 보였다. 검은 타르를 칠한 벽면이작은 목조 건축물을 온통 뒤덮고 있었다. 콜은 밀려오는 파도에 다시금 침을 퉤 뱉었다. 이 어수룩한 사내들이 정말로 콜이저 오두막에서 꼬박 1년을 썩을 거라고 믿는다면 그야말로 천하에 둘도 없는 바보들이다.

보트가 가까스로 암초들을 피해 해안에 닿자 가비가 풀쩍 뛰어내려 배를 물가로 끌어당겼다. 콜은 여전히 수갑을 찬채 엉거주춤 뱃머리를 넘어 미끌미끌한 바윗등으로 기어올라갔다. 에드윈이 짐을 부리기 시작했다.

콜이 넌지시 물었다.

"저도 거들게 수갑 좀 풀어 주실래요?"

가비와 에드윈은 들은 척도 하지 않았다. 그들은 한 번에하나씩 묵직한 상자들을 오두막으로 나르더니 그것들을 문

안쪽에 겹겹이 포개 놓았다. 일이 끝나자 에드윈은 콜에게 해
안선 위쪽에 있는 이끼 낀 벤치로 따라오라고 손짓했다. 콜은
천천히 느릿느릿 걸어가서 벤치에 이르러서야 에드윈을 따라
잡았다.

에드윈이 콜을 돌아보았다.

"이곳에는 아무도 너를 돌봐줄 사람이 없다. 먹으면 살고,
굶으면 죽는 거지. 이 땅은 너를 먹여 살릴 수도 굶겨 죽일 수
도 있어."

에드윈은 울창한 숲을 가리켰다.

"겨울은 길다. 땔감을 넉넉히 장만해 두지 않으면 얼어
죽을 거야. 그리고 젖지 않게 잘 보관해야지, 습기가 차면 그
것으로 끝장인 줄 알아."

콜이 의기양양하게 말했다.

"죽는 거 하나도 두렵지 않아요."

에드윈은 어렴풋이 미소를 지었다.

"얘야, 내 말을 허투루 듣지 마라. 죽음이 코앞에 닥쳐오
는 순간 두려움이 엄습하게 마련이야."

그는 뱀처럼 구불거리는 가지가 달린 키 큰 식물을 가리
켰다.

"이 섬은 온통 땃두릅(넓적한 잎에 새빨간 열매가 탐스럽게
열리며 흔히 약재로 쓰이는 나무: 옮긴이)으로 뒤덮여 있다. 그걸
섣불리 건드려 수백 개의 가시가 손에 박히기라도 하는 날에

26

는 온통 소시지처럼 부풀어 오를 테니 조심해야 한다."

에드윈은 400미터쯤 떨어진 후미를 가리켰다.

"저 너머 냇가에 가면 마실 물을 구할 수 있어."

"애초에 오두막을 냇가 근처에다 짓지 그랬어요?"

"다른 동물들도 물을 먹으러 오거든. 곰이 거기다 굴이라도 파 놓았으면 어쩌게?"

콜은 어깨를 으쓱했다.

"까짓, 죽여 버리죠 뭐."

배불뚝이 노인은 알겠다는 미소를 지으며 고개를 끄덕였다.

"동물들도 너랑 똑같은 생각을 하고 있다. 명심해라."

에드윈은 콜을 돌아보더니 한 손을 어깨에 얹었다. 콜이 뿌리치려 했지만 에드윈은 옴짝달싹 못 하게 손아귀에 단단히 힘을 주었다.

"너 혼자만 이 섬에 사는 게 아니야. 너는 엄청나게 거대한 순환계의 일부분일 뿐이다. 고달픈 시간을 보내지 않으려면 잊지 말아야 할 것들이 있어."

"그게 뭔데요?"

"인내와 관용, 용기 그리고 정직이지."

에드윈은 울창한 숲을 올려다보았다.

"우리가 누구인지 가르쳐 주는 일만큼은 동물들이 웬만한 선생보다 잘할 수도 있단다."

에드윈은 남쪽으로 시선을 옮겼다.

"저 너머 브리티시컬럼비아 연안에 스피릿베어라는, 유독 사나운 곰들이 있어. 눈부시게 하얀 곰인데, 긍지와 위엄과 영예를 상징하지. 웬만한 사람보다 낫다."

"그 곰탱이 녀석 내 눈에 띄기만 해 봐라, 콱 죽여 버려야지."

에드윈은 경고라도 하듯 손아귀에 부쩍 힘을 주었다.

"그 동물한테 무슨 짓을 하건, 그건 바로 너 자신한테 하는 거나 마찬가지야. 그걸 명심해."

"영감님, 정신 나간 소리 좀 작작 하세요."

콜이 에드윈의 손아귀를 뿌리치며 쏘아붙였다.

이에 아랑곳하지 않고 에드윈은 말을 이었다.

"잘 모르겠다 싶은 건 함부로 먹지 말아라. 까딱하면 풀이나 열매, 버섯 따위를 먹고 죽을 수도 있어. 안전한 게 뭔지 알고 싶으면 짐 보따리에 있는 책을 펴 보아라. 샅샅이 읽는다면 더 바랄 나위 없겠지만. 이제 주사위는 던져졌다. 도시에서 어떻게 살았는지 모른다만 여기서는 어떻게 행동하느냐에 따라 목숨이 오락가락하는 거야. 2~3일 후에 잘 있는지 보러 오겠다. 그러고 나서 가비는 집으로 가고, 나는 몇 주에 한 번 생필품을 갖고 오마. 질문 있니?"

콜은 능청스레 웃었다. 나무줄기며 열매 나부랭이를 먹을 생각은 털끝만큼도 없었다.

콜이 빈정거리며 물었다.

"왜 이렇게 먼 데까지 나를 데리고 온 거죠? 달아나기라도 할까 봐요?"

에드윈은 후미 너머를 바라보며 숨을 깊이 들이마셨다.

"몇 해 전 내 영혼이 길을 잃고 방황할 때 혼자 여기에 왔지. 자신이 누구인가를 발견하기에 더할 나위 없이 좋은 곳이야."

"순 사기!"

콜이 중얼거렸다.

에드윈이 열쇠를 꺼내 들고 콜의 몸을 거칠게 잡아당기더니 수갑을 벗겼다.

"가슴에 원망을 품고 있는 한 언제까지고 방황하게 마련이다. 네 마음 깊은 곳에서 간절히 원한다면, 이곳에서 너 자신을 발견할 수 있을 게야."

에드윈은 오두막으로 발길을 돌렸다. 콜은 손목을 비비면서 잠자코 따라갔다.

두 사람이 오두막에 도착하니 가비가 문 앞에 서 있었다. 가비가 콜에게 자그마한 꾸러미를 내밀었다.

"뭐예요?"

파랗고 빨간 실로 토템 기둥(인디언들이 통나무를 깎아 색칠해 세운 기둥: 옮긴이) 무늬를 화려하게 수놓은 묵직한 털 담요를 펼치며 콜이 물었다.

"틀링깃 인디언들은 이걸 엣투라고 하지."

콜이 되물었다.

"엣투라고요?"

"타월이랑 비슷하다고 보면 돼. 엣투란 오랜 세월 계승되어 온 것을 말해. 이 담요는 몇 세대 동안 우리 가문에 전해 내려온 거야. 한때는 우리 추장이 소유하기도 했지. 선조들과 우리를 연결해 주는 끈이야. 너는 엣투를 소유할 수 없어. 그냥 잠시 간직하는 거지. 내가 주는 이 엣투를 소중히 간직하고 있다가 언젠가 믿음이 가는 사람에게 건네주면 되는 거야."

"그렇다면 아저씨가 저를 믿는다는 말인가요?"

가비는 고개를 끄덕였다.

"네가 그것을 잘 간직하겠다고 약속하면 믿을게. 사람은 약속한 만큼만 가치가 있는 법이거든."

가비는 콜의 눈을 유심히 들여다보았다.

"이 엣투를 잘 간직하겠다고 약속하겠니?"

콜은 겨드랑이에 담요를 쿡 쑤셔 넣었다.

"암요, 그러다마다요, 뭐든 시키는 대로 다 할게요."

안타까운 듯 가비는 콜의 어깨에 한 손을 얹었다.

"이번 기회를 놓쳐서는 안 된다, 콜."

콜은 울컥 울화가 치밀어 몸을 홱 돌렸다. 왜 다들 툭하면 내 몸에 손을 대는 걸까? 어느 누구의 도움도 필요 없는데 말이다. 정작 필요한 것은 나를 그냥 가만히 내버려두는 건데.

콜이 불쑥 내뱉었다.

"그런데 두 분, 여기에 아예 눌러앉을 작정이세요?"

에드윈과 가비는 작은 보트를 향해 걸어갔다. 에드윈이 먼저 배에 올라 자리를 잡자, 가비가 미끌미끌한 잿빛 자갈밭에서 작은 보트를 떼밀어 물에 띄우더니 보트로 풀쩍 뛰어올랐다. 에드윈이 출발 시동 로프를 당기자 뱃전에서 쿨럭 하고 요란한 소리가 나더니 보트가 움직이기 시작했다.

후미를 벗어난 작은 보트에 차츰 속력이 붙으면서 잦아든 엔진 소리가 일렁이는 잔물결을 타고 울려 퍼졌다. 저만치서 가비가 작별의 손을 흔들었다. 콜도 이를 훤히 드러내고 웃으며 손을 흔들어 주었다. 이 정도 거리라면 보이지 않겠지. 콜은 두 사람을 향해 가운뎃손가락을 삐죽 내밀었다.

보트가 후미에서 한참을 벗어나 티끌만 해지자 콜은 몸을 수그려 돌멩이를 하나 집어 들더니 이를 부드득 갈며 수평선을 향해 휙 내던졌다. 드디어 혼자가 되었다. 석 달 가까이 소년원에 갇힌 채 하루 24시간 감시를 당하고, 원형 평결 위원회에서 파견된 어른들을 상대했다. 머저리들. 어른들은 끊임없이 찾아와서 어처구니없는 질문을 퍼부었다. 천하에 제일가는 바보도 그들이 무슨 대답을 원하는지 단박에 알아챌 것이다.

"네가 진심이라는 걸 우리가 어떻게 알지?"

면담을 하며 위원들이 물었다.

콜은 정말이지 "내 말을 믿지 않으면 그 피둥피둥한 낯짝을 갈겨 버릴 테야"라고 받아치고 싶었다.

하지만 정작은 자못 심각한 표정을 지으면서 다소곳이 용서를 구했다.

"당연히 믿기 어려우실 테죠. 제가 워낙 큰 잘못을 저질 렀으니까요. 저로 인해 누군가가 많이 아프다는 생각을 하면 가슴이 저려요."

그러고는 효과를 노려 잠시 틈을 두었다가 한마디 덧붙 였다.

"차라리 피터 대신 제가 맞았더라면 싶기도 해요. 정말이 에요. 저 같은 놈은 죽어 마땅해요."

위원들이 작은 수첩에 무언가를 쓰는 것을 보면서 콜은 조바심을 쳤다. 빨리 해치우지 뭔 짓거리들이람. 위원들은 내 심 콜을 성인 법정으로 보내 감옥살이를 시키고 싶지만 어떤 봉변을 당할지 몰라 두려워하는 것인지도 모를 일이었다.

하루는 콜이 면회 온 가비를 보고 구시렁댔다.

"그 사람들 왜 빨리 결정을 내리지 못하고 질질 끄는 거 예요? 도대체 그 사람들이 원하는 게 뭐죠?"

"시간이 걸릴 거야. 위원회는 네가 진심으로 뉘우치는지 알고 싶어 하거든. 네가 아직 정신을 못 차렸다고 생각하는 이 도 더러 있고."

가비는 이를 드러내고 씨익 웃었다.

"나도 그 사람들이 어떤 결정을 내릴지 짐작이 가질 않

아. 대장 생각은 어때?"

"뉘우친다고 했으면 됐지, 도대체 뭘 더 바라는 거예요?"

콜이 핏대를 올렸다.

"말이야 쉽지. 그 사람들은 네가 한 말에 책임지길 원하는 거야."

"이런 구역질 나는 데 죽치고 앉아 어쩌라고요?"

"잘 생각해 보시지, 아인슈타인 양반. 네가 천진난만한 얼굴을 한 사기꾼일지 알 게 뭐야? 그럼 난리 나게?"

가비는 양손을 쳐들었다.

"이미 네 분풀이며 거짓말에 시달릴 대로 시달린 사람이 수두룩하잖니. 너한테는 여기서 나가는 것보다 더 큰 문제가 있어."

"그랬군요, 일테면 어떤 문제죠?"

"설령 평결 위원회가 네 요구를 받아들인다고 해도 누가 선뜻 네 후원자가 되겠다고 나서겠니? 위원회는 너와 함께 치유 과정에 동참할 사람을 원해."

"아저씨가 저를 도와줄 줄 알았는데요."

콜은 격앙된 마음을 숨기지 않고 말했다.

가비는 고개를 설레설레 내저었다.

"나는 인생의 낙오자를 위해 시간을 낭비할 생각은 추호도 없어. 새사람이 되려는 신념이 확고하지 않다면, 너는 내 시간은 물론이고 다른 모든 사람의 귀한 시간을 낭비하는 거야. 그러느니 차라리 일찌감치 감옥에 가는 편이 낫지."

가비는 장난 삼아 콜을 툭 밀었다.

"이봐 대장, 마음을 단단히 먹어야 해. 세상은 기다리는 일에 금방 싫증을 내게 마련이거든."

마음 같아서는 가비의 얼굴을 후려갈겨 이빨을 몽창 날려 버리고 싶었지만 콜은 그냥 억지웃음을 지어 보였다. 가비가 돌아가자 콜은 손가락 마디가 하얘질 정도로 주먹을 불끈 쥐었다.

보트가 완전히 자취를 감추고 모터의 굉음이 정적 속에 아련히 녹아들었을 때는 이미 느지막한 오후였다. 콜은 갑작스레 뺨을 타고 흘러내리는 뜨거운 눈물로 시야가 뿌옇게 흐려졌다. 말로는 원형 평결 심사니 어쩌니 하지만 감옥에 있는 것과 별반 다를 게 없었다. 다시 한번, 자신을 눈엣가시로 여기는 사람들의 바람대로 버려진 것이다. 모르긴 해도 부모는 자식을 몇백만 킬로미터나 떨어진 머나먼 곳으로 쫓아내 쾌재를 부르고 있을 것이다. 자식을 우리에 갇힌 짐승처럼 꽁꽁 가두지 못해 안달이었으니까.

콜은 몸속에 차곡차곡 쌓여 있던 분노가 한꺼번에 북받쳐 오르는 것을 느꼈다. 이런 감정을 느낀 건 비좁은 소년원 감방에 있을 때가 마지막이었다. 어느 날 오후, 콜은 교도관들이 가져다준 과제물을 하지 않겠다고 버티는 바람에 텔레비전을 볼 수 없었다. 콜은 시무룩한 표정으로 일부러 방구석에만 처박혀 있었다. 주체할 수 없는 분노가 불을 붙인 도화선처럼 이글이글 타올랐다.

자유의 몸이 되면 모두에게 어떻게 뜨거운 맛을 보여 줄까, 콜은 이리저리 궁리를 했다. 울컥 울화가 치밀었다. 콜은 벌떡 일어나 사납게 날뛰었다. 철제 침대를 뒤엎고 벽을 점점 더 격렬하게 내리쳤다. 이내 생채기가 난 손가락 마디에서 흘러내린 피가 콘크리트 바닥을 시뻘겋게 물들였다.

급기야 콜은 흐느끼면서 화장실 옆 맨바닥에 뒹굴었다. 그러다 피가 뚝뚝 떨어지는 손가락 마디를 물끄러미 바라보았다. 누구든 걸리기만 하면 죽여 버릴 작정이었다.

몇 시간이고 바닥에 웅크리고 있는데 가비가 찾아왔다. 가비는 생각에 잠긴 채 뒤집혀 나뒹구는 침대 주변을 서성대더니 문 쪽으로 되돌아갔다.

콜이 고개를 들었다.

"벌써 가려고요?"

"나는 자기 잘못을 세상 탓으로 돌리는 사람 주변을 맴도는 일은 아주 넌더리가 난다."

"그럼 이게 몽땅 내 탓이란 말이에요?"

"세상이 공평하지 않다는 것쯤은 나도 알아. 너를 옭아매고 있는 그 굴레에서 빨리 벗어나야, 한시라도 빨리 사람답게 살 수가 있어."

"요컨대 제 후원자가 되어 주지 않겠다는 말이군요?"

콜은 얼떨결에 마음속에 있던 생각을 불쑥 내뱉었다.

가비는 어깨를 으쓱했다.

"네가 정말로 새사람이 되고 싶다면 각오를 단단히 해야 될 거라는 말이지."

"그러겠다고 이미 말했을 텐데요."

가비는 퉁퉁 부어오른 손마디를 빤히 내려다보았다.

"벽에다 주먹질을 해 대니 속이 시원하니?"

"그냥 넘어진 거예요."

가비의 얼굴에 주먹을 한 방 날려 저 구질구질한 미소를 싹 뭉개 버리고 싶었다. 그래서 애당초 누구를 향해 휘두른 주먹이었는지 일깨워 주고 싶었다.

"넘어져서 다쳤어요."

콜은 한숨을 푹 내쉬었다. 가비 같은 얼뜨기가 자신을 조롱하고, 감방 신세를 면할 절호의 기회를 날리도록 그냥 두지는 않을 작정이었다.

콜이 다그쳤다.

"후원자가 돼 줄 거예요, 말 거예요? 그렇게 해 달라고 구걸하는 건 아니지만."

가비는 문 앞에서 걸음을 멈추고 돌아보았다. 그러고는 콜의 눈을 빤히 들여다보았다.

"너를 도와주마. 하지만 내 시간을 낭비할 생각일랑 아예 말아라. 알겠지? 낙오자를 위해 귀한 시간을 낭비할 생각은 추호도 없으니까.”

콜은 짐짓 심각한 표정을 짓느라 진땀을 뺐다.

“그럴게요.”

“좋아.”

자리를 뜨면서 가비가 한마디 던졌다.

“어이, 대장, 다음번에 넘어질 때는 손을 조심해.”

외톨이가 되어 해변에 우두커니 서 있으니 몸속에서 분노가 들끓었다. 금세 화약처럼 펑 하고 폭발할 것만 같았다. 도화선이 차츰 타들어 가자, 콜은 거친 손길로 옷을 벗고 옷가지 하나하나를 다시 뒤집어 입었다. 이로써 게임은 끝이 났고 자신이 공격할 차례다. 콜은 너울대는 잔물결을 등지고 자갈밭을 향해 발길을 옮겼다.

나무판이며 해초며 조개껍데기들이 농구공만 한 돌덩이들 주변 여기저기에 뒹굴고 있었다. 콜은 나무 하나를 집어 힘껏 내던졌다. 자신을 도와준답시고 설쳐 대던 사람들과 부모가 사 준 물품이 오두막에 산더미처럼 쌓여 있었다. 자기들은 이런 데 발도 들여놓지 않을걸. 콜은 이를 부드득 갈았다. 그네들의 꼭두각시놀음에 놀아나 이런 너저분한 오두막에서 날을 새느니 차라리 콱 죽는 게 낫지 싶었다.

콜은 오두막에 다가가는 내내 욕설을 퍼부었다. 온갖 악담을 속사포처럼 쏘아 대면서 가비가 준 담요를 땅바닥에 내동댕이쳤다. 게임은 완전히 끝났다. 콜은 어슬렁어슬렁 오두막 안으로 들어가 번뜩이는 눈초리로 주변을 둘러보았다. 상자 더미 옆에 램프에 쓸 5리터쯤 되는 무연휘발유가 있었다. 콜은 나사를 비틀어 뚜껑을 열었다. 그러고는 무턱대고 짐 꾸러미에 기름을 뿌렸다. 남은 휘발유는 오두막 벽에 통째로 들이부었다.

콜은 닥치는 대로 상자를 찢은 뒤 성냥갑을 찾아내 휘청휘청하면서 성냥개비 하나를 빼 들었다. 그러더니 밖으로 걸어 나가 짐 꾸러미와 오두막을 물끄러미 쳐다보았다. 시야가 뿌옇게 흐려졌다. 성냥개비를 단단히 움켜쥔 손이 울분으로 부들부들 떨렸다. 걷잡을 수 없는 분노의 노예가 되어, 콧구멍에서 뜨거운 김을 훅훅 내뿜으며 성냥을 긋고는 뒷걸음치다가 순간 멈춰 서서 불꽃이 타들어 가는 성냥개비를 오두막에 휙 내던졌다.

기름에 튄 불똥이 이글이글 타오르면서 눈 깜짝할 사이에 상자로 옮겨 붙었다. 노란 불꽃이 오렌지빛과 붉은빛으로 타들어 가더니 군데군데 남빛 줄무늬가 피어올랐다. 지옥의 화신으로 변해 가는 불꽃을 바라보면서 콜은 입안 가득 고인 쓴맛을 애써 꿀꺽 삼켰다.

3

넘실대는 불꽃을 바라보던 콜은 이내 시큰둥해졌다. 모두에게 뜨거운 맛을 보여 주려고 한바탕 벌인 짓인데도 흥이 나지 않았다. 하늘에는 독수리들이 바람을 타고 유유히 날고 있었다. 잿빛 허공을 가르며 비치는 황금빛 태양이 수면 위에 눈부시게 아롱질 무렵 후미에서는 어미 바다표범이 점박이 새끼들과 물장구를 치고 있었다.

"뭐 이런 구역질 나는 데가 다 있어!"

콜이 중얼거리는 동안에도 불티들이 방황하는 별들처럼 산들바람을 타고 둥실둥실 떠다녔다. 탁탁 소리를 내며 시뻘겋게 타오르는 불꽃을 빤히 들여다보고 있으려니 분노도 이글이글 타올랐다.

콜은 발을 앞뒤로 까딱거렸다. 아무도 콜을 사랑하지 않았다. 아무도 콜의 마음을 헤아려 주지 않았다. 자식이 죽길 바라는 부모와 사는 기분이 얼마나 더러운지 아무도 모른다. 쥐뿔도 모르면서 퍽이나 아는 척 깝죽대는 인간들이 역겨웠다. 보호관찰관 그 사람이 바로 그런 족속이다. 한번은 가비가 비번인 날 올 풀린 청바지에 티셔츠 차림으로 불쑥 소년원을 찾아왔다. 손에는 갈색 식료품 봉지를 들고 있었다. 가비는 인사 한마디 없이 콜의 방에 있는 낮은 탁자 위에 봉투를 올려놓더니 침대 가장자리에 걸터앉았다.

가비가 말문을 열었다.

"자, 뭐가 그렇게 못마땅한지 어디 한번 들어 보자꾸나."

"돌대가리신가, 그걸 왜 모르실까?"

가비를 등지며 콜이 퉁명스레 내뱉었다. 찜통 같은 한여름의 무더위에 숨통이 막혔고 방 안엔 험악한 기운이 감돌았다.

가비가 말했다.

"그래, 이 돌대가리한테 어디 한번 얘기해 봐라. 알다시피 내가 좀 모자라서 말이야. 네 전과 기록을 암만 들여다봐도 생판 모르는 것투성이라서."

콜은 가비에게서 최대한 멀찌감치 떨어지려고 벽에 기대어 꾸부정하게 서 있었다.

"봐도 이해가 안 가죠, 어련하실까? 부모는 이혼했고, 내가 눈앞에서 죽어 나자빠져도 눈 하나 깜빡 안 할 사람들이에요. 자나 깨나 자기들 생각뿐이죠. 내 걱정은 눈곱만큼도 안

한다구요. 한마디로 저주받은 인생이죠 뭐."

"그 정도야 다들 지껄이는 소리고. 좀 더 구체적으로 말해 보렴."

콜이 가비의 말투를 흉내 냈다.

"좀 더 구체적으로 말해 보죠 그럼. 작년에 레슬링 대회에 나갔더랬어요. 그걸 보러 오라고 그 인간들한테 애걸복걸을 했다니까요. 나 때문에 창피스러워하는 것 같더군요."

"그래 경기는 보러 오셨니?"

"그럼요, 내가 원체 길길이 뛰니까 마지못해서. 그런데 경기에 지고 말았어요. 우리 아빠처럼 내가 일부러 진 거라고 생각하실 테죠."

가비가 아무 대꾸도 않자 콜이 말했다.

"어때요, 이만하면 됐나요?"

"좀 더 들려주렴."

콜은 가비에게 미주알고주알 주워섬기고 있는 자신이 당혹스러우면서도, 말하는 동안 북받쳐 오르는 눈물을 애써 삼켰다.

"둘 다 허구한 날 술만 퍼마셔요. 나만 보면 못 잡아먹어 안달이고요. 아침마다 난 왜 이렇게 쓰레기 같은 인간일까 하는 생각으로 눈을 뜨는 게 어떤 기분인지 알기나 해요? 내 잘 못이라고는 딱 두 가지밖에 없어요. 말하는 거 전부하고 행동하는 거 전부요. 그러니 내가 죽어 없어지지 않는 한 그 인간들은 하루도 편할 날이 없겠죠."

잠시 어색한 침묵이 흐르고 가비가 콜에게 눈길을 돌렸다.

가비가 나지막이 말했다.

"한 가지 더 있잖니, 그렇지?"

콜은 주저하는 기색이 역력했다.

"남의 일에 상관 말아요!"

"네 기분이 어떨지는 나도 알 만하다."

콜이 벌떡 일어나 가비를 노려보며 고함을 쳤다.

"알지도 못하면서 함부로 지껄이지 말아요! 정신을 잃을 정도로 두들겨 맞는 게 어떤 건지 당신이 알기나 해요?"

가비는 천천히 고개를 끄덕였다.

"나도 그게 어떤 건지 안다. 너를 때린 사람이 아빠였니?"

콜은 벽 쪽으로 몸을 돌렸다.

"술만 마시면 짐승이 돼요. 엄마는 이때다 싶어 덩달아 술을 마시고는 나 몰라라 하죠. 꼭 더러운 꿈속에서 허우적대는 기분이었어요."

가비가 일어서더니 들고 온 갈색 봉지에서 식료품을 하나하나 꺼내 탁자에 올려놓았다.

콜이 물었다.

"뭐 하는 거예요?"

가비는 듣는 둥 마는 둥 소금, 밀가루, 달걀 꾸러미, 베이킹 소다, 물 한 병, 설탕, 버터, 당밀을 죽 늘어놓았다. 콜은 이마에서 땀을 훔쳤다. 용광로 속에 들어앉아 있는 것처럼 후텁지근했다.

가비가 하나하나 늘어놓더니 말문을 열었다.

"자, 이 탁자 위에 있는 것들을 한 가지씩 먹어 보아라."

콜이 쏘아붙였다.

"싫어요. 저따위 허접쓰레기는 안 먹어요."

"뜻밖인걸. 맛없는 걸 먹으려니까 실은 겁이 나는 모양이구나."

"겁날 거 하나도 없어요."

콜은 기세 좋게 몸을 일으켜 탁자로 다가가서는 밀가루부터 설탕, 베이킹 소다 따위를 차례로 맛보았다. 이쯤은 식은 죽 먹기라는 걸 보여 주려고 일부러 입안 가득 쑤셔 넣었다. 걸쭉하기 짝이 없는 당밀도 단숨에 들이켰다. 콜은 가비를 빤히 쳐다보며 버터 덩어리를 우적우적 씹더니 꿀꺽 삼켰다. 날달걀을 먹을 차례가 되자, 하나를 집어 들고는 고개를 뒤로 젖혀 이로 톡톡 껍데기를 깼다. 그러고는 순식간에 들이켰다. 마지막으로 소금을 입에 털어 넣었다.

가비가 물었다.

"그래, 죄다 먹어 보니 맛이 어떠냐?"

"고약하죠. 보면 모르세요?"

콜은 물병을 들고 벌컥벌컥 한참을 들이켰다.

가비가 봉지에 손을 넣었다.

"먹어 볼 게 하나 더 있다."

가비는 크림색 가루를 입힌 작은 케이크를 꺼내 한 덩어리를 뚝 떼어 냈다.

"옛다. 한번 먹어 봐."

콜은 가비에게서 눈을 떼지 않은 채 부드럽게 녹아드는 케이크 조각을 게걸스럽게 먹어 치웠다.

"그래서 이게 다 어쨌다는 거예요?"

가비는 어깨를 으쓱했다.

"케이크 맛있니?"

"그냥 먹을 만해요."

"네가 방금 먹은 재료로 오늘 아침에 구운 거란다."

"음, 그런데요?"

"뭐 빠진 건 없었니?"

"아뇨. 바보 같은 질문 좀 그만해요."

"그런데 방금 그 재료들 맛이 고약하더라며."

콜이 버럭 화를 냈다.

"한데 섞지를 않았잖아요, 멍청하기는."

가비는 지친 기색으로 일어서서 문 쪽으로 걸어갔다. 가비는 마치 기나긴 여행에 녹초가 된 사람처럼 어깨가 구부정했다. 가비는 케이크와 온갖 재료들을 탁자에 그냥 둔 채 작별인사 한마디 없이 철문을 빠져나갔다.

울적해진 콜은 방 안을 서성거렸다. 마구 욕설을 하며 탁
자 위를 휙 쓸어 버리고는 케이크 재료들을 닥치는 대로 집어
던졌다. 달걀이 여기저기서 퍽퍽 터졌다. 포장 상자가 산산이
부서졌다. 플라스틱 상자들이 벽에 내동댕이쳐졌다. 그 작은
방이 눈 깜짝할 새에 폭탄을 맞기라도 한 듯 아수라장이 되었
다. 콜은 버터며 밀가루며 설탕이며 베이킹 소다를 발로 냅다
걷어차고 케이크를 집어 들어 철문에 거칠게 패대기쳤다. 콜
의 신발에 끈적끈적한 당밀과 계란 흰자위가 엉겨 붙었다.

콜이 고함을 쳤다.

"빌어먹을 케이크, 빌어먹을 내 인생!"

넘실거리는 불꽃이 짐 꾸러미와 오두막을 야금야금 집어
삼켰다. 콜은 나지막이 낄낄대다가 급기야 요란스레 웃어 젖
혔다. 거센 불기둥이 오두막 주변을 닥치는 대로 휩쓸고 지나
가는 동안 콜의 웃음소리는 차츰 괴상한 비명으로 변해 갔다.
불길이 목재 오두막을 깡그리 집어삼키고 불기둥이 허공에
치솟자 콜은 완전히 이성을 잃었다.

콜은 소름 끼치는 웃음으로 온 세상과 자신이 알고 있는
모든 사람을 조롱했다. 외로움과 지금껏 자신을 괴롭히고 못
살게 굴던 모든 것을 거침없이 비웃었다. 궁지에 몰리고, 체포
되고, 부모가 싸움질을 하던 순간순간을 떠올리며 콜은 큰 소
리로 웃었다. 고주망태가 된 아빠가 호되게 두들겨 패는 순간

에도, 술에 취한 엄마가 나 몰라라 하는 순간에도 내내 웃음을 날렸다. 이 모든 게 콜의 케이크 재료였고 조롱거리였다. 콜은 이제 자유의 몸이다. 아무도 이래라저래라 할 수 없다.

거침없이 웃어 젖히는 동안 콜의 뺨은 핏발 선 두 눈에서 흘러내린 눈물로 흥건해졌다. 이렇게 외딴섬에 내몰리는 건 너무도 가혹한, 아빠의 주먹질과 허리띠 세례보다 더 쓰라리고 엄마의 무관심보다 더 무시무시한 형벌이었다. 세상에서 버림받고 외톨이가 되었다는 뼈저린 고통이 몰려왔다.

오두막을 송두리째 집어삼킨 불꽃이 마치 화물열차가 포효하듯 우르릉거리며 공기를 흠뻑 빨아들였다. 문간에서 뿜어 나오는 시커먼 연기가 불기둥 위로 소용돌이쳤다. 콜은 여전히 정신 나간 듯 웃고 있었다. 불꽃이 잦아들자 비로소 소름 끼치는 웃음소리도 잠잠해졌다. 그제야 비로소 불길에서 시선을 거두었다. 제일 먼저 콜의 눈에 띈 것은 가비가 준 화려한 담요 엣투였다. 엣투가 근처 풀밭에 덩그러니 놓여 있었다. 엣투는 말짱했다.

콜은 엣투를 와락 거머쥐더니 삽시간에 그것을 불길 속으로 내던졌다. 그러고는 잽싸게 몸을 돌려 바닷가로 내달았다. 치유 평의회원 가운데 아무도 콜이 얼마나 수영을 잘하는지 알지 못했다. 심지어 가비조차도.

콜의 수영 실력을 아는 사람은 아빠뿐이었다. 아빠 자신이 고등학교 때 수영을 했던 터라 아들인 콜을 수영 팀에 강제로 집어넣었다. 하지만 콜의 수영 실력이 아무리 빼어나도 아빠는 만족할 줄을 몰랐다.

"수영을 하는 건지 엉덩이 쇼를 하는 건지 모르겠다."

콜이 수영하는 모습을 보면서 아빠는 닦달을 했다. 콜이 둘째가라면 서러워할 실력을 보일 때조차도.

콜은 서둘러 옷가지와 신발을 벗어 던지고 후미를 둘러보고는 먼 바다를 내다보았다. 드레이크에서 줄곧 서쪽으로 보트를 몰아 왔다. 이제, 콜은 기울어 가는 햇살을 등에 받으며 동쪽 첫 번째 섬에 시선을 고정시켰다. 이 섬 저 섬 헤엄쳐 가다가 쉬엄쉬엄 허기를 달래고, 잠을 자고, 몸을 추스르면 될 터였다. 그러다 보면 머잖아 본토로 실어다 줄 배를 만날 것이다. 그 후엔 쥐도 새도 모르게 자취를 감추면 되고, 그것으로 귀찮게 잔소리해 대는 사람들과도 영영 이별이다.

콜은 넘실거리는 파도를 향해 힘차게 뛰어들었다. 물이 가슴까지 차오르자 숨이 찼다. 투명한 물이 어찌나 차가운지 소름이 오싹 돋았지만 개의치 않고 몸을 깊숙이 담그며 손발을 놀렸다. 이렇게 차가운 물에서는 얼마 버티지 못할 것이다. 이제부터는 1분 1초를 아껴 부지런히 몸뚱이를 놀려야만 한다.

철썩 철썩 힘차게 팔을 내저을 때마다 조금씩 외딴 감옥에서 멀어졌다. 물살을 가르며 나가는 동안 콜은 가비가 말해 준, 그 우스꽝스러운 케이크 사건을 곱씹었다. 그러자 원형 평결 심의 신청을 하던 때가 주마등처럼 스쳤다.

지원서를 제출하고 꼬박 3주가 지나서야 비로소 가비가 지나가는 말로 이야기했다.

"어이, 대장. 원형 평결 위원회에서 널 받아 주기로 했어. 이 기회를 어떻게든 잘 활용해야겠지?"

"이맘때쯤 결정이 나지 싶었는데."

가비가 이죽거렸다.

"위원회 말이야. 자기들이 무슨 일에 말려들고 있는지 알아야 할 텐데."

콜이 발끈했다.

"이건 순전히 아저씨가 낸 아이디어였어요."

가비가 고개를 주억거렸다.

"역시나, 딴맘을 품은 모양이군?"

"제 걱정 마세요. 그런데 이 구역질 나는 소굴에서 언제 내보내 줄 참이죠?"

"우선은 지킴이들이 한자리에 모여 해결책을 논의하는 심리(審理) 평의회를 열어야지."

"정확히 누가 오나요?"

"도와주고 싶은 사람은 누구든지."

"날 돕겠다고 나설 사람이 있겠어요?"

"네 부모님과 변호사, 판사, 나, 지역 주민들 그리고 잘하면 네 학교 친구들도 나설지 모르지. 해결책을 찾는 걸 돕고 싶은 사람이라면 누구나 참가할 수 있어."

콜은 콧방귀를 뀌었다.

"내 부모님이라…. 설마, 농담이겠죠. 내가 죽어 나자빠져도 눈 하나 깜빡 안 할 사람들인걸요."

가비가 아무 대꾸도 하지 않자 콜이 물었다.

"피터도 나오나요?"

가비는 어깨를 움찔했다.

"그 애 맘이야. 아직은 너를 용서할 준비가 되지 않았을 수도 있어."

"걔가 날 용서하건 말건 상관 안 해요."

가비는 뒷덜미를 긁적이더니 천장을 물끄러미 올려다보았다.

"어떻게 그렇게 시종일관 네 생각뿐이냐? 널 위해서 용서하라는 게 아니야. 피터가 너를 용서해야 비로소 그 애의 상처도 치유될 수 있기 때문이지."

"하긴 그 애가 날 용서해야 다들 내가 한 짓을 잊어버릴 테고, 나도 이 시궁창에서 한시라도 빨리 벗어나겠네요."

가비가 자리를 뜨려고 일어섰다.

"용서하는 거랑 잊어버리는 건 다른 문제야, 이 얼간이 대장아!"

4

콜이 잠시 틈을 내 숨을 몰아쉬며 둘러보니 바닷가를 어지간히 벗어나 1킬로미터 정도만 헤엄치면 건너편 섬에 닿을 듯싶었다. 물이 얼음장처럼 차가워 숨을 쉴 때마다 온몸이 저렸다. 콜은 공기를 흠뻑 들이마셨다. 얼어 죽기 전에 어서 저 섬에 닿아야 한다. 생각에 빠져 정신이 딴 데 가 있을 때조차도 욱신거리는 팔을 쉬지 않고 놀렸다.

원형 평결 심사에 콜의 신청이 접수되자 연이어 화합 평의회라고 하는 예비 모임이 열렸다. 각 모임은 치유 평의회의 한 부분인데, 토의 주제와 참가자에 따라 이름이 달라졌다. 거기에는 토론 평의회, 조정 평의회, 지역 평의회가 있었다. 모든 모임은 최종적으로 보석 평의회와 판결 평의회로 마무리된다.

콜이 가비에게 물었다.

"늘 둥그렇게 모여 앉아서 모든 일을 처리하나요?"

"왜 이상해? 어차피 인생이란 게 돌고 도는 거 아니냐."

"모임이 열릴 때마다 꼬박꼬박 나가야 해요?"

가비가 고개를 가로저었다.

"지킴이라고 하는 조직위원들이 있어. 너는 지킴이들이 피터와 그 애 가족을 만날 때는 참가할 수 없어."

"그 사람들이 왜 걔네 식구들을 만나요?"

"위원회의 결정에 피터네 가족의 의사를 반영할 뿐 아니라 너를 용서하는 게 궁극적으로 피터의 치유를 돕는 길이라는 사실을 공감한다면 피터네 가족들도 참가할 수 있거든."

"걔네 식구들이 판결에 영향을 끼칠 수 있다는 말이에요?"

가비가 고개를 끄덕였다.

"어쩌면."

"그 사람들은 날 못 죽여 안달일걸요. 그럼 끝장이에요."

"네 무덤은 네가 벌써 파 놓았잖니."

가비가 일침을 가했다.

심리 평의회 첫 모임이 공공 도서관 지하실에서 열렸다. 모임 첫날 밤 도서관에 들어가던 콜은 조바심이 나 뱃가죽을 긁었다. 회의실 앞에서 교도관이 수갑을 벗겨 주고는 혼자 들어가게 하자 갈피를 잡지 못할 정도로 당혹스러웠다. 교도관은 복도에 그냥 남아 있었다.

한 여자가 자신을 사회자라고 소개하며 콜에게 악수를
청했다.

그 여자가 상냥하게 말했다.

"오늘 밤 와 줘서 고맙다."

콜의 할머니뻘은 될 듯싶게 나이가 지긋해 보이는데도
청바지에 플란넬 셔츠 차림이었다.

자리에 앉으며 콜이 중얼거렸다.

"오죽하면 여길 왔겠어요."

생판 낯선 사람들이 줄줄이 들어와 자리를 잡는 광경을
보면서 콜은 의자 귀퉁이를 잡아당겼다. 의자가 많은 것을 보
고 다른 모임보다 훨씬 많은 사람이 참여한다는 사실을 짐작
할 수 있었다. 설상가상으로, 구타 사건이 있은 뒤 오늘 밤 처
음으로 피터를 보게 될 참이었다.

사람들이 속속 모여들며 콜에게 인사를 건넸고 한결같이
다정하게 굴었다. 모두들 마치 친구라도 된 듯 행동했다. 분
위기를 해치지 않으려고 덩달아 깍듯이 고갯짓을 해 보였지
만 자기 옆에 아무도 앉지 않으려 한다는 것쯤은 금세 눈치챌
수 있었다. 자신에게 호기심 어린 눈길을 보내는 이도 더러 있
었다.

콜의 시야에 태너 판사가 들어왔다. 그 판사를 마지막으
로 본 것은 소년법원에서 콜이 맨 처음 유죄를 인정했던 무렵

이다. 그때 까만 법복을 입은 판사가 기소 사실을 인정하느냐고 물었다. 오늘 밤 태너 판사는 법복 대신 스웨터에 청바지 차림이었다.

콜의 아빠와 짙은 스리피스 정장에 넥타이를 맨 너새니얼이 나란히 들어왔다. 이곳 분위기와는 전혀 어울리지 않는 차림새였다. 변호사는 플라스틱으로 만든 사람처럼 뻣뻣했다. 두 사람이 콜에게 고갯짓을 해 보이고는 바로 왼쪽 자리에 앉았다. 콜은 그들을 못 본 체했다.

엄마가 혼자 들어와 콜의 오른쪽에 앉았다. 엄마는 화려한 파티복을 입고 있었다. 머리카락 한 올도 흘러내리지 않은 말쑥한 차림새였다. 어련하시겠어, 콜은 입맛이 씁쓸했다. 엄마에겐 이 모임도 으레 참석하는 사교 모임에 불과할 터였다. 모르긴 해도 치장하는 데만 두 시간은 걸렸을 것이다. 하지만 겁에 질린 눈빛은 결코 감출 수 없었다. 콜은 엄마가 떨리는 가슴을 진정시키려고 술을 몇 모금 마시고 왔을 거라 짐작했다. 꼭 가시방석에 앉아 있는 것 같았다. 부모는 서로 눈길조차 마주치지 않았다.

가비가 들어와 가까이에 앉았다. 낯선 사람들이 우르르 몰려와 자리에 앉는 바람에 안절부절못하던 콜이 가비를 보고 고갯짓을 했다. 온 세상 사람들이 모조리 여기에 모인 것 같았다. 그러지 못할 이유가 뭐란 말인가? 참가를 희망하는 사람은 누구나 참여할 수 있다고 도서관 게시판에 안내문을 내건 마당에.

콜은 애꿎은 의자 다리를 톡톡 쳤다. 이럴 바에야 차라리 거리로 나가 "여러분, 다들 이리 와서 콜 매슈스나 실컷 골려 줍시다!" 하고 광고를 하시지. 우리 반 녀석들은 코빼기도 안 보이네, 콜은 그러려니 했다. 그 아이들은 섣불리 얼쩡거렸다가 무슨 꼴을 당할지 감을 잡았을 것이다. 그러다가 사람들이 웅성거리는 소리에 고개를 돌려 보니 피터가 그의 부모와 변호사와 함께 걸어 들어오고 있었다.

피터는 발을 질질 끌며 어색하게 걸으면서 겁먹은 눈으로 주위를 힐끔거렸다. 피터의 변호사는 콜의 엄마 또래로 보였지만 고개를 빳빳이 들고 어깨를 좍 편 걸음걸이가 제법 당당해 보였다. 그 여자는 콜을 유심히 쳐다보았다. 콜은 움찔해서 시선을 내리깔았다.

사회자가 회의를 시작하려고 일어설 즈음에는 스무 명 남짓한 사람들이 빙 둘러앉아 있었다. 그 여자는 상냥하게 미소를 지었다.

"다들 일어나서 서로 손을 잡으십시오."

콜은 자기 부모와 손을 잡고 싶은 마음이 털끝만큼도 없었다. 콜의 아빠는 차갑고 끈적끈적한 콜의 손을 단단히 거머쥔 반면 엄마는 겁먹은 듯 멈칫거리며 마지못해 잡았다.

사회자가 고개 숙여 기도를 하는 동안 콜은 피터를 힐끗 곁눈질했고 때마침 바라보던 피터와 눈길이 마주쳤다. 콜이 사나운 눈초리로 노려보자 피터가 얼른 눈길을 돌렸다. 그러다가 피터의 변호사가 자기를 바라보고 있음을 눈치챈 콜은 아차 싶어 재빠르게 억지웃음을 지었다.

사회자가 차분한 목소리로 말문을 열었다.

"위대하신 창조자이며 치유자시여, 이 기도를 들어주소서. 오늘 밤 저희는 우리 사회의 상처 입은 영혼을 위해 이 자리에 모였나이다. 저희에게 행복한 삶과 더불어 지혜와 인내를 주소서. 아멘."

다들 자리에 앉자 사회자가 한 사람씩 차례로 둘러보며 천천히 심호흡을 했다.

사회자는 여전히 입가에 미소를 머금고 말했다.

"흠, 오늘따라 새로 오신 분이 유난히 많군요."

그러면서 여자는 두 변호사와 태너 판사에게 힐끗 눈길을 주었다.

"여러분 우리는 잘잘못을 가리자고 이 자리에 모인 게 아닙니다. 재판은 치유보다는 처벌을 목적으로 하기에 득보다 실이 많은 경우가 종종 있죠. 징역살이를 하고 벌금을 물다 보면 사람이 모질어지거든요."

콜은 무심코 고개를 끄덕였다.

사회자가 잠시 틈을 두었다.

"우리는 이 모임을 원형 평결 심사라고 하지만 진정으로 추구하는 건 행복이랍니다. 가해자와 피해자 모두의 요구를 수용하기 위해 저희는 최선을 다합니다."

사회자는 그러면서 콜과 콜의 가족에 이어 피터와 피터의 가족에게 눈길을 주었다.

"원형 평결 심사는 치유를 원하는 사람을 위한 제도입니다. 치유라는 게 쉬운 길이라고는 할 수 없지요. 실은 치유 과정이 훨씬 더 힘겨울 때가 있습니다."

사회자는 깃털 하나를 들어 보였다.

"이 깃털은 경의와 책임을 상징합니다. 이것 없이는 누구도 말을 해서는 안 됩니다. 그리고 이 깃털을 손에 들고 있는 한 그 사람은 가슴속 깊은 곳에서 우러나오는 진실만을 말해야 합니다."

그 여자는 나직이 쿡 웃었다.

"이만 마치는 게 좋겠군요. 너무 사설이 길면 제가 여러분이 말할 기회를 박탈하는 거라 여기실 테니 말이죠. 여러분 자신의 권리를 귀하게 여기는 만큼 다른 사람들의 권리도 존중하시기 바랍니다. 여러분 앞으로 깃털이 전해지면 하고 싶은 말이 있는 분은 말씀하시기 바랍니다. 이 모임은 단지 두 가지 의무만 여러분께 요구합니다. 바로 진실과 경의입니다."

사회자는 콜을 바라보았다.

"콜 매슈스, 꽤나 오랫동안 분노를 쌓아 왔더구나. 급기야 피터 드리스칼에게 끔찍한 해를 입히는 걸로 한꺼번에 폭발한 거고. 피터는 지금까지도 치료를 받고 있단다."

콜은 민망해서 몸 둘 바를 몰랐다. 콜은 사회자가 공연히 허튼소리를 지껄여 이 많은 사람의 시선이 한꺼번에 자기한테 쏠리자 울컥 짜증이 났다.

사회자는 목소리를 조금 높여 사람들에게로 시선을 돌렸다.

"우리의 당면 과제는 피터 드리스칼뿐 아니라 콜 매슈스 그리고 우리 지역 주민 모두가 행복해지는 길을 찾는 것입니다. 오늘 밤 몇 번이고 깃털을 돌릴 테니 자기소개와 함께 관심사를 허심탄회하게 말씀하시고, 상처를 치유하고 어루만지는 방법에 관해 의견을 나눌 수 있기를 바랍니다."

사회자가 깃털을 바로 왼편에 앉은 사람에게 건네주었다.

그 여자가 입을 열었다.

"글래디스 스완슨입니다. 여기 미니애폴리스에 사는 네 아이의 엄마지요. 제 소중한 아이들이 잘 자랄 수 있도록 우리 마을을 좀 더 살기 좋은 곳으로 만드는 데 힘닿는 데까지 돕고 싶어요."

다음 사람이 말했다.

"프랭크 섀퍼입니다. 우리 마을에서 폭력을 근절시키는 일에 난생처음으로 참여하는 겁니다."

둘러앉은 사람들은 차례대로 깃털을 들고 한마디씩 했다.

차례가 오자 콜의 엄마가 떨리는 손으로 깃털을 움켜쥐었다.

"저는 신디 매슈스입니다, 콜의 엄마예요. 어떻게 해야 할지 몰라 고민 고민하다가 나왔습니다. 정말이지 고통스러워요."

콜의 엄마는 아랫입술을 떨면서 한동안 주춤하더니 깃털을 콜에게 넘겨주었다.

일순간 찬물을 끼얹은 듯 조용해졌고 콜의 얼굴이 후끈 달아올랐다. 삐걱거리는 의자 소리와 신발을 끄는 소리가 주위에 감도는 살얼음판 같은 정적을 깼다. 콜은 헛기침으로 목청을 가다듬었다. 말 한마디에 자신의 생사가 달려 있었다.

"저어, 제가 바로 콜 매슈스입니다. 이 사건을 일으킨 장본인으로 이 자리에 섰습니다. 제가 저지른 끔찍한 잘못을 깊이 뉘우치고 있으며 피터에게 정말로 미안하다고 말하고 싶어요."

콜은 울먹이는 시늉을 하려고 코를 문지르며 훌쩍였다.

"제 마음속에 켜켜이 쌓여 있는 응어리를 떨쳐 낼 수 있게 여러분이 좀 도와주세요."

콜은 깃털을 아빠에게 건네면서 청중을 힐끔 둘러보았다. 다들 깜빡 속아 넘어가는 눈치였다. 그야말로 정곡을 찌른 것이었다. 사람들은 콜이 간절히 용서를 구하고 있다고 믿고 싶은 눈치였다. 사람들의 눈을 보면 알 수 있다.

콜의 아빠는 앉은 채로 몸을 곧추세웠다. 잔뜩 거드름을 피우며 말문을 열었다.

"윌리엄 매슈스입니다. 제 아들이 다시는 문제를 일으키지 않을 거라는 확신을 드리려고 이 자리에 나왔습니다."

아빠는 고개를 돌려 콜을 날카롭게 노려보았다.

"이제 두 번 다시 그런 일은 없을 겁니다."

콜은 아빠를 거들떠보지도 않았다.

너새니얼 블랙우드가 깃털을 받았다. 그는 깃털을 마치 담배처럼 손가락 사이에 건성으로 끼우고 요란스레 목청을 가다듬었다.

"맞습니다, 콜은 분명히 잘못을 저질렀지요. 하지만 제아무리 못되게 굴어도 그냥 아이일 뿐이죠. 지금까지 갇혀 있었다는 것만으로도 벌은 충분히 받았으니 이제는 부모 중 한 사람이 돌볼 수 있도록 가석방을 시켜야 마땅합니다. 이 아이에게는 감옥이 아니라 보살펴 줄 가정이 필요해요."

변호사는 깃털을 옆 사람에게 넘겼다.

깃털이 차례차례 전달되는 동안 콜은 슬그머니 피터를 곁눈질했다. 깡마른 빨간 머리 소년은 바닥을 물끄러미 내려다보고 있었다.

깃털을 건네받자 피터는 고개를 들고 두려운 눈초리로 우물우물 말했다.

"저는 피터 드리스칼입니다. 제가 바로 죽도록 두들겨 맞은 아이예요."

그는 천천히 말을 하고는 깃털을 엄마에게 얼른 넘겨주면서 좌중을 둘러보았다 콜은 피터를 눈여겨보았다. 여태껏 콜이 보는 앞에서 피터가 이렇게 함부로 입을 놀린 적은 없었다. 콜은 땀이 흥건한 손을 바지에 쓱쓱 문질렀다. 애초에 맘먹고 누군가를 해치려고 벌인 짓은 아니었다. 공연히 피터 녀석이 주둥이를 나불거리는 바람에 일이 이렇게 눈덩이처럼 커진 것이다.

5

일단 후미를 벗어나자 콜은 더 부지런히 팔을 놀렸다. 안개비가 내려 물살을 가르기가 힘겨웠다. 잠깐 쉬는 틈을 타서 턱까지 차오른 숨을 요란하게 헐떡거렸다. 통나무처럼 뻣뻣하게 굳은 팔다리는 아무 감각도 없어 마치 제 몸이 아닌 듯 움직이기가 힘들었다. 콜은 뒤를 돌아보았다.

순간 콜은 자기 눈을 의심하지 않을 수 없었다. 그도 그럴 것이 아직도 바닷가 어귀에서 허우적대고 있었던 것이다. 허깨비가 보이는 건가 싶었지만 그게 아니었다. 여태껏 쉬지 않고 팔을 놀렸는데 여전히 제자리였다. 어떻게 이럴 수가 있을까? 바람도 파도도 그다지 격렬하지 않고 감각이 없었지만 죽을 힘을 다해 팔다리를 놀렸는데 도로 그 해안으로 떠밀리고 있었던 것이다.

아차 싶었다. 노여움에 사로잡혀 이성을 잃은 나머지 밀물이 들어오고 있다는 것을 미처 생각지 못했다. 아무리 기를 쓰고 헤엄을 쳐도 보이지 않는 거대한 손이 그를 바닷가 쪽으로 잡아당기는 통에 사뭇 헛손질을 했던 것이다.

느닷없이 한쪽 다리에 칼로 베는 듯한 경련이 일더니 곧이어 다른 쪽 다리마저 쥐가 났다. 가쁜 숨을 헐떡헐떡 몰아쉬던 콜의 뇌리에 순간 아찔한 공포가 엄습했다. 한시바삐 섬으로 올라가야 했다. 어느 섬이든. 콜은 미친 듯이 물살을 갈랐다.

아등바등 몸부림을 쳐도 말짱 헛수고더니 밀려오는 파도가 용케도 콜을 해안 가까이로 실어 갔다. 물 밖으로 고개를 내민 채 숨쉬기만 하면 그만이었다. 발끝에 울퉁불퉁한 암초가 걸리자 콜은 감각이 없는 팔다리를 정신없이 휘둘렀다. 발끝으로 암초를 마구 걷어차는 통에 발가락뼈가 부서지는 듯한 통증이 밀려왔다. 콜은 애꿎은 암초에 퍼붓던 발길질을 멈추고 물살에 몸을 맡긴 채 둥둥 떠갔다.

부서지는 파도가 얼굴을 훑고 지나가자 콜은 구역질을 하며 짠물을 토했다. 몸을 일으키려고 안간힘을 썼지만 팔은 맥없이 축 늘어졌다. 그나마 팔꿈치로 간신히 미끌미끌한 돌멩이 위를 엉금엉금 기어 해안선 너머 풀밭으로 갔다. 풀밭에 드러눕자 시퍼렇게 멍든 몸뚱이가 오들오들 떨렸고 싸늘하게 식은 관자놀이가 심장박동에 맞추어 쿵쿵 울렸다.

몇 시나 되었나 생각하려고 아무리 머리를 쥐어짜도 망

치로 두들겨맞은 듯 정신이 아득하기만 했다. 애써 끄집어 올린 기억도 순식간에 뇌리를 스쳤다가 사라져 갔다. 도저히 몸뚱이를 가눌 수가 없었다. 몸을 녹여야만 했다. 어스름이 몰려오고 있었다. 바늘로 찌르는 듯 온몸이 쿡쿡 쑤셨다. 오로지 몸을 녹여야 한다는 생각만 맴돌았다. 몸을 녹일 곳이 있을 리 만무했지만 불꽃이 도무지 뇌리에서 떠나질 않았다. 불꽃을 어디서 봤더라? 어서 불꽃을 찾고 싶었다.

일어나려고 몸부림을 쳤지만 헛수고였다. 그냥 엎드린 채 불꽃을 떠올리며 땅바닥을 기어 앞으로 나아갔다. 천근만근인 다리가 아무짝에도 쓸모없는 닻처럼 옴짝도 하지 않으려 했다. 고개를 들어 보니 파도며 해안선이며 나무며 기슭이 죄다 퍼즐 조각처럼 여기저기 띄엄띄엄 흩어져 있었다.

콜은 그 자리에 엎드려 관자놀이가 울리는 증세가 가라앉기를 기다렸다. 머리에 구멍이 뻥 뚫리고 가슴은 텅 빈 것 같았다. 잊을 만하면 문득문득 뇌리를 스치는 장면이 있었다. 활활 타오르는 불꽃이었다. 도대체 어디였더라? 삽시간에 어둠이 몰려오자 콜은 눈에 익은 윤곽을 어렴풋이 되새기며 자신을 둘러싸고 있는 어스름한 그림자를 물끄러미 응시했다. 다시 한 번 일어서려고 발버둥 쳤지만 부질없는 짓이었다. 마지막 힘을 다해 한 번 더 앞으로 몸을 끌어 보려고 했지만 털썩 무너지고 말았다.

천천히 한기가 가셨다. 어둠 속에 가만히 엎드려 있으니

다리와 가슴이 불로 지지는 것처럼 화끈거렸다. 그러더니 또 다른 감정이 똬리를 틀었다. 팔과 뱃가죽을 불로 지지는 것보다 더 강렬하고 자신을 둘러싼 어둠보다 더 무시무시한 그 느낌은 혼자라는, 누구 하나 의지할 사람 없이 완전히 혼자라는 사실이었다. 순간 두려움이 엄습했다.

밤을 지새우는 동안 콜은 깜빡깜빡 선잠에 빠져들었다. 눈을 뜨면 온 섬이 여전히 어둠의 장막에 휩싸여 있었다. 정신이 드는 순간 통증이 가장 먼저 의식을 지배했다. 발가락, 손, 팔꿈치, 가슴, 다리 어디 한 군데 성한 데가 없었다. 도대체 무슨 일이 생긴 걸까? 짐 꾸러미와 오두막을 태우고는 섬에서 탈출하려고 발버둥 치던 기억이 어렴풋하게 뇌리를 스쳤다. 그러자 밀물에 떠밀려 오던 일이며 가까스로 해안 자갈밭에 기어오르던 기억이 새록새록 떠올랐다. 아찔한 한기에 몸뚱이를 부들부들 떨면서 얼마쯤 더 엉금엉금 기던 기억 그리고 살갗을 불로 지지는 듯 화끈거리던 기억이 물밀듯이 밀려왔다. 잇따라 엄습한 그 빌어먹을 외로움까지.

콜은 싸늘하고 축축한 밤공기를 들이마셨다. 여기가 어디지? 소금기가 밴 바닷바람에 해초 냄새와 뒤범벅이 된 탄내가 물씬 풍겨 왔다. 그러다 까무룩 잠이 들었다. 눈을 떴을 때는 새벽 하늘이 어슴푸레 밝아 오고 있었다. 한쪽 팔을 들어 보니 온통 시커먼 재로 뒤덮여 있었다. 거의 맨 몸뚱이로 시커멓게 탄 오두막의 잿더미에 드러누워 있었던 것이다.

콜은 젖 먹던 힘을 다해 일어서려고 발버둥 쳤다. 온 세상이 삐딱하게 기운 채 뱅글뱅글 돌아가는 것 같았다. 멀찌감치 수평선에는 뭉게구름이 새벽빛을 받으며 눈덩이처럼 피어오르고 있었다. 피부가 벗겨진 가슴과 다리의 생살에 채 식지 않은 재가 파고들었다. 팔꿈치와 무릎에는 피딱지가 엉겨 있었고, 갈증이 나서 연방 마른 침을 삼켰다. 뼈 마디마디가 욱신욱신 쑤셨다.

콜은 맥을 못 추는 다리를 움직이면서 살아 있음을 뼈저리게 느꼈다. 비록 마음껏 움직이지는 못하지만 의식이 살아 꿈틀대는 존재로. 콜은 얼굴을 일그러뜨린 채 숲이며 해안가를 구석구석 살폈다. 언뜻 보니 달라진 것 없이 그대로였다. 문득 큼지막하고 희끄무레한 형체가 밋밋한 해안선을 흐트러뜨렸다. 실눈을 뜨고 보니 희미하던 영상이 또렷해졌다.

곰. 새하얀 곰이었다.

물길 저 너머 바닷가 어귀에서 엄청나게 커다란 흰곰이 조각처럼 미동도 하지 않은 채 콜을 바라보고 서 있었다. 윤기가 흐르는 새하얀 털이 아침 햇살을 받아 눈부시게 반짝였다. 곰은 당당하게 코를 치켜들고 귀를 쫑긋 세운 채 묵묵히 서 있었다. 콜은 눈을 계속 깜빡거렸다. 이 녀석이 바로 에드윈 영감이 말하던 스피릿베어라는 건가? 영감은 여기에서 남쪽으로 수백 킬로미터 떨어진 섬에 산다고 했는데. 그렇다면 저건 도대체 뭐지?

콜은 속옷 바람에 부들부들 떨리는 몸뚱이를 웅크려 돌멩이를 집어 들었다. 녀석이 자신을 마냥 노려보게 내버려두지는 않을 작정이었다. 에드윈이 말하던 긍지나 위엄, 영예는 눈을 씻고 찾아도 보이지 않았다. 그냥 더럽기 짝이 없는 짐승에 불과했다. 콜은 500미터나 멀찌감치 떨어져 있는 곰을 향해 돌을 던졌다.

콜은 버럭 소리를 질렀다.

"감히 어딜 노려봐, 죽고 싶어?"

무엇보다도 콜을 분통 터지게 한 것은, 두려운 기색은 눈곱만큼도 없이 물가에 잠자코 서 있는 곰의 당당함이었다. 녀석은 자신을 얕잡아 보고 있었다. 콜은 무기로 삼을 만한 것을 찾으려고 주위를 둘러보았다. 짐 꾸러미에서 떨어진 사냥용 칼이 시커멓게 탄 채 나뒹굴고 있었다. 콜은 칼을 집어 들고 스피릿베어 쪽을 돌아보았다.

곰은 온데간데없었다. 숲 주변을 샅샅이 훑어보았지만 완전히 자취를 감추었다. 콜은 고개를 갸웃거리며 칼을 땅바닥에 휙 내던졌다.

"다시 내 눈에 띄는 날에는 그냥 안 둘 거야. 따끔한 맛을 보여 줘야지."

콜은 으름장을 놓았다. 잿더미로 눈길을 돌리는 순간 화려한 빛깔이 다시금 시선을 사로잡았다. 가비가 준 담요가 열 발짝도 채 안 되는 곳에 나뒹굴고 있었다. 저게 뭐라고 했더라? 엣투였나? 그것은 키 큰 풀 언저리에 놓여 있었는데 불길에 조금도 타지 않고 말짱했다. 콜은 상처투성이 손으로 엣투를 집어 들고 구석구석 살펴보았다. 분명히 불 속으로 집어 던졌는데 빗나갔나? 콜은 어깨를 으쓱하고는 담요를 몸에 두르고 시퍼렇게 멍든 다리를 절뚝거리며 신발과 옷가지를 벗어 둔 곳으로 발길을 돌렸다.

짐 꾸러미와 오두막을 태워 버린 건 조금도 아쉽지 않았다. 피터를 반 죽이다시피 한 것에 털끝만큼도 가책을 느끼지 않았다. 그 모든 일은 자기 탓이 아니었다. 부모, 피터 그리고 그 머저리 치유 평의회만 아니었던들 이런 빌어먹을 섬에는 오지 않았을 것이다. 누구든 일을 이 지경으로 만든 대가를 톡톡히 치르게 해 줄 참이다. 보복을, 특히나 자신을 철창에 집어넣지 못해 안달을 하던 인간들에게 가혹한 보복을 할 것이다. 피터의 여자 변호사 같은 그런 인간들. 그 여자는 모가지를 비틀어 죽여도 시원찮을 인간이다.

콜은 깃털을 든 그 여자를 처음 본 순간을 곱씹었다. 그 여자는 마치 지팡이를 휘두르듯 깃털을 이리저리 흔들더니 다짜고짜 콜을 지목했다.

"저 소년은 위험해요. 다음에는 살인을 할지도 몰라요. 원형 평결 심사의 권위를 무시하자는 건 아니지만, 저는 콜 매슈스를 풀어 주자는 의견에는 절대 찬성할 수 없습니다."

콜은 대놓고 자기에게 비난을 퍼붓는 사람을 보면 이가

갈렸다. 심심할 때마다 주먹받이로 써먹던 시시껄렁한 녀석이 맞은편에 앉아 있어 가뜩이나 자존심에 금이 가는 참이었다. 게다가 자기를 위해 터무니없는 값을 주고 고용한 변호사며 부모와 나란히 있으니 몸서리가 났다. 방 안은 질식할 듯 숨이 막혔고, 콜은 얼기설기 짠 의자 커버만 쥐어뜯었다. 역겨운 인간들! 콜은 사람들이 지껄이는 한마디 한마디에 불을 지피는 듯 분노가 끓어올랐다.

누군가 말문을 열었다.

"콜을 감옥에 보내 분노를 치료하는 상담을 받게 해야 해요. 이만하면 믿을 만한 애가 못 된다는 걸 증명했다고 봅니다."

다른 사람이 말했다.

"콜은 우리 아이들과 지역사회에 위협적인 존재입니다. 저 애를 풀어 주는 건 해를 자초하는 겁니다."

이어지는 목소리가 급기야 콜의 분노를 폭발시켰다. 아빠가 깃털을 들고 만지작거렸다.

"우리는 늘 콜에게 최선을 다했어요. 집사람이랑 저는 콜을 위해서라면 어떤 희생이라도 감수했습니다. 하지만 녀석이…."

"사기 치는 거예요!"

콜이 깃털도 들지 않고 느닷없이 소리를 질렀다.

"당신은 몸도 가누지 못할 정도로 술을 퍼마셨고 허구한 날 술에 절어 곤드레만드레였어요. 희생적인 부모라면 자식이 멍투성이가 되도록 채찍을 휘두르지는 않아요."

6

해안가에 벗어 던진 옷가지는 물기가 배어 뻣뻣했다. 버둥거리며 옷을 입는데 낄낄 웃음이 나왔다. 원형 평결 심사 장면이 줄곧 뇌리에서 맴돌았다. 대놓고 아빠를 사기꾼이라고 하자 사람들의 입이 쩍 벌어지던 광경이 아직도 눈에 선했다. 시선이 일제히 자신에게로 쏠리자 얼굴이 벌겋게 달아오른 아빠가 분을 억누르며 더듬더듬 말문을 열었다.

"우리는 콜을 위해서라면 어떤 희생도 감수했습니다. 우리는 정말⋯."

콜이 불쑥 끼어들었다.

"당신은 오로지 당신 생각뿐이잖아요! 쫙 빼입은 꼴 좀 보시지요. 여기에 있는 사람 중에 아무도⋯."

"말도 안 되는 소리 지껄이지 마."

아빠가 으르렁댔다. 그는 콜의 팔을 힘껏 쥐었다가 도로 내려놓고는 사납게 노려보더니 콜의 얼굴에 깃털을 바짝 들이댔다.

"이 녀석아, 입 좀 작작 놀려, 안 그러면…."

콜이 빈정거렸다.

"안 그러면 어쩔 건데요? 때리기라도 할 건가요?"

아빠는 펄쩍 뛰었다.

"때리다니, 그런 당치도 않은 소릴."

콜의 아빠는 얼굴이 시뻘게졌다.

"말을 하도 안 들어 혼을 좀 낸 걸 가지고."

사회자가 한복판으로 뚜벅뚜벅 걸어 나와 손을 들었지만 콜은 아랑곳하지 않았다. 콜이 고함을 쳤다.

"아직도 거짓말을 하시는군요! 걸핏하면 자기 이름이 뭔지도 모를 정도로 술을 퍼마시면서!"

이런 말을 함부로 지껄였다가는 언젠가 혼자 있을 때 죽도록 매타작을 당할 게 뻔했지만, 콜은 개의치 않고 능청스레 웃으며 이기죽거렸다. 어차피 그런 날은 오지 않을 것이다. 언제든 혼자 남겨지는 순간이 오면 멀리 달아날 작정이니까.

사회자가 다시 손을 들어 경고했지만 아빠는 한층 목청을 높여서 말했다.

"네 녀석한테 내 모든 걸…."

너새니얼이 팔을 뻗어 아빠를 억지로 주저앉혔다. 사회

자가 앞으로 나와 깃털을 달라고 손을 내밀었다.

사회자가 단호하게 말했다.

"어서요."

사회자의 목소리와 표정에는 차분함과 온화함이 어려 있었다. 하지만 턱은 자못 완고했다. 당혹스러워하며 아빠가 깃털을 넘겨주었다. 사회자는 몸을 돌려 좌중을 향해 말했다.

"우리는 깃털이 지닌 의미를 존중해야 합니다. 이것은 다른 사람은 물론이고 우리 자신도 존중한다는 의미죠."

사회자는 가치를 이루 헤아릴 수 없는 보석이라도 되는 양 조심스레 깃털을 콜에게 건넸다.

"이제 말해 보렴."

콜은 흥분을 가라앉히려고 애를 썼지만 목소리가 떨리고 얼굴이 화끈 달아올랐다.

"깃털을 든 사람은 거짓말을 하면 안 되잖아요, 그런데 아빠는 거짓말을 했어요. 부모님은 나를 위해 조금도 노력하지 않았어요. 나는 그냥 천덕꾸러기예요. 그런데다 이혼까지 했으니 말해 뭣하겠어요. 장담컨대 아빠는 제 생일이 언제인지도 모를 거예요."

콜은 격한 마음을 진정시키려고 숨을 깊이 들이마셨다. 그리고 엄마를 돌아보고는 깃털을 엄마 무릎에 올려놓았다.

"엄마, 술에 취한 아빠가 날 어떻게 때렸는지 얘기해 보세요."

엄마는 눈에 보이지도 않는 드레스의 먼지를 털더니 머뭇머뭇 깃털을 들었다. 그러나 입을 달싹거리다가 남편을 흘깃 쳐다보고는 잔뜩 겁먹은 눈빛이었다. 그러더니 얼른 깃털을 가비에게 건네주었다. 깃털을 든 가비는 곤혹스러운 표정으로 입을 오므렸다.

가비가 마침내 말문을 열었다.

"인생은 요지경이라는 말이 있지요. 비행청소년 중에는 훌륭한 시민으로 어엿하게 자라는 아이들도 있고, 일생을 감옥에서 보내는 경우도 있어요. 왜 이런 차이가 생기는 걸까요?"

가비는 잠시 뜸을 들였다.

"콜은 용기와 의지가 있는 소년이지만 추악한 분노도 품고 있습니다. 그렇다면 우리는 이 아이를 어떻게 해야 할까요? 혹시 여러분 중에 분노를 일으키는 원인이 무엇인지 아시는 분 계십니까? 그리고 만약 우리가 이 아이와 똑같은 일을 당했다면 어떻겠습니까? 우리는 과연 어떻게 행동했을까요?"

가비는 지루할 정도로 긴 시간 말문을 닫았다. 좌중이 술렁거리기 시작했다. 가비는 피터를 돌아보고는 콜에게 눈길을 보냈다.

"정말이지 저로서는 깊은 상처를 입은 육체와 정신을 어떻게 치유할지 도무지 알 길이 없습니다. 한 번 입은 상처는 돌이킬 수가 없으니까요."

가비는 움츠러든 기색이라고는 눈곱만큼도 없는 콜의 아

빠를 빤히 쳐다보았다.

"저는 이 사실만큼은 알고 있습니다. 오늘 밤 여기에 모인 사람 중에 콜만 문제가 있는 건 아니라는 사실 말입니다. 이 아이는 가정과 사회의 참모습이 차츰 붕괴되고 있음을 보여 주는 징후일 뿐입니다. 그 해결책을 찾지 못한다면 우리 모두는 실패하는 것이고 함께 죄를 짓는 것이며 언젠가 그 끔찍한 죄의 대가를 치르게 될 것입니다."

피터의 변호사에게 깃털이 갈 때까지 아무도 입을 열지 않았다. 그 여자는 다짜고짜 콜을 쳐다보았다.

"우리는 콜이 왜 분노를 품고 있는지 그 이유를 알지는 못합니다만 콜이 자기 감정을 추스르지 못한다는 사실만큼은 분명히 압니다. 그런 의미에서 이 모임은 사회를 보호하고 콜이 자신이 한 행동에 완벽하게 책임질 수 있도록 해결책을 내놓아야 합니다."

변호사는 깃털을 피터의 엄마에게 넘겨주었다. 피터의 엄마 또한 고개를 돌려 콜을 노려보았다.

"너 때문에 내 아들이…."

목소리가 갈라졌다.

"내 아들은 말도 잘 못하고 행동도 이상해졌어. 밤마다 악몽에 시달리느라 잠을 못 이루지. 네가 5년, 10년 아니 수백 년 징역살이를 한다 해도 돌이킬 수 없다. 자식이 이런 꼴을 당해 나처럼 고통을 당하는 부모가 다시는 생기면 안 돼. 너

같은 애는 감옥에 가둬서 두 번 다시 이런 일이 일어나지 않도록 해야 해."

콜은 입을 꾹 다물고 앉아 있었다. 감옥을 들먹이는 것쯤은 이제 이골이 났다. 어차피 철창신세를 질 바에야, 이따위 평결 위원회니 뭐니 하는 꼭두각시놀음에 놀아나느니 차라리 재판을 받는 편이 나을 듯싶었다. 콜은 불현듯 이곳에서 뛰쳐나가고 싶어졌다. 복도에 있는 교도관만 아니라면.

깃털이 피터에게 넘어가자 콜은 몸을 바짝 웅크렸다. 피터는 깃털을 손아귀에 단단히 움켜쥔 채 무릎만 보고 있었다. 그렇게 1분 정도 지나자 사회자가 뚜벅뚜벅 걸어가 한 손을 다정하게 피터의 어깨에 얹었다.

"피터, 어떻게 해야 이 문제를 좀 더 잘 해결할 수 있을지 네 생각을 이야기해 줄 수 있겠니?"

피터는 입술을 지그시 깨물더니 잘 알아들을 수 없는 소리로 웅얼거렸다.

"누군가가 콜의 머리통을 보도에 짓찧어서 그게 어떤 기분인지 알게 해 줘야 해요."

피터의 발언에 곤혹스러운 눈짓이 오갔다. 피터의 손에서 살며시 깃털을 받아 자기 자리로 돌아간 사회자는 목소리에 팽팽한 긴장감이 묻어 있었다.

"오늘 밤, 땅을 파 헤집듯 속내를 노골적으로 표출하셨습니다. 하지만 씨를 뿌리려면 반드시 거쳐야 할 절차죠. 지금 우리는 직면한 과제를 잘 이해하고 있으며 바람직한 해결책을 간절히 바라고 있습니다. 다 함께 일어서서 다시 한 번 손을 맞잡읍시다."

모임이 시작된 지 세 시간 만에 사회자는 기도로 치유 평의회를 마무리했다.

콜은 마지못해 일어섰지만 부모의 손은 한사코 잡지 않았다. 콜이 보란 듯이 팔짱을 끼고 있는 바람에 원 모양이 일그러졌다. 왼쪽에는 자신을 만신창이가 되도록 두들겨 패는 거짓말쟁이가 있고 오른쪽에는 자기 그림자만 보고도 소스라치게 놀라는, 근사하게 차려입은 꼭두각시가 있었다. 콜은 그들의 손을 야멸차게 뿌리쳐 아무도 자신의 손이 얼마나 축축하게 젖어 있는지 모르게 했다. 두 사람이 남들 앞에서 자기를 엄청 사랑하는 척하는 꼴을 그냥 두고 보지는 않을 참이었다. 특히 아빠는.

사회자가 콜이 뻗대는 것을 눈치챘지만 그냥 눈감아 주었다. 콜의 부모와 변호사는 기도가 끝나기 무섭게 자리를 뜨려고 주섬주섬 외투를 걸쳤다. 교도관이 방으로 들어와 콜의 팔을 잡고 문 쪽으로 갔다. 콜은 팔을 홱 뿌리쳤다.

"나 혼자 갈 수 있어요."

교도관은 어느새 허리춤에서 수갑을 꺼내더니 콜의 손목을 등 뒤로 돌려 와락 움켜쥐었다. 사람들이 고개를 돌려 빤히 쳐다보았다.

콜이 버럭 고함을 쳤다.

"왜 이러세요?"

교도관이 쏘아붙였다.

"네가 자초한 거야."

문을 막 나서려는데 가비가 다가왔다.

"대장, 여기서는 이제 볼 장 다 봤다 이건가?"

콜은 가비를 보고 빈정거렸다.

"이제 독심술까지 하시는군요?"

가비는 고개를 내저었다.

"말보다는 행동이 더 많은 걸 가르쳐 주지."

"도대체 당신은 누구 편이에요?"

콜이 하는 말을 듣고는 아빠가 가까이 와서 한마디 했다.

"얘야, 이건 편을 가르자는 게 아니야. 책임감이 뭔지 배우는 거지."

콜이 미처 대꾸할 새도 없이 가비가 툭 내뱉었다.

"맞는 말씀입니다, 매슈스 씨. 이건 책임감에 관한 일이지요. 그건 그렇고 댁의 아드님 생일이 언제인지는 아십니까?"

아빠는 금세 얼굴이 벌겋게 달아오르더니 띄엄띄엄 말했다.

"에, 그러니까… 우리 집안에서는 생일을 대수롭지 않게 여겨서. 7월 초 언제쯤으로 아는데."

아빠는 황급히 자리를 떴다.

콜이 가비에게 물었다.

"오늘 밤 저 사람이 깃털을 들고 거짓말하는 거 들으셨죠?"

"네 아빠만 거짓말을 한 게 아니야."

문으로 걸어가며 가비가 대꾸했다.

원형 평결 심사 순간을 떠올리다 보니 다시금 울화가 치밀었다. 가비건 에드윈이건 어느 누구건 여기에 그 추한 낯짝을 들이밀기만 해 봐라, 뼈도 못 추릴 테니. 콜은 팔을 휘저어 하염없이 날아드는 모기떼를 쫓으며 해안을 구석구석 살폈다. 탈출에 실패한 것은 밀물을 염두에 두지 않은 탓이었다. 다음 번에는 썰물 때까지 기다릴 작정이다. 물의 흐름만 잘 이용하면 이 지긋지긋한 섬을 빠져나가기가 한결 수월할 것이다.

콜은 섬 뒤쪽 숲, 맑은 물이 흐르는 냇가로 걸어갔다. 우거진 숲이며 덩굴, 쓰러진 나무들 그리고 키 작은 덤불들이 어찌나 짙푸르게 들어차 있던지 그 틈바구니를 뚫고 지나가느라 꽤나 애를 먹었다. 스피릿베어란 녀석은 발 디딜 데 없는 이 숲을 어쩌면 그렇게 감쪽같이 빠져나갔을까?

콜은 미끌미끌한 돌멩이에 무릎을 꿇고 갈증이 말끔히 가실 때까지 물을 들이켰다. 허기가 위장을 야금야금 갉아 댔지만 개의치 않았다. 마음만 먹으면 날물고기나 풀잎으로라도 허기를 달랠 수 있었다. 이 섬에서 빠져나갈 수만 있다면 무쇠라도 기꺼이 삼킬 참이었다.

잿더미로 돌아와 보니 그 속에서 희미한 연기가 가냘프게 피어오르고 있었다. 잔가지로 조심스레 파헤치자 벌건 숯덩이가 나왔다. 근처에 나뒹구는 바짝 마른 삭정이를 주워 모았다. 살살 달래듯이 가만가만 입김을 불어 넣자 불꽃이 조금씩 살아났다. 이제는 몸을 따뜻하게 녹일 뿐 아니라 배도 든든하게 채울 수 있다.

저 멀리 수평선에는 시커먼 구름이 자욱했지만 머리 위로는 구름 한 점 없는 맑은 하늘에서 따사로운 햇살이 내리비쳤다. 콜은 햇볕을 흠뻑 쬐려고 고개를 뒤로 젖혔다. 가비는 이곳을 비가 억수같이 쏟아지는 지역이라고 했다. 미네소타 사람이 뭘 안다고? 깝죽거리기는. 어제 그리고 간밤에 가랑비가 내리기는 했지만 어느새 눈부시게 활짝 갠 것이다.

콜은 몇 시간을 줄곧 해안가에 앉아 물때를 살폈다. 한번은 뒤쪽에서 나뭇잎이 산들바람에 물결치는 소리를 듣고 스피릿베어가 다시 왔나 싶어 주변을 둘러보았다. 나뭇가지 사이를 팔짝팔짝 뛰어다니는 큼지막한 잿빛 새 한 쌍이 눈에 띌 뿐이었다. 콜은 놀란 가슴을 쓸어내리며 소리 죽여 웃었다. 무엇이 두려운 걸까? 제아무리 스피릿베어라도 사람이 있는 걸 뻔히 알면서 섣불리 얼쩡거리지는 않을 텐데 말이다. 그것도 하필 성질머리 고약한 인간한테 딱 걸렸으니.

콜은 한낮이면 만조가 된다는 것과 이후 한 시간도 못 돼 물이 빠져나가기 시작한다는 사실을 알아냈다. 밀물과 썰물이 열두 시간 간격으로 반복된다는 사실을 고려하면 다음 썰물은 밤늦게나 일어날 테고 그다음에는 내일 이맘때나 기대할 수 있을 터였다. 콜은 울며 겨자 먹기로 내일 출발하는 게 최선이라는 결론을 내렸다. 달밤에 헤엄치는 것은 생각만 해도 등골이 오싹했다.

콜은 인적 없는 섬에 잿더미만 남아 있는 것을 보고 가비와 에드윈이 어떤 표정을 지을지 몰래 지켜보고 싶은 마음이 굴뚝 같았다. 모르긴 해도 아빠는 길길이 날뛸 것이다.

"이제 어쩔 셈이세요, 아빠? 누구를 고소하실 거죠? 누구를 후려갈길 건가요?"

콜은 마치 아빠가 자기 옆 돌멩이에 앉아 있기라도 한 양 큰 소리로 물었다.

콜은 알고 있었다. 아빠가 이번 일로 자식 일이라는 게 법이나 독한 술로도 해결되는 것이 아님을 절실히 깨달았다는 것을. 아빠가 선택한 유일한 해결책은 점점 더 난폭해지는 것이었지만 이 또한 효과는 신통치 않았다.

콜은 언젠가 아빠의 말을 거역하고 느지막이 집에 돌아온 날을 떠올렸다. 아빠는 살갗이 벗겨지고 속살이 훤히 드러나도록 연신 매질을 했다. 콜은 아빠가 매질을 멈추고 마디가 툭 불거진 손에 허리띠를 휘감는 것을 공포에 질린 채 바라보았다. 아빠는 허리띠를 휘두르며 "사는 게 장난인 줄 알아, 이 새끼야! 머리에 피도 안 마른 게! 네 눈엔 내가 물로 보이냐!"

하고 악을 썼다. 이번에는 금속 버클이 몸뚱이를 사정없이 후려쳤다.

콜은 울부짖었다.

"그만요, 그만하세요! 늦게 들어와서 죄송해요. 다음부턴 말 잘 들을게요. 제발, 아빠, 한 번만 봐주세요! 사는 건 장난이 아니에요. 제발 한 번만 봐주세요!"

콜이 울부짖는 내내 아빠는 매질을 멈추지 않았다. 그날 밤이 엄마가 역성을 들어 준 유일한 날이었다. 엄마는 술병을 손에 들고 문간으로 다가왔다.

"여보, 그러다 애 골병들겠어요."

아빠는 엄마 얼굴에 대고 허리띠를 빙빙 돌렸다.

"당신 볼일이나 봐, 안 그랬다간 당신도 맞을 줄 알아."

엄마가 다시 거실로 발걸음을 돌리는 사이 매질도 멈추었다.

콜은 몸을 일으켜 기지개를 켰다. 석 달을 갇혀 지내다 보니 섬으로 간다는 말에 귀가 솔깃했다. 지금은 땅을 치고 후회하지만. 이게 다 가비 그 인간 탓이다. 콜은 다섯 차례나 모임을 열었는데도 다들 하나같이 감옥을 들먹이는 데 분통이 터졌다. 급기야 위원들에게 통사정을 하기에 이르렀다.

"진심으로 후회하고 다시는 그런 짓을 저지르지 않겠다고 애원하는데 왜 다들 믿지 않으세요?"

피터의 변호사가 발언권을 얻으려고 깃털을 요구했다.

"너는 허구한 날 거짓말만 일삼는 데다 교활하게 농간을 부리고 발뺌하느라 급급하잖니. 그걸 뻔히 아는데 네가 진정으로 뉘우쳤다고 믿을 사람이 과연 몇이나 있겠어."

콜이 체념하듯 말했다.

"좋아요. 그럼 저를 내쫓으면 되잖아요. 사람들 눈에 띄지 않고 아무도 해칠 수 없는 곳으로 저를 보내 버리면 되잖아요. 그럼 될 걸 왜 감옥으로만 보내려고 해요?"

가비가 거들고 나섰다.

"콜의 말이 맞습니다. 감옥이 아닌 곳으로 보낼 수도 있죠."

피터의 엄마가 발끈했다.

"저 애는 어디를 가든 괴롭힐 사람을 찾아낼걸요. 북극 어디쯤으로 보낸다면 모를까."

골똘히 생각에 잠겨 있던 가비가 얼굴에 화색을 띠더니 깃털을 다시 청했다.

"저는 틀링깃 인디언입니다. 알래스카 남동부에서 자랐지요. 콜을 내륙 통로의 외딴섬으로 추방할 수도 있습니다. 이건 오랫동안 원주민들이 해 오던 방식이랍니다. 콜은 비전 탐구(원시림이나 산정에 홀로 들어가 자연과 교감하며 깊은 깨달음을 얻는 인디언의 전통 의식: 옮긴이)를 하듯 오랜 시간을 홀로 지내며 자기 자신은 물론이고 내면의 분노와 골똘히 마주할 수 있는 기회를 갖게 될 것입니다."

사회자가 물었다.

"누가 함께 가나요?"

가비는 고개를 저었다.

"아뇨, 이따금 연장자가 들러 보는 거죠. 유배가 효과를 거두는 이유는 극도의 고독을 경험하기 때문입니다. 범법자를 친구, 약, 술 그 외에 문제를 일으키도록 부추기는 이런저런 요인들과 동떨어진 곳에서 오랜 시간을 보내게 하는 거죠. 생각할 시간을 주는 겁니다."

태너 판사가 썩 내키지 않는 기색으로 물었다.

"기간은 얼마나 되죠?"

"대략 1년쯤."

피터의 엄마가 깃털을 요구했다.

"좋아요, 콜이 어떤 섬에서 1년 형을 산다 치죠. 그런 다음에도 별 변화가 없으면 어쩌죠? 아무 애나 닥치는 대로 해치게 놔둘 셈인가요?"

가비는 고개를 가로저었다.

"유배는 형을 사는 게 아닙니다. 그냥 콜이 자기 말에 책임을 지는 법을 배우게 하는 시간이죠. 콜에게 말만 번지르르하게 하지 말고 행동으로 보이라고들 하면서 감옥에 처박으면 저 애가 무슨 수로 자신이 한 말을 증명해 보입니까? 유배생활이 끝날 때까지 콜의 형을 연기하자는 겁니다. 그러고 나서 위원들이 재평가해서 과연 자기 말에 책임을 졌는지 아니면 역시나 감옥에 보내는 게 최선인지를 결정하는 겁니다."

사회자가 콜에게 물었다.

"이 제안을 어떻게 생각하니?"

콜은 어깨를 으쓱해 보였다.

"저는 집 밖에서 지내는 일에는 이골이 난 사람이에요. 뭐 그럭저럭 잘 지낼 것도 같은데."

콜은 가비를 돌아보았다.

"그런데 1년이나 섬에서 지내고 와서도 감옥에 가야 한다는 말이에요?"

"그건 전적으로 너 하기에 달렸단다. 뉘우치고 있으니 제발 믿어 달라고 애걸했지? 그게 진심이라면 걱정할 게 하나도 없어."

콜은 내색을 하지는 않았지만 눈앞이 캄캄했다.

사람들이 한꺼번에 깃털을 달라고 아우성을 쳤다. 깃털이 여기저기로 정신없이 오갔다. 숱한 질문과 답변이 오가는 가운데 사람들이 내뿜는 열기로 공기는 한껏 달아올랐고, 사회자가 기도로 그날 밤의 모임을 마무리할 즈음에는 다들 가비의 제안이 실제로 효과를 거둘지 한번 실험해 보자는 데 의견을 모았다.

가비는 모임이 끝나고 콜을 한구석으로 불렀다.

"유배가 웬만한 징역살이보다 힘들 거다. 각오는 되어 있겠지?"

콜이 물었다.

"겁 주려는 거예요, 뭐예요?"

"처신 잘해야지 감옥에라도 가는 날에는 나는 완전히 손 뗀다."

"까짓 섬에서 1년 사는 게 뭐가 그리 어렵다고 야단이에요?"

가비는 알겠다는 듯 미소를 머금었다.

"어디 한번 가서 살아 보렴. 폭풍우에도 시달리고 배도 쫄쫄 곯아 봐. 몸서리치는 추위도 한번 당해 봐."

7

　바닥에 나뒹구는 삭정이가 다 떨어지자 콜은 나뭇가지에
서 잔가지를 똑똑 분질러 불을 지폈다. 그을음이 어찌나 심한
지 매캐한 연기가 피어오를 때마다 눈이 따끔거렸지만 그래
도 피에 굶주린 모기떼를 쫓는 데는 그만이었다.

　콜은 밤에 쓸 땔감을 부지런히 장만하다가 바닥에 나뒹
구는 가비의 엣투를 힐끗 보았다. 잘 챙겨 두었다가 오늘 밤
기온이 떨어지면 써먹어야지 싶었다. 수북이 쌓인 땔감에 뿌
듯해진 콜은 탁탁 소리를 내며 연기가 피어오르는 불가에 앉
아 바닷가 어귀를 물끄러미 바라보았다.

　난데없이 희고 검은 섬광들이 수면을 쩍쩍 갈랐다. 새끼
를 호위하며 먹이를 찾아 나선 범고래가 해안가를 따라 용골
(선박 바닥의 중앙을 받치는 길고 큰 재목: 옮긴이) 모양의 지느러

미를 반짝이고 있는 것이었다. 두 녀석 모두 숨을 쉬느라 이따금씩 물 밖으로 고개를 내밀었다. 분수공에서 칙칙 공기를 내뿜는 소리가 대기의 정적을 산산이 부서뜨렸다.

콜은 범고래는 보는 둥 마는 둥 불꽃이 잘 타들어 가는지 유심히 지켜보았다. 배배 꼬인 흰 띠를 하늘로 풀어헤치는 것처럼 연기가 자욱하게 피어올랐다. 콜의 뺨 근육이 팽팽하게 조여들고 무지근하게 짓누르는 분노로 눈동자가 번득거렸다. 몸뚱이는 더할 나위 없이 노곤했다. 콜은 주먹을 단단히 움켜쥔 채 눈을 질끈 감고 북받쳐 오르는 분노를 삭이려고 고개를 앞뒤로 흔들었다. 사사로운 감정에 휘둘리고 싶지 않았다. 지금은 감정에 휘둘릴 때가 아니다.

다시 눈을 뜬 순간 콜은 소스라치게 놀라 숨을 헉 삼켰다.

곰이 나타난 것이다.

100미터도 채 안 되는 물가에 스피릿베어가 버티고 서서 콜을 물끄러미 쳐다보고 있었다.

콜이 벌떡 일어나 악을 썼다.

"저리 가, 이 더러운 짐승아! 묵사발을 만들기 전에!"

허겁지겁 땅바닥을 훑던 콜이 시커멓게 탄 칼날을 집어 들었다. 그러나 이따위 칼로는 어림도 없을 것 같았다. 콜은 창으로 쓸 만한, 가늘고 곧게 뻗은 가지를 구하러 숲으로 들어갔다. 가시 돋친 땃두릅나무를 요리조리 피해 숲속을 샅샅이 뒤졌다.

쓸 만한 가지가 눈에 띄자 칼로 자른 다음 끄트머리를 뾰족하게 다듬었다. 콜은 이리저리 휘둘러보고는 만족한 듯 고개를 끄덕이고 불가로 돌아가 창을 나무에 기대어 놓았다. 스피릿베어가 온데간데없이 사라졌지만 개의치 않았다. 한 번만 더 그 구역질 나는 낯짝을 내밀기만 해 봐라, 콱 죽여 버려야지!

그때부터 쭉 불가에 죽치고 앉아 모기가 덤벼들지 않게 연기를 피워 올리려고 젖은 나무를 불 속에 던져 넣었다. 저녁이 되자 모기에 물린 눈자위가 퉁퉁 부어올랐다. 콜은 물린 자리 수십 군데를 성마르게 벅벅 긁어 댔다. 굶주린 위장이 격렬하게 뒤틀렸지만 애써 외면했다. 먹을 것을 찾아 냇가 주변을 맴도는 대신 물로 배를 채웠다. 허리춤에는 줄곧 칼과 창을 차고 있었다. 어스름이 내리자 스피릿베어도 더는 나타나지 않았다. 콜은 가문비나무 잔가지를 분질러 불가에 잠자리를 마련했다. 태아처럼 몸을 옹송그린 다음 엣투를 폭 뒤집어썼다. 따뜻했다. 별 탈 없이 하루를 보냈다. 마음만 먹으면, 특히나 생필품만 온전하다면, 이 섬에서 지내는 것도 해 볼 만한 일이라는 생각이 들었다.

콜은 등을 대고 누워 하늘을 올려다보았다. 별들은 불꽃놀이가 얼어붙은 것처럼 반짝였다. 큰곰자리 아래 만 위에는 북극의 오로라가 격렬하게 춤을 추고 있었다. 콜은 고개를 돌려 어두운 숲의 깊은 허무를 응시했다. 그가 느끼는 내면의 감정이 바로 그러했다—텅 빈. 거기에 봐줄 만한 구석이라고는 눈을 씻고 찾아봐도 없었다. 두어 시간을 뒤숭숭한 생각들로 뒤척이다가 간신히 잠이 들었지만 그나마도 악몽 속에서 허우적댔다.

콜은 한밤중에 깊은 숲속에서 들려오는 기괴한 소리에 퍼뜩 잠이 깼다. 후미 쪽에서 요란스레 첨벙거리는 소리가 들렸다. 일어나 앉아 잦아든 불길을 되살렸다. 불꽃을 능숙하게 활활 피워 올리면서 다시금 이 섬을 탈출할 생각에 골똘히 잠겼다.

이번에는 전과 같은 실수를 되풀이하지 않을 것이다. 한낮에 물이 가득 들어차기가 무섭게 출발하면 후미를 벗어날 때쯤 썰물이 섬에서 뚝 떨어진 곳으로 실어다 줄 것이다. 그러면 훨씬 수월하게 다음 섬에 갈 수 있을 것이다. 콜은 탈출 작전을 세우다 어느새 깊은 잠에 빠져들었다.

잠에서 깨어 눈을 뜨니 사위에 묘한 정적이 감돌았다. 하늘도 숨을 죽이고 있는 것만 같았다. 한밤중이면 으레 들리는 어슴푸레한 소리마저 잠잠했다. 콜은 일어나 앉아 숲속에 도사린 짙은 어둠을 뚫어지게 바라보았다. 저기 보이지 않는 컴컴한 숲에서 스피릿베어 녀석이 어슬렁거리는 것일까?

"이 더러운 놈아!"

콜은 암흑의 세계를 향해 쩌렁쩌렁 고함을 쳤다.

어둠 속에선 아무런 대꾸도 돌아오지 않았다.

콜은 등을 따끔따끔 찌르는 가문비나무 가지를 골라내고 드러누워 엣투를 목덜미로 바짝 당겨 야무지게 여몄다. 여전히 잠은 오지 않았다. 동틀 녘이 되자 캄캄한 하늘에 우중충한 잿빛 구름이 드리우더니 이슬비가 부슬부슬 내리기 시작했다.

콜은 날밤을 새우다시피 한 터라 정신이 몽롱해 뻣뻣한 몸뚱이를 간신히 일으켰다. 숨을 내쉴 때마다 허연 입김이 싸늘한 새벽 공기 속에 새어 나왔고 명치끝이 바늘로 쑤시는 것처럼 따끔거렸다. 뭔가를 먹어야 했다. 오늘 헤엄을 치려면 엄청난 열량이 필요할 터였다. 하지만 그보다 먼저 벌건 숯이 되어 버린 불꽃을 도로 살려야 했다.

팔을 앞뒤로 휘두르고 발을 굴러 체온을 유지하면서 불쏘시개를 그러모았다. 그러고는 무릎을 꿇고 타다 말다 하는 불씨에 입김을 불어 넣었다. 연기가 모락모락 피어오르기 시작했다. 불꽃이 활활 타오르게 땔감을 수북이 밀어 넣고 나서야 콜은 먹을거리를 찾아 나섰다.

물가의 미끌미끌한 자갈밭보다는 그 너머에 있는 폭신한 풀밭을 걷는 게 훨씬 수월했다. 한 손에는 창, 다른 손에는 시커멓게 탄 칼날로 단단히 무장을 했다. 후미 어귀에 다다르자 자갈밭에서 갈매기 세 마리가 반 토막 남은 물고기 살점을 쪼아 먹고 있었다.

콜은 팔을 휘두르고 고함을 치며 갈매기를 향해 득달같

이 달려가 그 거만하게 걷는 먹보들의 먹이를 가로챘다. 끼룩 거리며 공중으로 날아오른 갈매기들이 빙글빙글 머리 위를 맴돌며 시위를 벌이는 가운데 콜은 물고기 토막을 집어 들었다. 대가리 반쪽은 이미 흔적조차 없었다. 혹시 스피릿베어가 나타나지나 않을까 싶어 주위를 살폈다. 아무런 기척도 없었다. 노획물을 든 콜은 여전히 숲에 눈길을 주었다. 갈매기들이 물고기를 갈가리 찢어 놓았지만 큼직한 선홍빛 살점이 아직도 남아 있었다.

그릴에 구운 먹음직스러운 소시지 맛은 못 따라가도, 미네소타주 미니애폴리스에서 진절머리 나게 곱씹던 그 더러운 맛보다는 낫겠지 하며 발길을 돌려 야영지로 가는 동안 덜렁거리는 내장과 오물을 제거했다. 이것이야말로 이 섬을 탈출하는 데 필요한 에너지를 보충해 줄 귀한 음식이다.

야영지에 다다른 콜은 뭉툭한 창끝을 물고기 배에 난 구멍에 찔러 넣은 다음 연기가 나는 불꽃에 대고 빙글빙글 돌렸다. 고기가 구워지자 살점을 떼어 먹었다. 쪼그라들었던 뱃가죽이 봉긋 부풀어 올랐다. 냇가로 가서 물을 마시고 돌아와 뼈에 붙은 살점을 야금야금 더 발라 먹었다. 이만하면 당분간은 버틸 수 있을 듯싶었다.

부슬부슬 내리던 빗줄기가 차츰 굵어졌다. 콜은 다시금 화창하게 개기를 간절히 바라며 엣투를 어깨에 폭 덮어쓰고 연기를 피해 다니느라 불가를 이리저리 맴돌았다. 껌벅껌벅

하는 불씨에 땔감을 밀어 넣으면서 후미 쪽 회청색을 띠는 수
면에 내리꽂히는 빗줄기를 물끄러미 바라보았다.

날이 갤 때까지 한 이삼일 기다릴 수만 있어도 좋으련만,
그럴 형편이 아니었다. 그때쯤이면 에드윈과 가비가 자신을
살피러 올 것이다. 콜은 불가로 바짝 다가갔다. 벌써 하룻밤을
이 섬에서 보냈다. 오늘은 여기를 벗어나 맛있는 음식이 있는
아늑한 곳으로 떠날 것이다.

구름이 짙게 덮여 시간을 가늠할 수가 없었다. 만조가 되
려면 아직도 서너 시간은 더 있어야 할 듯싶다. 벌써 수면이
눈에 띄게 차오른다. 콜은 큼직한 바윗돌을 불가로 굴린 다음
그 위에 걸터앉았다. 하염없이 쏟아지는 빗줄기에 불꽃이 지
글거리며 탄내가 구수하게 나는 연기를 훅훅 내뿜었다. 콜은
엣투를 비틀어 짠 다음 다시 어깨에 덮었다. 그나마 모기가 귀
찮게 굴지 않아 다행이었다.

수면이 얼마나 차올랐는지 보려고 다시금 후미로 눈길을
던지던 콜은 자신의 눈을 믿을 수 없어 연거푸 깜빡거렸다. 거
기에, 냇물이 후미로 흘러들어 가는 바로 그곳에 스피릿베어
가 떡 버티고 있었다. 그 육중한 흰 짐승이 자신의 거대한 발
에 깔려 옴짝달싹 못 하는 돌멩이들처럼 미동도 하지 않고 물
가에 서 있었다. 녀석은 콜을 빤히 쳐다보았다.

콜은 한 손에는 임시방편으로 만든 창을, 다른 손에는 칼
을 거머쥐었다. 거대한 동물에게 시선을 고정한 채 콜은 발을

재게 놀려 가까이 다가갔다. 이번에는 녀석이 감쪽같이 사라지는 술책 따위를 함부로 쓰지 못할 것이다. 달아나려고 필사적으로 몸부림을 칠지언정. 하지만 곰은 털이 북슬북슬한 몸뚱이에서 빗방울을 뚝뚝 떨구기만 할 뿐 꼼짝도 하지 않았다.

콜은 곰과 가까워지자 차츰 걸음을 늦추었다. 이제 눈 깜빡할 새에 녀석은 몸을 돌려 꽁지 빠지게 달아날 것이다. 만에 하나 그러지 않을 경우를 대비해 콜은 창을 어깨 위로 들어올렸다.

하지만 곰은 달아나기는커녕 몸을 틀어 콜을 정면으로 마주 보았다. 녀석은 고개를 숙여 콜을 내려다보며 우두커니 서 있었다. 콜은 주춤거리며 한 발짝씩 다가갔다. 녀석이 도대체 뭘 믿고 저렇게 뻗대는지 미칠 노릇이었다. 간이 부은 게 틀림없다. 녀석이 살려면 이쯤에서 줄행랑을 쳐야 한다. 그러지 않으면 처참한 몰골로 죽고 말 것이다. 콜은 녀석을 살려두지 않을 참이었다. 저 미련한 짐승은 그걸 모르는 걸까?

"썩 꺼져!"

콜은 50보도 채 안 되는 곳에 우뚝 멈춰 서서 사나운 기세로 으르렁거렸다.

곰은 깊은 숨을 몰아쉬기만 할 뿐 움직이지 않았다.

"저리 꺼져! 어서!"

비는 여전히 주룩주룩 내렸고 곰은 꿈쩍도 하지 않았다.

콜은 창을 뒤로 한껏 젖히고 주춤거리면서 어깨 너머를

힐끔 곁눈질했다. 아무도 보는 사람이 없었다. 지금 당장 꽁지 빠지게 줄행랑을 친다 해도 누구 하나 알지 못할 터였다. 콜은 창을 단단히 움켜쥔 손마디가 얼얼했다. 한평생 옭아매던 마음의 상처와 허세와 응어리진 분노가 자신의 몸뚱이를 송두리째 휘어잡고 있었다. 콜은 다시금 한 발짝씩 앞으로 나아갔다.

스무 발짝도 채 남지 않은 곳에서 콜은 주춤했다. 스피릿베어의 숨결에서 새어 나오는 촉촉한 입김이 까만 콧잔등에 작은 구름을 훅 내뿜었다. 텁수룩한 흰 털에 구슬처럼 영롱하게 맺힌 빗방울이 앙증맞은 실개천이 되어 흘러내렸다. 녀석은 한 그루의 나무나 커다란 바위처럼 자리에서 꿈쩍도 하지 않고, 자연의 일부라도 된 듯 묵묵히 버티고 있었다.

스피릿베어가 잠자코 있으니 콜은 용기가 불끈 용솟음쳤다. 겁을 먹은 게 분명해. 그렇지 않고서야 덤벼들지 않고 그냥 있을 리가 없잖아? 콜은 북받쳐 오르는 분노에 치를 떨었다. 머지않아 죽든 살든 결판이 나겠지만, 등을 보이고 달아난다는 건 몸속의 세포조차도 결코 용납지 못할 짓이었다. 곰이 달아나지 않는다면 선택은 오로지 하나뿐이다.

"넌 이제 죽었어."

콜은 혼잣말을 뇌까리면서 칼을 단단히 거머쥐고 스피릿베어의 널찍한 흰 가슴에 창을 겨누고 한 발짝씩 앞으로 나아갔다.

8

스피릿베어한테서 열 발짝도 떨어지지 않은 곳에서 콜이 먼저 공격을 했다. 콜은 곰을 아예 죽일 작정으로 온몸의 힘을 실어 창을 던졌다.

곰이 앞으로 성큼 다가오는가 싶더니 희끄무레한 게 언뜻 움직이면서 창이 풀밭으로 나가떨어졌다. 콜이 미처 칼을 휘두를 새도 없이 곰이 달려들어 거칠게 한 방을 날렸다. 콜은 몸뚱이를 한껏 웅크린 채 땅바닥에 뒹굴었다. 곰은 바닥을 굴러갈 틈도 주지 않고 짓밟아 버릴 기세로 콜의 얼굴을 냅다 걷어찼다. 콜은 돌멩이에 턱을 세게 짓찧었다.

콜이 몸뚱이를 굴려 버둥거리며 숲으로 내달았지만 숲은 아무런 도움도 안 되었다. 곰이 다시 덮쳐 콜을 잡아끌었다. 숨을 내쉴 때마다 썩은 내가 코를 찔렀다. 콜은 왼손에 칼을 거머쥐고 오른손에는 곰의 갈고리 발톱을 벗어나려고 닥치는 대로 길쭉한 땃두릅 줄기를 움켜쥐었다. 작은 가시들이 손가락을 마구 파고들었다.

곰이 무슨 봉제 인형이라도 집듯 콜을 가뿐하게 들어 올려 장딴지 깊숙이 이빨을 박아 넣는 바람에 콜은 가시 박힌 손가락을 돌볼 겨를조차 없었다. 울컥 욕지기가 나는 걸 무릅쓰고 칼을 격렬하게 휘둘렀다. 칼날이 곰을 파고들 때마다 곰은 장딴지를 문 아가리에 한껏 힘을 주었다. 골반뼈에 금이 간 듯 묵직한 통증이 밀려왔다. 콜은 맥없이 늘어졌고 칼이 바닥으로 떨어졌다.

곰은 콜을 바닥에 내동댕이치더니 갈퀴로 낙엽을 그러모으듯 콜의 가슴팍을 발톱으로 할퀴었다. 곰의 발이 몸뚱이를 훑고 지나갈 때마다 날카로운 발톱이 생살을 찢었다. 콜은 필사적으로 오른팔을 쳐들었다. 곰의 이빨이 팔뚝을 단단히 찍어 눌렀다. 순간 세상이 슬로모션처럼 느릿느릿 움직였다.

곰이 콜의 팔을 물고 흔들자 몸뚱이가 맥없이 앞뒤로 펄럭거렸다. 곰의 낯짝에 주먹을 휘둘렀지만 그 사나운 짐승은 눈도 깜빡하지 않았다. 뼈를 으스러뜨릴 기세로 짓누르는 아가리에서 팔뚝을 빼내려고 안간힘을 다해 곰의 목덜미를 거머쥐었다. 새하얀 털이 한 줌이나 뭉텅이로 뽑혀 나왔다. 우두둑 팔뚝 뼈가 부러지는 소리가 귓전을 때렸다. 곰은 한 차례 포효하더니 콜을 툭 내던졌다.

콜은 바닥에 나가떨어지고 나서 어깨에 말할 수 없는 통증을 느꼈다. 오른팔은 아예 감각이 없었다. 콜은 곰이 돌아보자 목청껏 "그만! 이제 그만해!" 하고 소리를 지르려고 했다. 그러나 거친 신음만 간간이 새어 나올 뿐이었다. 콜은 그 자리에 쓰러졌다.

공격을 마친 곰이 콜의 가슴에 거대한 발을 올려놓더니 거세게 밀었다. 갈비뼈가 부러지면서 콜의 허파에서 공기가 훅 새어 나왔다.

콜은 입을 벌리고 가쁜 숨을 몰아쉬려고 헐떡거렸지만 도무지 숨을 들이마실 수가 없었다. 우뚝 버티고 서서 내려다보고 있는 스피릿베어의 입에서 썩은 내와 더불어 온기가 전해졌다. 어서 이 새하얀 괴물한테서 달아나야겠다 싶어 팔이며 다리며 몸뚱이를 움직이려고 안간힘을 썼지만 꼼짝할 수 없었다. 치가 떨리는 고통이 몸 구석구석을 휩쓸고 지나갔다. 숨을 쉴 때마다 쥐어짜는 것처럼 가슴이 저렸고 비릿한 피 냄새가 입안 가득 고였다.

싸늘한 빗줄기를 맞으며 곰은 콜을 마냥 내려다보고 서 있었다. 이윽고 곰이 깊은 숨을 몰아쉬더니 거대한 머리통을 들고 무심히 걸음을 옮겼다. 곰은 느릿느릿 발을 끌면서 해안가를 향해 어슬렁어슬렁 걸어갔다.

한동안 세상이 그대로 멈추었다. 헐떡거리던 콜은 옆으로 돌아누우려다가 가슴과 엉덩이뼈에 으스러지는 듯한 통증이 몰려오는 바람에 움찔했다. 차오른 공기가 차츰 폐를 압박해 오른팔을 들어 올리려고 버둥거렸지만 팔은 풀밭에 나뒹구는 삭정이처럼 꿈쩍도 하지 않았다. 그나마 마음대로 움직일 수 있는 것은 왼팔과 고개뿐이었다.

빗줄기가 하염없이 뺨을 간질였고, 빗방울이 입에서 새어 나온 피와 뒤범벅이 되어 흘러내리며 땅바닥을 시뻘겋게 물들였다. 콜은 눈을 감았다. 이대로 죽는 건가? 움직일 때마다, 숨을 쉴 때마다 몸서리치는 고통이 엄습했다. 목에서 울컥울컥 넘어오는 피 때문에 숨이 막혔다. 엉겁결에 기침을 했다가 가슴을 찢어발기는 듯한 고통에 몸부림을 쳤다. 배 속이 격렬하게 뒤틀렸고 온 세상이 무시무시한 기세로 으르렁댔다. 다시는 기침을 하지 말아야지, 콜은 단단히 마음먹었다. 기침을 하느니 물에 빠져 죽는 게 나을 것 같았다.

콜은 자신이 후미가 훤히 내려다보이는 나무 아래 누워 있다는 것을 알았다. 울퉁불퉁한 땅바닥이 등에 배겨 욱신거렸다. 열 발짝도 채 안 되는 곳에서 갈매기 떼가 끼룩대며 한껏 무게를 잡고 어정거리는가 하면 앙상한 날개를 퍼덕거리며 풀밭에서 무언가를 쪼아 먹고 있었다.

콜은 가슴께를 내려다보았다. 곰의 날카로운 발톱에 살갗이 흉하게 벗겨졌다. 갈기갈기 찢어진 셔츠 자락 사이로 굵게 할퀴고 지나간 상처가 보였다. 갈매기 한 녀석이 끼룩거리며 다른 갈매기한테서 벌건 살점을 빼앗고 있었다. 콜은 갈매기들이 자신의 몸뚱이에서 떨어져 나간 살점을 두고 다투고 있다는 것을 알았다.

고함을 쳐서 녀석들을 쫓으려 했지만, 왼손을 어정쩡하게 휘젓는 게 고작이었다. 무지근한 분노로 가득한 신음 소리가 목구멍에서 잦아들었다. 갈매기들은 몇 발짝 뒷걸음질치다가는 도로 몰려와 풀밭에서 먹이를 쪼았다. 콜은 울화가 치밀어 녀석들에게 침을 뱉었다. 피와 뒤범벅이 된 끈적끈적한 액체가 턱에서 흘러내리더니 어깨로 방울져 떨어졌다.

감각이 없는 입술을 핥는 순간 아찔한 통증이 엄습해 오는 바람에 치를 떨었다. 곰이 얼굴을 땅바닥에 짓찧을 때 엉겁결에 혀를 깨물었던 것이다. 갈매기들이 하나둘 공중으로 날아올랐다. 녀석들은 그럴싸한 먹이가 없나 하고 후미 주변을 뱅글뱅글 맴돌고 있었다.

콜은 녀석들을 물끄러미 쳐다보았다. 게걸스러운 갈매기들은 콜의 가슴 살점을 야금야금 잘도 먹어 치우더니 이제는 청어나 조개 같은 다른 먹이를 노리고 있었다.

재수 더럽게 없네, 콜은 한숨이 절로 나왔다. 외딴섬에서 사람을 보고도 달아날 줄 모르는 미련 곰퉁이와 씨름하다가 생을 마감하다니. 갈매기들은 또 어떻고? 녀석들 목구멍에 뭐나 막혀서 콱 죽어 버렸으면 싶었다. 얼마나 돌대가리면 물고기인지 사람 생살인지 구분도 못 하고 걸근거리냔 말이다! 녀석들은 콜을 하찮은 동물로 취급했다. "야 이 녀석들아, 날 좀 봐! 이분은 콜 매슈스 님이시다! 어르신한테 함부로 까불다간 큰코다칠 줄 알아." 하고 악을 쓰고 싶었다. 하지만 나오는 것은 신음뿐이었다. 나에게 총만 있다면….

끼룩거리는 갈매기 소리가 공허한 웃음이 되어 후미 너머로 메아리쳤다. 녀석들이 나를 비웃는구나, 가슴 한구석이 저릿했다. 애초에 이 섬에 오지 말걸 싶었다. 하지만 여기에 있다. 무슨 수를 써도 이 상황을 바꿀 수는 없다. 빌어먹을 섬에 꼼짝없이 갇힌 채 괴물딱지 같은 흰곰의 공격을 받아 온몸이 만신창이가 된 것이다.

콜은 정신을 가다듬으려고 애를 썼다. 어쩌다 이 꼴이 되었나. 예전에는 자신을 보면 다들 사시나무처럼 떨었는데 말이다. 곰은 왜 겁을 먹지 않은 걸까? 곰 같은 미련퉁이는 꽁지가 빠지게 달아나게 마련인데. 달아나기는커녕 그 머저리 녀석은 감히 공격을 해 왔다. 가벼운 준비운동을 좀 했으니, 지금쯤 녀석은 숲속 어딘가를 한가로이 어슬렁거리고 있을 터였다. 아침 녘에 힘없는 짐승을 해치운 것쯤 대수롭지 않은 듯말이다.

눈을 돌리니 옆구리 언저리에 나뒹굴고 있는 칼이 보였다. 칼날 끄트머리에 묻은 스피릿베어의 피를 보니 뿌듯했다. 얼굴을 일그러뜨리면서 왼손을 들어 입술에 흘러내린 피를 훔쳤다. 단단히 쥔 주먹에 북슬북슬한 흰 털 한 뭉텅이가 있었다. 그 털을 보는 순간 등줄기에 식은땀이 흘렀다.

콜은 그때의 악몽이 되살아나는 것 같아 뻣뻣한 털 뭉치를 털어 내려고 팔에 힘을 주다가 순간 멈칫했다. 그러더니 털 뭉치를 바지 주머니에 찔러 넣었다. 만약에라도 살아서 돌아간다면 자랑을 늘어놓을 참이었다. 곰이랑 당당히 맞서 싸웠다는 명백한 증거가 생겼으니 말이다. 털을 보니 자신이 마냥 당한 것만은 아니지 싶었다. 아무리 얼빠진 곰이라도 털이 뭉텅이로 뽑혀 나갔는데 얼마나 아팠겠는가.

등이 배겨 몸을 뒤척이려고 안간힘을 썼지만 뼈 마디마디가 어찌나 뻣뻣한지 단단하게 굳은 콘크리트 같았다. 몸뚱이를 어느 쪽으로도 틀 수가 없었다. 팔이라도 온전히 쓸 수 있으면 좋으련만. 오른팔이 어떤지 보려고 몸부림을 쳐서 고개를 들었다. 오른팔이 갈기갈기 찢긴 채 맥없이 늘어져 있었다. 찢어진 셔츠 자락 사이로 살점이 떨어져 나간 팔뚝이 보였다. 팔꿈치 언저리에는 피가 흥건한 흰 뼈가 삭정이처럼 삐죽 튀어나왔다. 땟두릅 줄기를 거머쥐었던 손가락은 핏기 없이 퉁퉁 부어올라 꼭 인조 손가락 같았다. 손가락은 제각기 엉뚱한 방향을 가리키고 있었다. 어깨를 불로 지지는 것처럼 욱신거리는 것 말고는 팔에는 아무 감각도 없었다.

만신창이가 된 팔을 보니 아찔했다. 콜은 무심코 숨을 깊이 들이마셨다가 가슴을 쥐어짜는 고통에 움찔했다. 다시금 빨대로 빨아들이는 것처럼 숨을 쉬는 둥 마는 둥 입술로 가늘게 공기를 빨아들였다.

콜이 얼굴을 일그러뜨리며 오른쪽 무릎을 들어 올리려고 애썼지만 역시나 헛수고였다. 으스러뜨릴 듯한 기세로 장딴지를 물린 다리는 마비가 되었다. 콜은 숨을 쉬려고 목에서 힘을 뺐다. 비 오듯 흘러내리는 구슬땀 때문에 눈이 따끔거렸다.

하염없이 내리는 싸늘한 빗줄기로 천지가 흠뻑 젖었다. 머리 위의 나뭇가지가 바람결에 흔들렸다. 콜의 시선은 자신을 둘러싸고 있는 거대한 자연을 구석구석 훑었다. 경관을 이루는 모든 것, 공기, 나무들, 동물들, 물, 비, 이 모두가 한데 모여 거대한 어떤 것을 이룬 것 같았다. 그것들은 서로 조화를 이루고, 구부러지고, 흘러내리고, 뒤엉키고, 함께 호흡하며 제 몫을 해내고 있다. 거기서 자기 혼자만 뚝 떨어져 나온 것 같았다. 옷이 흠씬 젖어 뼛속까지 시렸다. 단단한 땅바닥이 투박한 손으로 사납게 밀쳐 내는 것처럼 상처투성이 몸뚱이를 압박했다.

그냥 물러서면 안 돼, 여기는 내가 있을 곳이 아니야. 콜은 마음을 다잡았다. 이대로 죽을 수는 없어. 돌봐 줄 이 하나 없는 머나먼 섬에서 옴짝달싹 못 한 채 죽을 날만 기다릴 수는 없는 노릇이야. 여기는 웬만한 감방보다 더 살벌하다. 이곳에서 나는 한없이 무기력한 존재다. 따스한 보금자리도, 배불리 먹을 음식도 없어. 나는 보송보송한 옷을 입고 걱정 근심 하나 없이 먹여 주고 재워 주는 안락하고 포근한 방에 있어야 해. 나를 염려하는 사람들에게 둘러싸여 뭐든 마음먹은 대로 할 수 있는 곳, 바로 그런 곳에 있어야만 해.

콜은 깊은 상념에 젖어 들었다. 머지않아 날이 완전히 저물면 빗줄기는 더욱 굵어지고 추워지겠지. 체온이 갑자기 뚝 떨어지면 어쩌나? 죽는다는 건 어떤 걸까? 고통스러운 걸까? 하늘에 번쩍 스치는 번개처럼, 아니면 스피릿베어의 일격처럼 한바탕 휘몰아치는 광풍일까? 죽음은, 살아 있는 몸뚱이를, 썩어 가는 시체의 살점이라도 되는 양 뜯어 먹고 싶어 안달하는 비열한 갈매기처럼 슬그머니 다가오는 걸까? 아니면 인생은, 꺼져 가는 촛불과도 같이 일순간 사그라드는 덧없는 것일까?

더한층 가혹한 시련이 닥칠지도 모른다는 두려움이 서서히 고개를 들었다. 온갖 고통에 시달리다 죽음을 맞게 되면 어쩌나? 산송장이 되어 아무 저항도 하지 못한 채 갈매기 녀석들의 먹이가 되지는 않을까? 한데 곰은 어디로 사라진 것일까?

고통의 물결이 콜의 몸을 휩쓸고 지나갔다. 온몸을 산산이 바스러뜨리는 듯한 통증이 엄습할 때마다 울지 않으려고 입술을 깨물었다. 그러나 흐느낌을 막을 수는 없었다. 이제껏 살면서 끔찍한 악몽에 수도 없이 시달렸다. 물속에서 헤어나지 못하고 빠져 죽는 꿈을 꾼 적도 있다. 거대한 우박처럼 빗발치듯 쏟아붓는 빗줄기에 온몸이 멍투성이가 되도록 두들겨 맞는 꿈도 꾸었다. 하지만 그 어떤 꿈보다도, 돌보는 이 하나 없이 혼자만 덩그러니 남겨진 꿈이 가장 끔찍했다. 지금 콜은 전 생애를 통틀어 가장 무서운 악몽에 시달리고 있다. 고개를 떨구는데 삭정이 위를 꿈틀꿈틀 기어가는 자그마한 애벌레가 눈에 띄었다. 콜은 손가락을 뻗어 애벌레를 꾹 눌렀다. 섣불리 다가왔다가 무슨 꼴을 당하는지 본때를 보여 준 것이다.

비릿한 피가 입안에 자꾸 고이는 바람에 하는 수 없이 목구멍으로 넘겨야 했다. 배 속이 요동쳤다. 몸을 움찔거리며, 왼손으로 입을 훔치고는 손마디에 번들거리는 붉은 피를 물끄러미 바라보았다. 그러자 옆구리께 나뒹구는 칼날에 묻어 있던 곰의 핏자국이 떠올랐다. 그것은 피터를 흠씬 두들긴 후 복도에 흥건하던 피와 별다를 게 없어 보였다. 똑같은 피다. 이런 생각이 뇌리를 스치고 지나갔지만, 정작 그 의미는 흐지부지 넘어갔다. 피는 똑같아 보일지 몰라도 피터는 인생의 낙오자고 등신이었다. 콜은 손을 풀밭에 툭 떨궜다. 곰은 쿵쿵 걷는 소리만 요란한 미련퉁이였다.

배가 뒤틀리고 한바탕 경련이 일었다. 시큼한 담즙이 넘어오는 바람에 목구멍이 아렸다. 토할 생각은 눈곱만큼도 없었지만, 전속력으로 달려드는 화물열차처럼 북받치는 기운을 막을 재간이 없었다. 갑작스레 콜은 경련을 일으키며 구토를 했다. 순간 가슴을 쥐어짜는 통증과 함께 아찔한 현기증이 일었다. 콜은 발작을 거듭하는 동안 기도가 막히지 않게 고개를 옆으로 돌렸다. 어떻게든 구토를 막으려고 이를 악물었지만 부질없는 짓이었다. 검은 파편들이 시야에 어른거리는가 싶더니 이내 의식을 잃었다.

시간이 흘러 콜은 기진맥진하고 의식이 몽롱한 채 눈을
떴다. 후미 너머를 쉴 새 없이 오락가락하는 바람처럼 뇌리에
수많은 생각이 떠올랐다. 역겨운 오물 냄새와 소금기 밴 썩은
해초 냄새가 공기 중에 맴돌고 머리 위로 외계에서 막 날아오
기라도 한 듯 이파리 하나가 느릿느릿 떨어졌다.

콜은 정신을 추스르려고 고개를 돌렸다. 머리 주변에 온
통 오물이 널려 있었다. 아까 먹은 물고기 살점이 눈에 띄었
다. 그 너머로 희끄무레하고 뿌연 하늘이 바다를 삼켜 버린 후
미 어귀가 보였다.

콜은 돌멩이들이며 빗줄기며 끝없이 펼쳐진 바다에 대고
욕설을 퍼부었다. 그냥 감방에나 갈걸 왜 여기에 온다고 했을
까? 감옥에 갔다면 여기보다는 안전하고 편안하게 지냈을 텐
데. 거기에서라면 대장 노릇을 할 수도 있었을 것이다. 여기서
는 윽박지를 상대도, 누군가를 비난할 수도 없는 하찮은 존재
였다. 무슨 짓을 하건 번번이 자신에게 상처를 입힐 뿐이었다.

쓰디쓴 고독이 한바탕 휩쓸고 지나가자 뺨을 타고 흘러
내리는 눈물로 시야가 뿌옇게 흐려졌다. 마치 세상이 잊어버
린 머나먼 섬에서 먹은 걸 죄다 토해 내고 죽을 날만 기다리는
초라하기 짝이 없는 존재 같았다. 이로써 세상으로부터 영영
버림받는 것인가?

9

빗줄기가 하염없이 쏟아지고 하늘에 잿빛 장막이 드리워 시간의 흐름을 도통 가늠할 수 없었다. 콜은 결국 이렇게 끝장 나고 마는구나 하는 상념에 젖어 들었다. 끝장이라는 생각을 한사코 몰아내려 했지만 격렬하게 엄습하는 고통의 물결은 쉽사리 떨쳐 버릴 수가 없었다.

한바탕 휘몰아치는 거센 바람에 뼛속까지 시렸고, 추적 추적 내리는 빗줄기가 결연한 의지의 빗장을 열고 의식 속으 로 흘러들어 영혼까지 흠뻑 적셨다. 사람을 죽일 작정을 하고 쏟아붓는 비였다.

콜은 가물가물하는 의식을 부여잡고 하늘을 향해 우뚝 솟은 우람한 가문비나무를 물끄러미 올려다보았다. 몸속 깊 은 곳에서 북받쳐 오른 절망의 눈물이 눈꺼풀을 비집고 나왔다. 한층 거센 돌풍이 휘몰아쳤다.

이대로 눈을 감는다고 무어 대수겠는가? 아껴 주는 사람 하나 없는 신세가 목숨에 미련을 가져 뭐하겠다고? 나뭇가지 사이를 이리저리 더듬던 시선이 가지 갈래에 쿡 쑤셔 박힌 작은 새 둥지에 가서 멎었다. 둥지는 바람과 비를 피하기 좋게 나무 기둥과 줄기 언저리에 자리를 잡고 있었다. 유심히 보니 자그마한 잿빛 참새가 내려앉아 팔딱거리며 한바탕 수선을 피우다가는 멀찌감치 날아갔다가 금세 다시 돌아오곤 했다.

보금자리로 돌아올 때마다 녀석은 부리에 벌레며 지렁이 따위를 물고 둥지 위에서 분주하게 움직였다. 녀석이 둥지에 내려앉으면 어렴풋이 짹짹거리는 소리가 들렸다. 눈을 가늘게 뜨고 보니 둥지 위로 앙증맞은 대가리가 삐죽삐죽 나와 있었다. 어미가 새끼들에게 먹이를 주는 것이었다. 바로 코앞에 있는 나뭇가지 위에서, 새끼 참새들이 엄마가 지은 뽀송뽀송하고 포근한 둥지에서, 엄마가 물어다 주는 먹이를 먹으며 행복하게 살고 있었다.

새끼 참새들을 보고 있으려니 설움이 북받쳤다. 몸만 성하면 당장에라도 나무줄기를 타고 올라가 둥지를 내동댕이쳤을 것이다. 저런 새대가리들한테는 따끔한 맛을 보여 주어야 한다.

먹이를 주고 난 어미 새가 둥지 옆 가지로 날아가 앉았다. 어미는 깃털을 곤두세운 채 잠시도 한눈을 팔지 않고 새끼들을 지켜보고 있었다. 물끄러미 참새 가족을 보고 있으려니, 한

치 앞을 내다볼 수 없는 자신의 처지가 더없이 저주스러웠다. 만약 자기였다면 새끼들더러 각자 알아서 먹고살라고 할 것이다. 쥐뿔도 보태 준 게 없는 새끼들한테 아까운 노력을 쏟아 부을 이유가 털끝만큼도 없으니.

콜은 늘 이런 생각을 품고 있었다. 자신은 어느 누구한테도 신세 진 게 없다고. 정신이 나가지 않고서야, 쥐뿔도 받은 게 없는 사람들한테 사랑을 베풀다니 말이 될 소린가? 그 사람들이 엉뚱하기 짝이 없는 머리통만 굴리지 않았어도 이따위 섬에서 만신창이가 된 채 쓰러져 있지는 않았을 것이다. 잘못이라고는 눈곱만큼도 없는데 되레 골탕을 먹고 있다. 다시금 화가 울컥 치밀었다. 솟구치는 분노로 잠시 잠깐 딴생각에 빠져들기는 했지만, 부슬부슬 내리는 빗줄기의 싸늘한 기운과 몸을 갈기갈기 찢어발기는 고통을 잊을 수는 없었다. 사무치는 외로움도 물리칠 수 없었다.

너덜너덜한 옷가지를 거칠게 잡아채던 바람이 잦아드는 듯했다. 빗줄기에 얼굴 근육이 마비되었을 무렵에는 이미 의식이 희미했다. 콜은 몽롱한 눈으로 가느다란 은빛 띠를 두르고 서쪽 수평선에 맞닿아 있는 파란 하늘을 쳐다보았다. 기진맥진한 몸뚱이가 아스라이 잠의 세계로 빨려들어 갔다.

콜은 정신이 혼미한 상태에서 화려한 담요인 엣투 꿈을 꾸었다. 싸늘한 몸뚱이에 엣투를 두르기라도 하려는 듯 왼손으로 무언가를 거머쥐더니 앞뒤로 여미는 시늉을 했다. 상상

속의 담요는 숱한 세월 수많은 사람을 보호해 주었듯이 얼음 장 같은 추위에 내몰린 콜의 몸을 따스하게 감싸 주었다. 상상의 담요를 덮고 콜은 깊은 잠에 빠져들었다.

고막을 찢을 듯한 기세로 우르릉거리는 소리에 잠에서 깨어났다. 처음에는 장님이 된 게 아닌가 싶어 움찔했다. 그러다가 한밤중이라는 사실을 떠올렸다. 바람은 잦아들었지만 하늘에 구멍이라도 난 듯 차가운 장대비가 억수같이 쏟아졌다. 그러더니 번개가 번쩍하고 수평선에 눈부신 섬광을 쏘아댔다. 몇 초 뒤, 쫘르릉 하는 천둥소리가 천지에 진동하더니 번갯불이 다시 번쩍거렸다.

콜은 번갯불이 미처 스러지기도 전에 꿈에서와는 달리 엣투를 덮지 않았다는 것을 퍼뜩 깨달았다. 눈을 휘둥그레 뜨고 깜깜한 어둠 속을 빤히 보았지만 부질없는 짓이었다. 그러는 사이 번갯불이 다시 하늘을 날카롭게 쩍 갈라놓았는데 이번에는 좀 더 가까운 곳에서 빛을 발했다. 바로 그 순간, 콜은 그것을, 그 무시무시한 몸뚱이를 보았다. 빗줄기가 쏟아지는 가운데 거대한 스피릿베어가 채 50보도 안 되는 곳에서 꼼짝도 않고 서 있었다.

순간 한 치 앞도 분간할 수 없는 어둠이 다시 찾아왔다.

콜은 불안한 기색으로 어둠 속을 살피며 마음을 졸였다. 나를 아예 죽일 작정을 하고 온 걸까? 콜의 조바심과는 상관없이 비바람이 한층 거세졌다. 바람은 여세를 몰아 무섭게 휘

몰아쳤다. 비는 억수같이 쏟아지고 텅 빈 드럼통을 수평선 쪽
으로 요란스레 굴리듯 꽈르릉거리며 천둥이 하늘을 쩌렁쩌렁
울렸다. 곧이어 번갯불이 번쩍하고 후미를 환히 밝히자 콜은
미친 듯이 두리번거렸다.

없어! 가 버렸어! 스피릿베어가 또다시 감쪽같이 사라졌다.

콜은 얼굴을 일그러뜨렸다. 곰이라면 이젠 몸서리가 났
다. 비겁한 겁쟁이 녀석, 이 썩어 빠진 짐승은 내 몸이 지쳐 나
가떨어지기만을 기다리는 것이다. 기회다 싶을 때 나를 단숨
에 처치할 속셈이다. 세찬 바람이 몸뚱이를 우악스레 후려치
고 지나가는 동안 콜은 신음을 했다. 녀석은 나를 그냥 죽이기
만 하고 시체를 갈매기 먹이로 던져 주려는 걸까, 아니면 자기
가 먹어 치우려는 것일까?

번갯불이 더듬이처럼 길쭉한 손가락으로 찌를 기세로 가
까이에서 내리쳤다. 꽈르릉 천둥소리가 점점 더 요란스러운
폭발음이 되었다. 잔뜩 겁에 질려 몸을 웅크리려고 발버둥을
쳤지만 가슴과 폐와 으스러진 골반이 욱신거려 자기도 모르
게 "도와줘요! 누구 저 좀 도와주세요!" 하는 비명이 새어 나
왔다. 어둠과 바람이 그 소리를 순식간에 삼켜 버렸다. 번갯불
이 빗발치듯 내리쳐 한동안 일제히 불을 밝힌 듯 온 세상이 환
해졌고 천둥도 이에 뒤질세라 연방 으르렁댔다. 바람결에 나
뭇가지가 휘청거리다 부러졌다. 후미에서는 파도가 새하얀
물보라를 일으키며 소용돌이쳤다.

콜은 사납게 쏟아지는 빗줄기를 보다가 눈을 질끈 감았다. 개미 떼가 갑작스레 달려들어 온몸을 시커멓게 뒤덮은 것처럼 삭신이 따끔거렸다. 온 세상을 태워 버릴 기세로 번갯불이 번쩍였고 귀청이 떨어져 나갈 것 같은 폭발음이 바로 옆에서 들렸다. 하늘이 무시무시한 기세로 땅을 내리치는 짜르릉 소리가 어찌나 요란하던지 지축이 다 흔들릴 정도였다. 나뭇가지 파편들이 사방에서 비 오듯 우수수 쏟아져 내렸다. 그러더니 제풀에 기세가 수그러들었는지 하늘에는 이내 고요한 정적이 감돌았다. 비바람이 잦아들고 전선이 타는 것 같은 매캐한 냄새가 코를 찔렀다.

콜은 겁에 질려 꼼짝 못 하고 누워 있었다. 웬만해선 기세가 수그러들지 않는 냉혹한 자연의 힘이 이 땅에 공격을 퍼부어 대는 것이다. 그 힘에 비하면 곰의 공격은 오히려 점잖았다. "그만! 그만하세요!" 콜은 신음을 토해 냈다. "제발, 이제 그만하라고요!"

하지만 끝난 게 아니었다. 콜이 두려운 눈초리로 몸서리를 치는 사이 또 한바탕 폭풍이 휘몰아쳤다. 한동안 얼이 빠져 있던 콜은 무시무시한 폭발음에 정신이 번쩍 들었다. 전 생애를 통틀어 이렇게 만신창이가 된 채 비바람에 속수무책으로 내몰린 적은 한 번도 없었다. 그야말로 무기력하게 방치된 것이다. 이런 폭풍우 속에서라면 한낱 가랑잎에 지나지 않았다. 콜은 소름 끼치는 현실에 눈을 떴다. 등줄기에 식은땀이 흘렀다. 언제나 이렇게 나약하기 짝이 없는 존재였던 것이다. 한데 어떻게 이제껏 자기 마음대로 모든 것을 좌지우지할 수 있다고 생각했을까?

매캐한 탄내가 물씬 풍겼고, 그 냄새는 바닥에 흥건히 젖은 오물 냄새와 뒤범벅이 되었다. 폭풍이 주변의 하늘과 땅을 사납게 공격하는 동안 콜은 다시는 토하지 않을 작정으로 마른침을 정신없이 삼켰다.

마침내 바람도 한풀 꺾이고 하늘에서는 빗줄기가 자취를 감추었다. 천둥이 어디로 갈지 갈피를 잡지 못하는 듯 하늘 여기저기서 우르릉대며 잦아들고 있었다. 콜은 목구멍을 타고 올라오는 신물을 삼키며 우르릉거리는 하늘의 울림을 들었다. 그리고 다시 의식을 잃었다.

정신을 차렸을 때는 어느새 비가 멎어 있었다. 콜이 누운 자리에서 불과 몇 발짝 떨어진 곳에 우람한 가문비나무가 쓰러져 있었다. 콜은 폭풍이 몰아치던 순간에 무슨 일이 있었는지 차근차근 기억을 더듬었다. 번개가 그 나무를 정통으로 때렸다. 순간 쩍 갈라지는 소리가 나더니 온 천지가 진동을 하고 삭정이며 나무 파편들이 소나기처럼 우수수 쏟아져 내리는 것과 동시에 그 거대한 나무가 쿵 하고 쓰러졌다.

콜은 밤하늘을 물끄러미 바라보았다. 덩두렷한 보름달이 조각구름 사이로 괴괴하게 떠 있었다. 살을 에던 바람은 기세가 수그러들기는 했지만 여전히 오락가락했다. 콜은 지칠 대로 지쳤다. 살려고 발버둥 친다면 조금은 더 버틸 수 있을 것이다. 될 대로 되라 하고 자포자기하면 별 힘 들이지 않고 이 세상과 인연을 끊을 수 있다. 어느 길을 선택할 것인가? 콜은 몸서리치는 고통과 절망에 이를 악물었다. 어느 길을 택할 것인가?

콜은 보름달에 몽롱한 시선을 던졌다. 모르긴 해도 달을 보고 있으면 이승에 좀 더 머물고 싶어질 것이다. 둥그런 보름달을 바라보고 있으려니 어슴푸레한 기억이 떠올랐다. 저 달무리 모양에 의미가 있다고 했는데. 에드윈 영감이 순환이 어쨌다고 했어. 가비 아저씨도 그랬고. 그 사람들이 뭐라고 그랬더라? 뇌리를 스치는 희미한 기억을 붙잡으려 애쓰며 달무리를 쳐다보았다.

잠시 후 콜은 고개를 돌렸다. 후미가 또렷이 보이지는 않았지만 수면에 반사되는 달빛이 어렴풋이 보였다. 해안선이 어스름한 나무 그림자에 묻혀 희미했다. 콜은 스피릿베어가 보이지 않아 곁에 쓰러져 있는 나무로 시선을 던졌다.

바로 그 순간 새끼 참새들이 퍼뜩 떠올랐다. 쓰러져 얼기설기 뒤엉킨 나뭇가지 틈바구니에 녀석들이 있으려나 기웃거렸다. 눈을 가늘게 뜨고 살펴보았으나 어두컴컴한 허공만 눈에 들어왔다. 새끼 참새들은 어떻게 되었을까?

"너희들 괜찮니?"

콜은 젖 먹던 힘을 다해 고개를 한껏 쳐들고 어스름한 가지에 대고 목소리를 쥐어짰다.

10

콜이 참새의 기억을 곱씹는 동안 고통의 물결이 몸을 훑고 지나갔다. 암흑의 심연으로 빨려드는 게 아닌가 싶자 이대로 물러날 수 없다고 마음을 다잡으며 생의 끈을 놓지 않으려고 눈을 한껏 깜빡였다. 몇 시간이고 눈을 껌벅였지만 동틀 무렵이 되자, 의식이 있고 없고는 대수롭지 않아 보였다. 이제 콜은 현실 세계에서 떨어져 나와 존재의 문턱에 간신히 매달린 채 바람결에 나뒹구는 풍선처럼 둥둥 떠다녔다. 어느덧 참새 생각도 스러졌다.

새벽 안개의 장막 사이로 햇살이 스며들자 콜은 온몸을 쥐어짜는 듯한 고통이 차츰 더 세게 자신을 짓누르는 것을 느꼈다. 아랫배가 터져 버릴 듯 팽팽했다. 화장실에 가야 한다는 생각에 발버둥을 쳤지만, 얼굴을 찡그리며 맥없이 나가 떨어지고 말았다. 영락없이 자기가 싼 똥을 짓뭉개는 꼬락서니가 되고 만 것이다. 진저리가 나도록 매서운 통증에 급기야 처절한 신음을 내뱉었다. 이제 더 이상 몸뚱이의 욕구를 거스를 수가 없었다.

콜은 몸 밖으로 똥이 비어져 나오면서 사방에 구린내가 진동하자 수치스러움에 떨었다. 기를 쓰고 달려드는 모기떼를 쫓으려고 고개며 팔을 연방 옴죽거렸지만 모기들은 극성스럽게 몰려들었다. 마침내 콜은 이렇게 뻗대는 것은 부질없는 짓임을 깨달았다. 실낱같은 희망조차 송두리째 날아가고 깊은 절망에 사로잡혔다. 자신이 꼭 목도 못 가누고 누운 자리에 똥을 싸 대는 갓난아기 같았다. 네 탓이라며 욕설과 비난을 퍼부어 댈 사람이라도 있었으면, 사람이건 뭣이건 왜 나를 이 지경으로 만들었느냐고 분풀이할 상대가 있었으면 싶었다. 그렇지만 화를 내고 싶어도 화를 낼 기력조차 남아 있지 않았다.

숲이 훤하게 밝아 오자 시커먼 말파리들이 공격을 개시했다. 녀석들을 쫓을 엄두가 나지 않아 될 대로 되라는 마음으로 그 무시무시한 곤충들한테 몸을 내맡기고는 자포자기한 눈초리로 곁에 쓰러져 있는 나무를 물끄러미 바라보았다. 번개가 정통으로 내려치는 바람에 새까맣게 타들어 간 우듬지가 볼품없이 너덜거렸지만 3미터나 되는 몸통은 별 해를 입지 않았다. 아직도 탄내가 난다. 부서진 파편이 몸통 옆에 어수선하게 널려 있다.

새들이 쓰러진 나뭇가지 사이를 날아다니며 벌레며 지렁이를 쪼아 먹고 있었다. 폭풍이 멎었으니 다시금 삶을 이어 가는 것이다. 나무가 쓰러지는 것쯤은 세월이 흘러가는 것처럼 자연스러운 현상일 터. 콜은 정신을 잃지 않으려고 몸부림치며 새들에게 눈길을 건넸다. 콜의 시선은 산산이 쪼개진 큰 가지와 으스러진 잔가지로 처참하게 짓뭉개진 풀밭 언저리를 더듬었다. 이런 쑥대밭에 뭐 대단한 게 있으려고? 열 발짝도 안 되는 곳에 주먹 크기의 갈색 잔가지 뭉치가 눈에 띄었다.

둥지다.

그 둥지 맞아! 궁금해하던 바로 그 둥지였다. 둥지에는 뭔가 소중한 게 있었다. 한데 그게 무엇일까?

그러는 사이 그것들이 시야에 들어왔다.

한 마리, 두 마리, 세 마리, 네 마리. 죽은 새끼 참새 네 마리가 둥지에서 튕겨 나온 그대로 풀밭 여기저기에 널브러져 있었다. 뒤틀린 작은 몸뚱이에 솜털이 돋아 있었다. 두 마리는 먹이를 받아먹으려는 듯 커다란 노란 부리를 쩍 벌리고 있었다. 다른 두 마리는 목을 빼고 둥지를 마주한 채 뻗어 있었다. 죽어 가는 순간에도 참새들은 필사적으로 둥지 쪽으로 목을 잡아 뺐다. 참새들은 안락한 가정으로 돌아가려고 몸부림을 쳤던 것이다.

콜은 죽은 참새들이 부러웠다. 자신에게는 딱히 가정이

라 여길 만한 곳이 없다. 부모가 이웃들을 주눅 들게 할 참으로 화려하게 꾸미고 가꾼 커다란 벽돌 건물은 가정이 아니었다. 방과 후면 으레 돌아가던 텅 빈 공간도 역시나 가정이 아니었다. 콜은 부모가 갈라서기 전에도 집에서 달아날 기회만 호시탐탐 노리고 있었다.

콜은 그 자그마한 몸뚱이들을 물끄러미 바라보려니 가슴에 슬픔이 북받쳤다. 참새들은 가냘프고 천진하고 여렸다. 이렇게 처참하게 죽을 이유가 없다. 그렇다면 살아야 할 이유는 또 뭘까? 이런 생각이 줄곧 뇌리를 맴돌았다. 저 보잘것없는 새들이 미미하게 존재하는 것은 무슨 의미가 있는 것일까? 그러는 그의 삶은?

둥지 옆에 부러진 가지 사이를 콩콩 뛰어다니는 잿빛 외돌토리 참새 한 마리가 눈에 띄었다. 어미인가? 새끼들을 찾나? 콜은 바짝 말라 쩍쩍 갈라지는 입술을 핥았다. 그래도 저 새끼들한테는 간절히 찾아 헤매는 어미가 있다. 그런데 세상 그 누구도, 앙상한 잿빛 새조차도 자신을 찾아 주지 않는다.

콜의 눈자위에 이슬이 맺혔다. 풀밭에 죽어 나뒹구는 작은 새들 생각을 떨칠 수가 없었다. 녀석들은 고통스럽게 죽어 갔을까? 그 가녀린 생명들이 금방 숨을 거두었을까? 심장박동이 멈추는 순간 몸뚱이에는 어떤 변화가 오는 걸까? 이제 구더기들이 달려들어 저 몸뚱이들을 싹 먹어 치울 생각을 하니 분통이 터졌다. 그도 아니면 이대로 썩어서 땅속에 스며들어, 자라는 풀의 거름이 될지도 모른다. 에드윈 영감이 말한 순환이라는 게 바로 이런 건가? 살다가 죽어 거름이 되고, 그 거름을 양분 삼아 살던 존재들이 죽어 또 거름이 되는 그런 것 말이다.

콜은 순환이라는 게 바로 이런 거구나 싶었다. 옆에는 나무가 한 그루 쓰러져 있다. 개미며 온갖 벌레들이 쪼개진 나무 껍질과 떨어져 나간 파편들 사이로 꿈틀꿈틀 기어오르고 있었다. 녀석들에게 삶이란 그냥 지나가는 것이다. 몇 주 후면 녀석들은 나무에다 새 보금자리를 틀 것이다. 시간이 흐르면 나무는 썩어 흙이 된다. 그 위에 새로운 씨앗이 떨어져 자라고 또 다른 나무가 땅 표면을 뚫고 자랄 것이다. 세월이 흐르면 그 나무는 쓰러지고 다시금 순환이 되풀이될 터였다.

그래, 죽음도 삶의 일부분이야. 콜은 자신도 끝내는 죽고 썩어서 한 줌 먼지가 되겠구나 싶었다. 그래도 괜찮다. 그게 바로 세상이 돌아가는 이치니까. 하지만 이렇게 제멋대로 사는 게 세상에 무슨 이득이 되겠는가? 나무나 잡초보다 나을 게 뭐란 말인가? 기껏 비료나 되자고 그렇게 아등바등 살았던가?

콜은 분을 삭이려고 식식거렸다. 이대로 죽을 수는 없다. 당연히, 언젠가는 이런 순환 과정에 동참하게 될 것이다. 먼 훗날 똥을 퍼지른 채 드러누워 기꺼이 두더지 밥이 되어 줄 터이다. 하지만 지금은 아니다! 그 순간, 갑작스레, 콜은 명쾌한 결론을 내렸다.

살아야 한다.

죽으면 억압도, 분노도, 비난할 사람도, 선택도, 아무것도 없다. 산다는 것은 선택하는 것이다. 선택할 수 있는 힘은 다른 사람들을 두려움에 떨게 하는 그런 같잖은 힘이 아니라 진정한 힘이다. 콜은 자신이 툭하면 그런 같잖은 힘을 행사했음을 깨달았다. 응어리진 가슴을 부여안고 일생을 자기 연민에 빠져 복수의 칼을 가느라 온갖 소중한 기회를 탕진해 버렸다. 자기는 지금 이렇게 사경을 헤매는데, 철천지원수 같던 사람들은 따뜻하고 안락한 시간을 보내고 있다. 콜이 악다구니를 퍼붓던 사람들은 여봐란듯이 잘 먹고 잘 산다. 돌이켜 보면 콜은 누구보다도 자기 자신한테 가장 모질게 굴었다. 인생의 참다운 의미를 깨닫지 못해 공허하고 무의미한 삶을 살았던 것이다.

허깨비를 보았거나 단순한 착각일지 모른다. 아마 환각인지도 모를 또렷한 영상이 콜의 뇌리를 스쳐 지나갔다. 둥지에서 목을 쭉 늘이고 입을 벌리고 있는 자그맣고 가녀린 참새 한 마리. 상상 속의 참새는 화를 낼 줄 모른다. 새끼 새는 아무런 힘도 없다. 허세니 드잡이 따위는 숫제 알지도 못한다. 그냥 어미가 먹이를 물어다 주면 그걸로 감지덕지하는 가냘픈 존재일 뿐이다. 벌레는 먹이고, 먹이는 에너지의 원천이며 에너지는 곧 생명이다. 새끼 참새는 그냥 살려고 몸부림을 칠 뿐이다.

모기와 등에가 얼굴 언저리로 극성맞게 몰려들었다. 콜

은 으르렁거리며 고개를 마구 흔들었다. 이런 신세가 된 게 누구 탓인가를 따질 겨를이 없었다. 오로지 살아남는 것이 문제였다. 콜은 살아서 다시 한번 선택의 기회를 갖고 싶었다. 하지만 살려면 먹어야 했다. 그것도 지금 당장!

그렇지만 어떻게? 그나마 먹었던 음식을 몽땅 토해 주변이 오물투성이다.

콜은 왼손에 깔려 있는 풀잎을 한 줌 뜯어서 입으로 가져갔다. 퉁퉁 붓고 갈라진 혀로 우선 맛을 보았다. 그러고는 갈라진 입술을 한껏 벌려 풀잎을 막무가내로 쑤셔 넣었다. 턱을 우물우물 놀려 씹으면서 풀을 좀 더 잡아 뜯었다.

질긴 풀잎들이 입속에서 뒤엉키고 침에 섞여 한 덩어리가 되자 그것을 억지로 삼켰다. 마실 물 한 방울 없는데 덩어리가 그만 목구멍에 걸리고 말았다. 다시 삼키려고 안간힘을 쓰다가 웩 구역질을 했다. 그 덩어리는 목구멍을 막은 채 내려가지도 도로 넘어오지도 않았다.

겁에 질린 콜은 터져 나오려는 기침을 애써 참았다. 기침은 생각만 해도 끔찍했다. 얼굴 핏줄이 울룩불룩 불거지도록 구역질을 하면서 고개를 이리저리 틀었다. 숨을 쉴 수가 없었다. 덩어리가 숨을 턱 막았다. 고개를 들고 입을 한껏 벌린 채 풀잎 덩어리를 도로 뱉어 내려고 미친 듯이 몸부림을 쳤다. 몸에서는 산소를 달라고 아우성이었다. 그러자 갑작스레 기침이 터지면서 덩어리가 툭 튀어나왔다.

스피릿베어의 발톱에 갈가리 찢기는 듯한 격렬한 고통이 갈빗대를 훑고 지나갔다. 의식이 몽롱한 상태에서도 왼팔로 옆구리를 그러쥐고 이를 악문 채 숨을 헐떡거렸다. 그렇게 한참을 끙끙 신음하고서야 비로소 한시름 놓고 입술을 달싹이며 가벼운 숨을 몰아쉬었다.

이마에 땀방울이 송골송골 맺혔다. 다시금 눈을 뜨고 주위를 둘러보니 가슴 언저리 땅바닥에 있는 섬유질의 풀잎 덩어리가 그의 시선을 사로잡았다. 콜은 물끄러미 그것을 바라보았다. 살려면 별 도리가 없잖은가? 마지못해 그 풀 뭉치를 집어 다시 입으로 가져갔다. 이번에는 삼키기 전에 오래도록 우물거렸다. 풀 뭉치가 목구멍을 타고 넘어가자 안도의 숨을 토했다.

풀을 좀 더 뜯으려고 손을 뻗던 콜은 팔 언저리에서 꿈틀거리는 지렁이가 눈에 띄자 그것을 낚아챘다. 기다란 몸뚱이를 바짝 웅크린 채 달아나려고 몸부림치는 지렁이를 얼른 입으로 가져간 다음 빠져나올세라 갈라진 입술 사이로 허겁지겁 밀어 넣었다. 한 입 깨무니 지렁이가 혀를 휘감았다. 그래도 지렁이는 풀보다 씹기가 수월했고 꿀꺽 삼키니 목구멍을 타고 금세 내려갔다. 콜은 지렁이가 어디 또 없나 두리번거렸다. 그러는 사이 빗방울이 투둑투둑 떨어지기 시작했다. 입을 벌리자 빗방울이 혓바닥을 간질였다. 비가 오면 지렁이들이 더 많이 기어 나올 것이다.

작은 지렁이 두어 마리가 눈에 띄자 삽시간에 먹어 치웠다. 손이 닿지 않는 곳에서 막 꿈틀꿈틀 기어가는 큼지막한 지렁이를 안타까이 바라보며, 흙 부스러기가 서걱거리는 데다 맛도 없는 지렁이를 우물거렸다. 지렁이가 더 이상 눈에 띄지 않아 벌레를 찾았다. 땅바닥에는 벌레가 지천으로 널려 있던 터라 개미, 딱정벌레, 거미 심지어 잔털이 복슬복슬한 애벌레까지 닥치는 대로 먹었다. 벌레들을 한 마리씩 입에 넣으면서 눈을 감고, 쩍 벌린 부리를 한껏 쳐들고 있던 새끼 참새를 떠올렸다.

콜은 마침내 녹초가 되어 드러누웠다. 얼마 지나지 않아 비가 멎고 따사로운 햇살이 모기와 등에 떼를 구름같이 몰고 나타났다. 죽어 나자빠진 시체라고 생각했는지 녀석들이 시커멓게 내려앉았다. 어설프게 팔을 휘둘러 쫓아 보았지만 놈들은 콜이 치켜든 팔을 미처 내려놓기도 전에 다시 몰려들어, 피로 얼룩진 얼굴이며 목이며 가슴이며 팔을 시커멓게 뒤덮었다.

부러진 오른팔은 녀석들의 사나운 공격에도 아무런 감각이 없었다. 콜은 고개를 들어 그 팔을 내려다보았다. 숱 많은 머리채처럼 모기떼가 새까맣게 앉아 있었다. 그것을 물끄러미 바라보다가 아예 눈을 질끈 감아 버렸다. 어스름이 내리고 나서도 여전히 등에가 따끔따끔 물고, 모기들이 날카로운 침으로 수도 없이 쏘고, 피를 빨고, 독을 퍼뜨리는 바람에 가려워 미칠 지경이었다. 엣투라도 있으면…. 그 담요는 어디 있을까. 어떻게 감히 그걸 태워 버릴 생각을 했을까? 엣투라면 추위도 비도 바람도 벌레도 든든하게 막아 주었을 텐데. 애당초 함부로 날뛰지 못하게 지켜 주었을지도 모르는데 말이다.

콜은 다시 정신을 잃었다.

잠결에 왼팔이 스멀거리는 느낌이 들었다. 눈을 떠 보니 작은 잿빛 들쥐가 팔꿈치에서 손목으로 다가가고 있었다. 녀석은 걸음을 옮길 때마다 멈칫 서서는 코 언저리에 달린 수염으로 콕콕 찔렀다. 콜은 까불까불한 들쥐가 팔뚝을 지나 손목에서 코를 킁킁거리고는 손바닥으로 갈 때까지 꼼짝 않고 있었다. 콜은 숨을 죽였다. 기회는 한 번밖에 없다. 이 들쥐를 먹으면 지렁이 수십 마리나 벌레 수백 마리를 먹는 것보다 든든할 것이다.

모기떼는 피의 향연을 벌이느라 분주했다. 수백 마리가 콜의 맨살을 시커멓게 뒤덮었고 피를 한껏 들이킨 덕분에 녀석들의 눈곱만한 뱃가죽이 불룩해졌다. 콜은 눈꺼풀에 내려앉는 녀석들을 쫓느라 쉴 새 없이 눈을 깜빡였다. 손을 들어 녀석들을 찰싹 내려치고 싶은 마음이 굴뚝 같았지만 꾹 참았다. 한눈을 팔지 않고 참을성 있게 들쥐가 한 발짝을 마저 내딛기를 기다렸다. 녀석은 수염 난 머리통을 주억거리며 움찔움찔 전진했다.

콜은 손아귀를 와락 거머쥐었다.

11

들쥐는 송곳처럼 뾰족한 이빨로 콜의 손가락을 깨물고 작은 발톱으로 격렬하게 할퀴며 빠져나가려고 발버둥을 쳤다. 콜은 두려움에 부르르 떠는 쥐가 안쓰럽기는 했지만 옴짝달싹 못 하게 꼭 거머쥐었다. 갈매기한테 낚아채인 청어나 올빼미한테 사로잡힌 토끼처럼 이 들쥐도 콜의 사냥감이었다. 손아귀에 한껏 힘을 주었으나 워낙 몸뚱이가 앙상해 틈바구니로 빠져나갈 기세였다.

쥐가 달아나려고 몸부림을 쳐서 콜은 주먹을 잽싸게 입가로 가져갔다. 손으로 입을 콱 틀어막고 용을 쓰는 쥐를 이빨로 앙 물었다. 들쥐는 콜의 입술이며 혀를 깨물면서 저항했다.

이에 질세라 콜이 와작 깨물자 가녀린 뼈가 으스러졌다. 들쥐는 한바탕 경련을 일으키더니 여전히 꿈틀거렸다. 콜이 다시 깨물었지만 이미 턱은 기운이 빠진 상태였다. 쥐는 콜의 혀를 마구 깨물며 몸뚱이를 꿈틀대고 비비적거렸다. 눈 깜짝할 새에 어금니 사이로 털투성이 머리통이 빠져나가는 것을 느낀 콜은 젖 먹던 힘을 다해 턱을 꾹 다물었다. 쥐는 가냘픈 뼈가 으스러지면서 몸뚱이가 뻣뻣해지더니 조용해졌다.

콜은 죽은 쥐를 한쪽 뺨에 몰아넣고 긴장했던 턱에서 힘을 풀었다. 작은 몸뚱이가 이따금 실룩거렸다. 콜은 그 몸뚱이를 우물우물 씹었다. 짭조름한 맛이 입안 가득 고였다. 콜은 부리를 벌린 새끼 참새를 떠올리려 애썼다. 먹이는 에너지의 원천이고 에너지는 곧 생명이다.

온 힘을 다해 쥐를 잡느라 기운이 빠져 버린 콜은 작은 뼈를 잘근잘근 씹고 털과 함께 뒤엉킨 질긴 살덩어리를 삼키고 나서야 입을 벌린 채 가만히 누워 있었다. 힘이 빠진 턱이 욱신거렸다. 입술이며 혀에 모기떼가 마구 내려앉았다. 퉁퉁 부어오른 살갗이 근질거리면서도 불에 덴 듯 후끈거렸다.

콜은 정말이지 살고 싶었다. 하지만 어떻게? 에너지를 보충할 틈도 주지 않고 파렴치한 곤충 녀석들이 생명을 야금야금 갉아먹고 있는데. 녀석들이 피를 앗아 가는 동안 눈을 질끈 감았지만 그런다고 고통이 사라지는 건 아니었다. 신경을 바짝 곤두서게 만드는 어스름 속에서 무언가 움직이는 듯한 기척이 느껴졌다. 스피릿베어가 아닌가 싶어 눈을 떴다. 갈매기 두 마리가 콜이 머리맡에 토해 놓은 오물에서 물고기 살점을 쪼아 먹고 있었다.

내가 게워 놓은 거잖아, 콜은 울컥 역겨움을 느꼈다. 녀석들이 내가 게운 걸 먹고 있어.

그 순간 콜은 얼마나 간절하게 살고 싶은지를 퍼뜩 깨달았다. 게워 낸 것이지만 음식이다. 저 물고기 살점에는 에너지를 내는 영양분이 아직 남아 있을 테고 에너지는 곧 생명이다. 좀도둑 갈매기들이 귀중한 식량을 낚아채게 둘 수는 없는 노릇이었다. 콜은 팔을 갈매기한테로 휙 뻗었다.

"내 거야. 내 거란 말이야."

갈매기들이 끼룩거리며 손이 안 닿는 곳으로 달아났다.

콜은 팔을 뻗어 풀밭에서 작은 물고기 살점을 집어 들었다. 그것을 꿀꺽 삼키고 조금 더 집었다. 더 이상 집을 알갱이가 없어질 때까지 집어 먹었다. 그러고는 몸을 편안히 뉘었다. 마지막 남은 기운을 모조리 써 버린 것이다. 다시 빗방울이 떨어졌다. 눈을 감았다. 가느다란 빗줄기는 꼭 모기떼가 앉는 것 같았지만 빗발이 굵어지면서 후끈거리던 살갗이 시원해졌다. 갈라진 입술을 벌려 허옇게 백태가 끼고 부은 혓바닥에 빗방울이 들이치게 했다.

방금까지만 해도 몸속의 피가 한 방울도 남김없이 송두리째 빠져나간 것처럼 몽롱하고 어지러웠다. 그런데 지금은 뭐라 표현할 수 없는, 묘한 느낌이 들었다. 춥고 기운은 하나도 없지만 뇌리를 스치는 생각을 부여잡아 곱씹을 수 있었다.

콜은 흐뭇한 미소를 머금었다. 몸이 필요로 하는 에너지를 보충했고 온몸이 먹은 음식을 흠뻑 빨아들이고 있다는 것을 느꼈다. 하지만 몸뚱이는 여전히 갈증에 시달리고 있었다. 목이 탔다. 말할 수 없을 정도로.

비가 다시 내리자 땅바닥이 눅눅해졌다. 콜은 손가락으로 땅을 헤집어 질척한 흙덩이를 부어오른 목과 얼굴에 발랐다. 부러진 팔이며 갈가리 찢어진 가슴에도 진흙을 덕지덕지 발랐다. 이렇게 하면 모기들이 얼씬도 안 할 것이다. 축축한 흙 반죽은 후끈거리던 살갗을 시원하게 식혀 주었다. 팔에 기운이 빠지자 다시 드러누웠다.

흙을 파낸 자리에 빗물이 고여 웅덩이가 생겼다. 흙탕물을 물끄러미 바라보다가 무심코 손을 웅덩이에 담갔다. 손바닥을 오므려 흙탕물을 입으로 가져갔다. 시원하다. 연방 물을 퍼마셨다. 더러는 고작 몇 방울이 메마른 입술을 적셨지만 차츰 목구멍이 촉촉해지고 마침내 침을 삼킬 수 있게 되었다.

콜은 갈증이 가시자 쉬면서 후미 쪽에서 독수리들이 물고기를 낚아채는 광경을 유심히 바라보았다. 해안 가까이에는 바다표범이 새끼들과 헤엄을 치고 있었다. 암초 주변에서 물고기 낚는 방법을 가르치는지 새끼들은 물 밖으로 삐죽 내민 고개를 깐닥거리고 있었다. 콜은 땅을 훑다가 이번 비로 기어 나온 지렁이를 두 마리 더 잡았다. 지렁이들을 입에 넣고 우물거렸다. 짐승들만 살기 위해 사냥을 하는 것은 아니다.

투두둑 잔가지가 부러지는 소리만으로도 콜은 바짝 긴장
했다. 고개를 돌려 보니 스피릿베어가 스무 발짝도 안 되는 곳
에서 한 발을 내디딘 채 얼어붙은 듯 서서 콜을 빤히 쳐다보고
있었다. 북슬북슬한 털에 진주를 흩뿌린 듯 빗방울이 맺히는
동안 곰은 번질번질한 콧잔등을 실룩거렸다. 곰이 초롱초롱
한 눈동자를 껌뻑거렸다.

콜의 심장이 격렬하게 요동치며 상처가 욱신거렸다. 살
갗을 갈기갈기 찢어발기는 고통이 고스란히 되살아났고 우두
둑 뼈가 부러지는 소리가 다시금 귓전을 맴돌았다. 추위와 두
려움에 질린 나머지 비명도 지르지 못한 채 조각상처럼 서 있
는 스피릿베어를 쳐다보았다.

콜은 갈라진 입술을 핥았다. 나를 죽일 셈인가, 아니면 그
냥 노리개 삼으려는 것일까? 콜은 겁에 질려 부들부들 떨고
있었다. 정작 두려운 건 죽는 게 아니라 속수무책으로 맥없이
당하는 것이었다. 이제는 자신을 둘러싸고 있는 세상에 휘둘
리는 게 지긋지긋하다. 이 괴물딱지 같은 녀석은 왜 당장 달려
들어 한 방에 끝내 버리지 않는 걸까? 저 대문짝만한 주둥이
로 한 번만 물어도, 저 솥뚜껑만 한 발로 한 방만 후려쳐도, 지
금 같아선 무슨 짓을 해도 녀석이 가뿐히 승리를 거머쥐고 이
끔찍한 악몽을 끝장낼 수 있을 텐데 말이다.

콜은 이 자리에서 어떻게든 종지부를 찍어야겠다고 마음
을 다잡았다. 시종일관 곰의 강렬한 눈초리를 마주하며, 바짝

마른 입을 잔뜩 오므려 목구멍 깊숙이에서 침을 뽑아내려고 캑 신음을 토했다.

그러나 침은 한 방울도 나오지 않았다. 콜은 곤혹스러운 표정으로 고개를 들었다. 몸이 허락하는 한도 안에서 숨을 깊이 들이마셨다. 스피릿베어를 향해서만 침을 뱉는 게 아니었다. 자신의 썩어 빠진 인생에 대고 침을 뱉는 것이었다. 세상은 얼굴에 진흙을 흠뻑 쓴 땅콩 꼴을 한 나를 저승으로 데려가려 하고 있다. 천하의 콜 매슈스는 이대로 호락호락 물러설 위인이 아니다.

최후의 발악을 하려고, 콜은 고개를 뒤로 바짝 젖혔다가 앞으로 홱 숙이면서 침을 내뱉었고 그 순간 타액이 튀어나왔다. 온 삭신이 쑤셨지만 아랑곳하지 않고 눈을 부라렸다. 후련한 마음으로 이 마지막 순간을 감상하고 싶었다.

슬로모션으로 돌아가는 영상처럼 작은 침방울이 스피릿베어 쪽으로 아슬아슬한 포물선을 그리며 날아갔지만 목표에 한참 못 미쳐 풀밭에 떨어지고 말았다. 콜은 맥이 탁 풀렸다. 그나마 젖 먹던 힘까지 쥐어짰는데 이렇게 허무하게 끝나다니. 이제 세상이 저 하고 싶은 대로 나를 갖고 놀 차례구나 싶었다.

고개를 설핏 든 스피릿베어가 호기심 어린 눈으로 숨을 길게 내쉬며 허공에 코를 킁킁대더니 서서히 움직였다. 등줄기에 식은땀이 흘렀다. 바야흐로 첫 공격이 시작될 참이었다.

12

고개를 숙인 스피릿베어가 느린 걸음으로 콜에게 다가갔다. 콜은 주먹을 불끈 쥐었다. 팔을 들어 올릴 수 있을지도 모른다. 마지막 주먹 한 방은 휘두를 기력이 남아 있을지도 모른다.

열 발짝 못 미쳐 콜의 침이 떨어진 풀밭에서 곰은 걸음을 멈추고는 고개를 수그리고 코를 킁킁댔다. 여전히 콜을 뚫어지게 바라보던 스피릿베어는 그 침을 쓱 핥더니 고개를 들어 온화하고 호기심 어린 시선으로 콜을 바라보고는 어슬렁어슬렁 발길을 돌렸다.

콜의 눈자위에 느닷없이 눈물이 핑그르 돌더니 설움이 북받쳤다. 한바탕 격렬하게 맞불을 놓다가 순식간에 생을 마감한다면 그래도 봐줄 만하지 싶었다. 그런 죽음은 용납할 수 있다. 하지만 지금은 홀로, 버림받은 몸이 되어, 구멍 난 양동이에 담긴 물처럼 몸뚱이에서 생명이 조금씩 빠져나가는 꼴을 망연자실 바라보며 누워 있을 뿐이다. 곰조차도 콜의 침을 한낱 이슬처럼 핥아 버릴 정도로 하찮게 여겼던 것이다.

스피릿베어는 한순간도 주춤하거나 뒤를 돌아보지 않았다. 콜은 간신히 눈물을 삼키고 있다가 희끄무레한 점이 울창한 덤불 속으로 완전히 사라지자 비로소 목 놓아 흐느끼기 시작했다. 콜은 그렇게 돌보는 이 하나 없이 보잘것없는 존재로 쓸쓸하게 생을 마감하고 있었다.

콜은 환상의 세계 속으로 빠져들어 둥지에 있는 새끼 새가 되었다. 둥지 바깥으로 폭풍이 격렬하게 몰아치고 나무들이 뿌리째 뽑힐 듯 휘청거렸다. 거센 빗줄기는 흡사 우박처럼 퍼붓고 있었다.

겁에 질린 콜이 몸부림을 치며 날개를 움직였지만 둥지를 빠져나갈 수가 없었다. 할 수 있는 일은 자신이 한없이 나약한 존재임을 보여 주려는 듯 하늘을 향해 쩍 벌린 부리를 치켜드는 게 고작이었다. 거기에는 협박도 사악함도 거짓말도 허위도 기만도 없었다. 구원의 손길에 순순히 몸을 맡기고 살아남으려는 단순한 욕망만 있을 뿐. 콜은 살고 싶었고 살기 위해서는 도움이 절실히 필요했다. 자칫하면 둥지에서 이대로 생을 마감하게 될 터였다.

거세게 몰아치던 바람이 느닷없이 잠잠해지더니 비가 그

쳤다. 통증이 온몸을 옥죄는 현실 세계 속으로 의식이 돌아오는 동안 콜은 벌린 부리를 위로 바짝 치켜들었다. 다시금 외딴 섬에 고립된 상처투성이 몸뚱이가 되었다. 폭풍이 멎었고 콜은 알 수 없는 힘에 이끌려 정신을 차렸다. 짐승 냄새가 코를 찔렀다. 퍼뜩 눈을 떴다.

스피릿베어가 콜의 몸뚱이에 그림자를 드리운 채 숨결 가득 퀴퀴한 냄새를 풍기며 내려다보고 있었다. 그것도 바로 코앞에서. 곰은 콜의 팔 옆에 우뚝 버티고 있었고 새하얀 기둥 같은 곰의 다리에 맺힌 빗방울은 이슬처럼 영롱했다.

순간 온 세상이 그대로 멈춘 듯했다.

비바람도 추위도 시간의 흐름도 고통도 소리도 없었다. 유일하게 스피릿베어만 존재할 뿐이었다. 초롱초롱 빛나는 곰의 새까만 눈동자는 영원을 간직하고 있었다. 곰의 눈초리는 일말의 망설임도 없이 마음속을 훤히 꿰뚫고 지나갈 듯 강렬했다.

콜은 소스라쳤지만 아까처럼 겁에 질리지는 않았다. 어쩌면 녀석은 나를 죽이려고 왔을 것이다. 아니 그냥 호기심에서 찾아왔을지도 모른다. 이유야 어쨌건 콜도 덤덤한 눈초리로 곰을 마주 보았다. 목숨이 붙어 있는 한 끝까지 대항할 참이었다. 그것이 동물의 본능이다. 하다못해 지렁이들도 잡히면 최후의 순간까지 발버둥을 친다. 그렇다고는 해도 지금이야말로 꼼짝없이 죽을 운명이라는 것을 콜도 알고 있었다. 새끼 참새나 지렁이나 들쥐가 당했던 것처럼 이번에는 그가 죽을 차례였다.

눈시울이 뜨거워져 눈을 깜빡였다. 그냥, 이렇게 끝나고 마는구나. 자포자기한 콜이 모든 것을 운명에 맡기고 곰의 눈을 빤히 들여다보았다. 그러나 호기심만 서려 있을 뿐 덤벼들 기색이라고는 눈을 씻고 찾아봐도 없었다. 곰은 기다리는 눈치였다. 도대체 뭘 기다리는 것일까? 본능적으로, 콜은 메마른 입에 침을 모았다. 한 방울도 안 되는 침이 혓바닥에 고이자 콜은 잠시 주춤하더니 도로 삼켜 버렸다.

기껏 모은 침을 왜 도로 삼켰을까? 어리둥절해진 콜은 앞으로 어떤 일이 닥칠지 몰라 마음을 졸였다. 콜은 주뼛주뼛 왼손을 들어 올렸다. 전깃줄을 만지는 듯 조심스럽게 스피릿베어의 어깨 쪽으로 손을 가져갔다. 닿을락 말락 한 거리에서 잠시 주춤했다.

곰의 눈에 언뜻 경계의 빛이 스쳤다.

콜은 팔을 더 뻗어 곰의 축축한 털에 손가락을 갖다 댔다. 어차피 죽을 바에야 나를 죽일 녀석의 정체나 알고 죽자 싶었다.

곰은 꼼짝도 하지 않았다.

콜은 북슬북슬한 흰 털을 파고들어 단단한 몸뚱이를 어루만졌다. 손끝으로 따스한 기운이 전해졌다. 곰의 가슴에 손을 대니 심장박동이 느껴졌다. 더불어 다른 느낌도 전해졌다.

그 느낌은 바로 믿음이었다. 왜 하필 믿음일까? 그 곰을 죽이 겠다고 벌써 한바탕 소란을 피웠다. 침도 뱉었다. 자신을 이 지경으로 만든 것이 바로 이 녀석이고 그래서 스피릿베어라면 머리털이 곤두서며 몸서리가 났다. 콜은 곰을 어루만지던 손길을 멈추고는 손을 거두었다.

스피릿베어는 눈도 깜빡이지 않았고, 미동도 없었다. 콜이 팔을 바닥에 내려놓자 우두커니 들여다보고 있던 녀석이 그제야 고갯짓을 하듯 거대한 머리통을 수그렸다. 녀석은 잠깐 고개를 숙이고 있다가 다시 들었다. 그러고는 우아한 몸놀림으로 한 번 빙그르 돌더니 물가로 어슬렁거리며 내려갔다.

콜은 숨을 죽인 채 넋을 놓고 바라보고 있었다. 물가에 다다르면 걸음을 멈추겠지 했는데 그 거대하고 하얀 동물은 물 속으로 저벅저벅 들어가더니 망망대해를 향해 힘찬 몸짓으로 헤엄을 쳤다. 곰이 희미한 얼룩이 되었다가 마침내 시야에서 완전히 사라질 무렵, 그 동물이 지나간 자리에 커다란 X 자가 어른거렸다. 콜은 상상의 나래를 펴고 그 곰을 한동안 그려 보았다. 급기야 상상 속의 이미지조차 아련해졌다.

콜은 막 잠에서 깨어난 것처럼 눈을 깜박이며 숨을 크게 한 번 들이마셨다.

콜을 둘러싼 대지가 활기를 되찾았다. 칙칙한 구름 장막 아래로 수평선이 또렷하다. 상쾌한 산들바람에 가문비나무 가지가 물결치고 해안선을 따라 잔물결이 일자 회청색 그림자가 수면 위에 너울거렸다. 후미에서는 갈매기들이 물속으로 곤두박질쳐 먹이를 낚아채면서 새된 소리로 끼룩거리고 있었다. 거기서 30미터도 안 되는 곳에 바다표범이 점박이 새끼들과 나란히 나타나 수면 위로 개처럼 생긴 머리통을 내민 채 두리번거렸다.

여전히 오물 냄새와 죽은 새들의 썩은 내가 바람결에 실려 왔지만 해초며 이끼며 히말라야삼나무며 소금의 신선한 향기가 코끝을 간질였다. 물기를 머금은 또렷한 색채들이 청명한 햇살을 받아 눈부시게 반짝였다.

생뚱맞게도 세상이 참 아름답다는 생각이 들었다. 그렇다. 세상은 아름답다! 손 언저리의 촉촉한 이끼와 짓눌린 풀조차 아름다워 보였다. 그 정교한 생김새를 유심히 들여다보며 이걸 왜 진작 몰랐을까 하는 아쉬움에 잠겼다. 그동안 얼마나 많은 아름다운 것을 거들떠보지도 않고 살아왔나? 아름다운 것들을 얼마나 많이 파괴해 버렸던가?

하지만 과거는 이미 지나갔고 지나간 시간은 돌이킬 수 없다. 그러고 싶은 생각도 없다. 콜은 오로지 이 순간만 의식하고 있으며, 살아 있다는 것을 가장 절절히 느끼는 순간도 바로 지금이다. 이런 느낌은 죽음의 문턱에 바짝 다가선 사람이나 느끼는 감정이 아닐까 하는 묘한 생각이 뇌리를 스쳤다. 이끼를 바라보고 있을 때조차 콜의 몸 한구석에는 죽음의 그림자가 도사리고 있었다. 살려고 몸부림치는 것은 학교 운동장

철봉에 매달려 있는 것과 마찬가지다. 죽자 살자 매달려 있을 수는 있지만 손아귀에 힘이 빠지면 순식간에 손가락이 풀리고 기어이 떨어지고야 만다.

콜은 지금 자신이 급격하게 무너지고 있음을 알았다. 몸 부림치기도 진저리가 났고 더는 버틸 힘도 남아 있지 않았다. 이제 곧 죽겠구나, 이런 생각이 들자 서글픔이 몰려왔지만 그냥 묵묵히 받아들이기로 했다. 이제 죽어도 여한이 없다. 죽기 전에 세상이 얼마나 아름다운지를 알았다. 서로 믿음을 주고받는다는 게 어떤 건지도 알았다.

이것으로 충분하다.

콜은 폭신한 이끼를 베개 삼아 고개를 뉘었다. 통증이 몸뚱이 언저리를 안개처럼 떠도는 듯했다. 눈을 감고 마음을 가라앉히며 스멀스멀 다가오는 죽음을 기다렸다. 죽음이 임박하자 구름 속에 붕 뜬 듯한 느낌이 들었다. 귓전에 윙윙거리는 소리가 들리더니 그 소리가 점점 더 커졌다. 그 소리에 짜증이 더럭 났다. 지금은 어떤 소리도 듣고 싶지 않다.

윙윙거리는 소리가 멎더니 갈매기 떼가 끼룩거리며 콜의 주변을 맴돌았다. 갈매기들이 자기를 두고 다투는 소리가 들렸다. 죽는다는 게 바로 이런 거로구나. 죽음이 이렇게 소란스러울 줄 미처 몰랐다. 갈매기들이 콜의 팔이며 다리를 쪼아 대기 시작했다. 콜은 눈을 뜰 수는 없지만 팔을 내저을 수는 있었다. 갈매기들은 왜 나를 내버려두지 않는 걸까? 죽을 때까지 좀 기다려 주면 안 되나? 아직도 숨을 쉬는데 꼭 생살을 뜯어 먹어야 직성이 풀리나?

갈매기들은 달아나기는커녕 득달같이 달려들어 마구 쪼아 댔다. 급기야 콜을 들어 올리려고 큼직한 부리로 다리며 어깨를 잡아끌었다. 질질 끌려가던 몸뚱이가 돌멩이에 부딪히자 말로 표현할 수 없는 통증이 삽시간에 몰려왔다. 극심한 고통이 상처를 구석구석 훑고 지나갔다. 윗도리와 신발을 거칠게 잡아당기던 녀석들의 끼룩거리는 소리가 도무지 종잡을 수 없는 소리로 바뀌었다. 녀석들은 도대체 뭘 하려는 걸까?

담요에 폭 감싸인 것 같은 포근함과 아늑함이 밀려왔다. 고개가 살짝 들리더니 따스한 액체가 입안으로 흘러들었다. 도무지 이해할 수가 없다. 어떻게 빗방울이 이렇게 따뜻하지? 진흙탕에 머리가 빠져서 그 물이 입안으로 들어오는 게 분명했다. 아니면 피일지도 모른다. 콜은 입안으로 흘러드는 그 액체를 내뱉었다. 그러나 그것은 목덜미를 타고 따뜻하게 흘러내렸다. 진흙탕이나 핏물에 빠져 죽고 싶은 생각은 털끝만큼도 없다. 하지만 따스한 액체가 다시 입술을 타고 흘러들자 그냥 있기로 했다. 죽는 마당인데 뭐가 대수랴. 물에 빠져 죽을 수도, 얼어 죽을 수도, 갈매기 떼에 갈가리 찢겨 죽을 수도 있는 거다. 문제는 오로지 죽음이 코앞에 성큼 다가왔고, 이제는 영영 돌이킬 수 없는 길로 접어들었다는 것이다.

"가만 있어, 대장! 그냥 있으라고!"

소리가 들렸다.

다시금 윙윙거리는 소리가 귀청을 때렸는데 마치 거대한 벌떼가 한꺼번에 달려드는 것처럼 요란스러웠다. 갑자기 세상이 삐딱하게 기울더니 몸뚱이가 들썩거렸다. 그럴 때마다 가슴이 욱신욱신 저렸다. 삐걱거리는 소리가 더욱 요란스러워지면서 무언가가 목을 반듯하게 받치고 머리를 바로잡았다. 콜이 죽음의 문턱에서 벗어나려고 안간힘을 쓰는 동안 다시금 고개가 들리더니 따스한 액체가 조금 더 입술을 타고 들어왔다.

"대장, 나한테 기대!"

콜은 한입 가득 고인 액체를 뱉었다. 가뜩이나 달착지근한 액체 때문에 고역인데 계속 들썩이고 시끄러운 소리까지 더해졌다. 하지만 갈라지고 부어터진 입술과 잇새로 흘러드는 액체를 그 무엇으로도 막을 도리가 없다. 따스한 액체가 목구멍으로 흘러들자 다시금 냉기가 훅 끼쳐 왔다. 냉기는 무시무시한 경련을 몰고 왔고 몸을 산산이 부서뜨렸다. 콜은 끙 하고 신음했다. 이 지긋지긋한 악몽은 언제야 끝이 날까?

그러다 갑작스레 의식이 돌아왔다.

눈을 떴다.

도무지 갈피를 잡을 수가 없었다.

후미며 쓰러진 나무가 온데간데없이 사라졌다. 우중충한

하늘은 종전처럼 변화무쌍하게 변해 가는데 딱딱한 맨바닥과 빗물과 진흙과 죽은 새들은 다 어디로 갔을까? 팔을 단단히 휘감은 두툼한 담요가 가슴께에 둘려 있었다. 화려한 엣투가 아닌 갈색 담요였다. 엣투는 어디에 있을까?

콜은 시야가 흐릿했지만 자신이 알루미늄 보트 바닥에 누워 있다는 사실을 알았다. 한쪽 무릎을 꿇고 조종을 하는 사람은 콜을 이 섬으로 데려왔던 틀링깃 인디언 노인 에드윈이었다. 에드윈은 특유의 무심한 표정 대신 근심스럽게 양미간을 찌푸리고 있었다.

콜은 좀 더 또렷이 보려고 눈을 가늘게 떴다. 콜은 누군가의 무릎을 베고 있었다. 수척한 얼굴로 근심스레 들여다보는 가비가 눈에 들어왔다.

"이제 곧 집에 닿을 거야!"

우르릉거리는 엔진 소리 너머로 가비가 외쳤다.

콜은 대꾸할 기력도 없어 다시금 눈을 감았다. 무슨 일이 생긴 건지 기억을 더듬으려고 안간힘을 썼지만 도무지 생각이 나지 않았다.

가비가 에드윈에게 뭐라고 큰 소리로 외치자 엔진이 한층 요란한 소리를 냈다. 속도를 높인 보트가 미끄러지듯 물살을 헤치며 나아갔다. 뱃머리 양편으로 물보라가 새하얗게 부서졌다. 콜은 욱신욱신 결리는 갈빗대의 통증을 어떻게든 누그러뜨리려고 숨을 죽이고 몸을 바짝 오그렸다. 누군가가 몽둥이로 가슴팍을 마구 두들겨 패는 것만 같았다. 거대한 파도에 배가 기우뚱거릴 때마다 몸을 꼭 안아 주는 가비의 손길이 느껴졌다.

험난한 여정이 영원히 계속될 것만 같더니 마침내 보트가 속도를 줄였다. 그러나 콜은 고통에 취해 정신을 차리지 못했다. 시끄러운 엔진 소리가 잦아들더니 일행을 향해 외치는 근심 어린 목소리가 들리고 가비와 에드윈이 되받아 소리쳤다. 그때 보트가 무언가에 쿵 부딪혔다.

콜은 눈을 떴다. 일행은 부두 쪽으로 보트를 댔다. 사람들이 보트로 모여들어 유심히 쳐다보았다. 사람들은 분주하게 오락가락하며 고함을 치고 있었다. 누군가 안아 올리는 순간 콜은 고통에 겨워 비명을 질렀다. 갈빗대며 다리가 갈가리 찢겨 나가는 것만 같았다. 누군가가 실수를 하는 바람에 콜의 다리가 부두 모서리를 스쳤다. 콜은 엉겁결에 욕지거리를 퍼부었다. 어수선한 발소리가 들리고 귀에 거슬리는 고함 소리도 들렸다. 부두가 이리저리 기우뚱거리는 바람에 콜은 허공을 닥치는 대로 거머쥐었다. 시시각각 옥죄어 오는 고통 때문에 더 이상 가만히 있을 수가 없었다. 그냥 두면 점점 더 광포해져 걷잡을 수 없게 될 것이다.

소란은 계속되었다. 들것에 실려 위태롭게 흔들거리며 부두를 지나던 콜은 밴이 자신을 기다리고 있다는 것을 알았다. 문이 쾅 닫히고 엔진 소리가 요란스럽게 울리며 밴이 내리

막길을 질주하는 동안 몸뚱이가 정신없이 들썩거렸다. 의식이 혼미해지면서 고통도 서서히 사그라졌다.

이윽고 어느 방의 포근하고 따스한 침대로 옮겨지는 듯했다. 몸을 살살 닦아 주고 바지를 벗기는 손길이 느껴졌다. 콜은 스피릿베어가 다리를 갈가리 찢어발기는 꿈을 꾸었다. 하지만 으르렁거리는 소리 대신 웬 여자의 상냥한 목소리가 들렸다.

"괜찮아, 괜찮아. 금방 나을 거야. 푹 쉬어라."

걷잡을 수 없이 몸을 떨던 콜은 수건으로 이마를 가볍게 토닥이는 순간 식은땀을 흘렸다.

마침내 소란이 잠잠해졌다. 기진맥진해 까무러치기를 거듭하던 콜이 목덜미에 담요의 포근한 감촉을 느끼며 눈을 떴다. 엣투는 어디에 있지?

콜이 눈을 뜨자 에드윈과 가비가 다가와 침대 양편에 섰다. 에드윈이 콜을 찬찬히 뜯어보며 덤덤하게 말했다.

"몸이 아주 만신창이가 됐더구나."

가비가 고개를 주억거리며 맞장구를 쳤다.

"번갯불에 커다란 나무가 쓰러졌어. 그 나뭇가지에 정통으로 맞았나 보구나."

콜은 말을 하려고 입을 달싹였지만 아무 소리도 나오지 않았다.

얼굴이 동글납작한 틀링깃 여인이 침대 옆으로 다가왔다.

그 여자가 담요를 들추며 말했다.

"나무에 맞아 생긴 상처가 아니에요. 보세요."

핏기 하나 없이 퉁퉁 부어오른 살갗 한복판에 시뻘겋게 피가 배어 있는 상처를 에드윈이 흘긋 내려다보더니 나지막이 휘파람을 불었다.

"물리고 발톱으로 할퀸 자국이잖아."

여자가 고개를 끄덕였다.

"곰이에요."

콜이 고갯짓을 해 보였다.

가비의 눈초리에 불안한 그림자가 섬광처럼 스쳤다.

"이제 괜찮아요."

콜이 기어들어 가는 소리로 끙끙거리며 마침내 말을 토했다. 가비는 희미하게 미소를 지었지만 근심 어린 표정이 역력했다.

"뼈가 절반은 으스러지고 코끼리만 한 모기한테 뜯긴 것처럼 몸뚱이는 퉁퉁 부은 데다 굶어 죽기 일보 직전이었어. 무슨 말인지 알아듣겠지? 대장, 너는 하나도 괜찮지 않아."

콜은 간신히 고개를 끄덕였다.

"괜찮아요."

콜은 다시 한 번 끙끙거리며 대꾸했다.

13

땅딸막한 사내가 콜의 방에 고개를 들이밀었다.

"날이 밝을 때까지는 캐치캔에서 수송기를 보낼 수 없다는구나. 날이 어두워지는 데다 바람이 심하게 불어서."

간호사가 콜의 이마를 짚으며 말했다.

"별 하나짜리 로지네 호텔에서 하룻밤 묵게 될 모양이네."

에드윈은 콜에게 고갯짓을 해 보였다.

"웬 뜬금없는 소린가 할 테지, 이 여인이 바로 로지란다."

보기 드물게 에드윈의 입가에 미소가 번졌다.

"드레이크에서 제일가는 간호사지."

로지가 한마디 덧붙였다.

"그럴 수밖에. 간호사라고는 달랑 나 혼자니까."

에드윈이 너스레를 떨었다.

"웬만한 강철 인간이 아니면 로지 손에서 무사히 살아남기 힘들걸."

로지가 에드윈을 슬쩍 떼미는 시늉을 하는 동안 콜은 오싹하니 오한이 들어 몸서리를 쳤다.

로지가 핀잔을 주었다.

"댁들 그런 농담할 새 있으면 일손이나 거드시죠. 담요나 하나 더 갖다주세요."

가비가 침대 옆 의자에 걸쳐 두었던 엣투를 로지에게 건네주었다.

"자, 섬에서 가져온 거요."

"축축하네. 벽장에 가서 뽀송뽀송한 거 하나 갖다주세요."

곁에 놓인 화려한 담요를 보니 단박에 콜의 가슴 한구석이 뭉클해졌다. 콜은 팔을 뻗어 엣투 귀퉁이를 거머쥐었다.

에드윈이 새 담요를 들고 오는 동안 축축한 엣투를 움켜쥔 콜을 가비가 유심히 바라보았다. 가비는 콜의 어깨를 꼭 안았다.

"나중에 이야기하자꾸나. 지금은 좀 쉬어야 해."

콜은 엣투를 거머쥔 손을 놓고 가비의 팔을 꼭 잡았다.

가비가 콜을 안심시켰다.

"아무 데도 안 간다. 로지랑 내가 밤새 있을게."

콜이 속삭였다.

"고마워요."

로지가 침대로 바짝 다가왔다.

"좀 따끔할 거야."

그러더니 콜의 왼쪽 팔뚝에 바늘을 찔렀다.

"정맥에 항생제랑 영양제를 넣어 주는 거란다."

일을 마친 로지가 콜의 고개를 안아 올리더니 살며시 입 안에 알약을 넣어 주었다.

"자, 이걸 삼키렴. 좀 덜 아플 거야."

로지가 입술에 대 준 유리컵의 물을 홀짝이며 콜은 약을 삼키려고 안간힘을 썼다. 약을 다 삼키자 로지는 상처를 소독하기 시작했다. 문이 열리고 웬 틀링깃 여인이 들어와 따끈한 수프가 든 보온병을 침대 옆에 내려놓았다.

로지가 가비를 돌아보았다.

"이 총각한테 음식을 좀 먹이세요."

가비가 큼직한 베개로 콜의 머리를 받치고 숟가락으로 갈라진 입술 사이에 닭고기 수프를 떠 넣었다. 에드윈은 벽에 기대서서 그 광경을 뚫어지게 바라보았다.

약효가 나타나는지 통증이 다소 누그러졌다. 콜은 수프를 홀짝이며 로지를 물끄러미 쳐다보았다. 세상 천지에 이보다 더 신바람 나는 일은 없다는 듯 로지는 활기차게 움직였다. 로지가 붕대를 가지러 방을 나가자 가비가 콜을 들여다보았다.

가비는 근심스레 입을 오므렸다.

"곰이 너를 무슨 씹다 뱉어 버리는 장난감인 줄 알았나 보다. 이런 꼴을 당하게 해서 미안하구나."

콜은 하고 싶은 말이 산더미 같았지만 지금은 기운이 없었다. 그저 잠자코 고개를 내저으며 기어들어 가는 소리로 한마디 했다.

"다 내 잘못이에요!"

줄곧 뚫어질 듯한 눈초리로 바라보고 있는 에드윈을 가비가 흘긋 돌아보았다. 로지가 거즈 두루마리며 갈색 플라스틱 병을 한 아름 안고 침대로 돌아왔다. 가비가 침대에서 물러나 로지에게 자리를 내주었다.

가비가 콜에게 말했다.

"로지가 붕대를 가는 동안 좀 쉬어라."

로지가 말했다.

"온몸을 친친 감았네. 성한 뼈가 없으니 원. 오늘 밤에라도 병원에 데려가면 좋으련만."

상처를 소독하고 붕대로 감는 동안 콜은 눈을 감고 있었다. 스르르 잠이 왔다.

일을 마친 로지가 가비에게 속삭였다.

"그 곰한테 꽤 오래 시달렸나 봐요. 갈빗대도 부러지고 골반뼈도 부러진 것 같고, 저체온증에다 팔다리도 몽땅 부러진 걸 보면. 말을 하는 게 놀라울 정도라니까요. 엄청 다부진 소년인가 봐요."

가비가 속삭였다.

"자기가 강철 인간쯤 되는 줄 알지만 그 정도는 아니지."

에드윈이 나지막이 중얼거렸다.

"살겠다는 의지만 있으면 괜찮아질 거야."

콜은 서서히 잠에 빠져들면서도 그들이 하는 대화를 다 들었다.

콜은 낯익은 사람들이 뿌연 안개를 헤치고 자신을 향해 차츰차츰 다가오는 꿈 때문에 잠을 설쳤다. 다들 하나같이 자신을 돌봐 주었다. 로지는 상처를 치료하고, 아빠는 돈을 주었으며, 에드윈은 이런저런 충고를 해 주고, 엄마는 몸을 씻기고 새 옷을 건네주었다.

콜은 사람들의 보살핌을 받는 게 좋았다. 사람들을 맘대로 부린다는 게 여간 신나는 일이 아니었다. 그런데 느닷없이 번개가 번쩍하더니 사람들이 모조리 괴물로 변했다. 사람들에게 받은 물건들이 차츰 희미해지더니 다들 콜을 조롱했다.

사람들이 입을 모아 소리쳤다.

"이런 바보! 우리가 미쳤냐, 너를 돌보게? 너같이 하찮은 녀석을! 에라, 이 천진한 낯짝을 한 사기꾼아!"

콜은 식은땀을 흘리면서 눈을 번쩍 떴다. 한밤중이었다. 콜은 미친 듯이 암흑 속을 허우적거렸다. 가까이에서 고른 숨소리가 들렸다.

"아저씨."

소리가 나오는구나, 안도하면서 콜이 외쳤다.

"아저씨."

가비가 쉰 소리로 대꾸했다.

"무슨 일이냐, 콜?"

누군가 전등 스위치를 당기려고 잽싸게 일어나는 기척이 들렸다. 예의 그 주름진 청바지에 빛바랜 모직 외투를 걸친 가비가 침대로 부리나케 달려왔다. 동시에 옆방 문이 열리며 로지가 뛰어들었다.

로지가 놀라서 물었다.

"무슨 일이에요?"

콜의 시선은 두 사람을 향했지만 악몽의 여운이 아직도 괴롭혔다.

"꿈을 꿨어요. 사람들이 저를 돌봐 주었어요. 그러다가 차츰 괴물로 변하더니 나를 비웃었어요."

가비가 콜의 팔에 손을 얹으며 말했다.

"그냥 꿈을 꾼 거야."

"하지만 거기엔 두 분도 계셨어요."

로지는 콜의 손을 꼭 잡았다.

"저런, 나는 괴물이 아니란다. 가비 이 양반은 혹시 모르지만."

로지가 미소를 지었다.

콜은 여전히 긴장한 표정으로 물었다.

"왜 다들 저를 도와주시는 거죠?"

로지가 손목시계를 들여다보았다.

"고맙다는 인사를 받기에는 시간이 좀 그러네."

그러면서 어깨를 으쓱했다.

"사람이 살면서 보람 있는 일도 하지 못하고 남한테 아무 도움도 못 준다면 도대체 무슨 낙으로 살겠니?"

콜은 가비를 올려다보았다.

"아저씨는 왜 저를 도와주시는 거죠?"

"우리는 친구니까."

콜은 실망한 기색이 역력했다.

"농담 마세요. 미니애폴리스에서 맨 처음 저를 도와주셨을 때 우리는 생판 모르는 사이였어요."

콜을 찬찬히 뜯어보며 가비가 대꾸했다.

"네 말이 맞다. 나 자신을 위해서 그런 거야."

콜은 고개를 끄덕였다.

"그럴 줄 알았어요. 아저씨는 저를 하나도 좋아하지 않아요. 그냥…."

"그건 아니다. 나는 너를 좋아해. 그러니까 내 말은, 내가 간절히 도움을 필요로 할 때 다른 사람을 돕다 보면 많은 위로가 되더란 말이다."

콜이 깜짝 놀라 물었다.

"아저씨 같은 분도 도움이 필요하세요?"

가비는 고개를 끄덕였다.

"너를 보면 꼭 나를 보는 것 같아. 내가 네 나이였을 때 평생을 두고 후회할 짓을 해서 5년씩이나 감방 신세를 졌다. 여기 드레이크에서 어린 시절을 보냈지만 나한테 원형 평결 심사를 받게 해 주려고 애쓴 사람은 단 한 명도 없었어. 그때 원형 평결 심사를 받았더라면 상황이 많이 달라졌을 거야."

가비는 서글픈 미소를 지으며 고개를 내저었다.

"내 말 잘 새겨들으렴. 감옥살이는 사람의 영혼에 지울 수 없는 상처를 준단다. 게다가 나 때문에 상처를 입은 사람들에게 진 빚을 갚을 기회를 영영 잃고 말지."

로지가 붕대를 친친 감은 콜의 팔을 어루만지며 말했다.

"몇 달 있으면 네 몸에 난 상처는 아물겠지만 네 마음에 생긴 상처는 쉽사리 치유되지 않아. 다른 사람들을 돕는 건 영혼이 입은 상처를 치유하는 데 도움이 된단다."

여전히 악몽 때문에 기분이 울적한 콜이 하소연을 했다.

"나를 해치지 못해 안달인 사람이 많아요."

로지가 콜의 손을 꼭 잡았다.

"바로 그 사람들에게 네 도움이 필요한 거야. 가비를 처음 만났을 무렵에 네가 사는 게 얼마나 죽을 맛이었을지는 안 봐도 알겠다."

콜이 고개를 내저었다.

로지가 말머리를 돌렸다.

"아픈 건 좀 어떠니?"

"아직도 아파요."

틀링깃 간호사가 웬 꾸러미를 가져와 주사 놓을 준비를 했다.

"눈 좀 붙이게 해 주마."

"괴물 쫓는 처방도 좀 해 주세요."

"그 처방은 너만 할 수 있는 거란다."

정말이지 며칠 만에 처음으로 단잠을 잤다. 눈을 떴을 때는 침대 옆에 놓인 작은 램프가 빛을 발하고 있었다. 언제 일어났는지 로지가 살금살금 방을 돌아다니며 일을 보다가 인기척이 나자 전등을 켜고 침대로 다가왔다.

"잘 잤니?"

콜이 고개를 끄덕였다.

"아침에 붕대를 바꾸자꾸나. 그냥 뒀다가는 캐치캔 사람들이 나를 깡촌에서 사람 잡는 선무당인 줄 알겠다."

콜은 얼굴이 일그러졌다. 걷잡을 수 없는 고통이 엄습했다. 그가 움찔거리는 것을 보고 로지가 주사를 놓았다.

"나을 때까지는 무척 아플 거야. 그냥 마음을 단단히 먹으라고 미리 일러두는 거란다."

그러고서 한마디 덧붙였다.

"그렇지만 반드시 괜찮아질 거야."

콜이 진정제를 기다리는 동안 가비는 간이침대에 똑바로 앉아 찌뿌드드한 등허리를 쭉 폈다. 가비는 손가락으로 헝클어진 머리를 가지런히 다듬었다.

"먹을 것 좀 줘도 되겠소?"

링거액을 갈아 끼우던 로지가 고개를 끄덕였다. 로지는 콜의 체온과 맥박도 쟀다. 그러고는 콜의 옷가지가 담긴 종이 가방을 가져왔다.

"워낙 갈가리 찢어져서 걸치고 자시고 할 것도 없다만 아무튼 가져가라고 세탁해 두었단다."

로지가 가방을 침대 옆에 놓았다.

콜은 가방 맨 위에 올려놓은 엣투를 물끄러미 바라보았다.

가비가 주스와 따끈한 오트밀을 들고 돌아오는데 에드윈이 문가에서 외쳤다.

"수송기가 보이는데, 30분쯤 있으면 착륙할 것 같아."

에드윈이 로지를 돌아보았다.

"콜이 밥을 다 먹는 대로 부두로 데려갑시다. 금방 돌아오겠소."

식사를 마칠 즈음 콜을 실어 나르는 일을 도우려고 마을에서 소년 둘이 왔다. 같은 또래 소년들은 콜을 들것에 싣고 대기 중인 밴으로 가는 내내 호기심 어린 눈길을 보냈다. 밴에 오른 로지가 링거액을 들고 콜의 옆자리에 앉았다. 일행이 부두에 이르자 소년들이 가비와 에드윈을 도와 들것을 부두 가장자리로 옮겼다.

로지가 링거액을 부두 기둥에 매달았다.

"금방 올게. 네 진료 기록을 가져와야 하거든."

소년들은 콜과 에드윈, 가비를 남겨 둔 채 로지를 따라갔다.

에드윈은 떠오르는 햇살을 반사하며 시뻘겋게 타오르는 수평선을 바라보았다.

"거기서 무슨 일이 있었는지 얘기 좀 해 보렴."

"저는 완전히 버림받았다고 생각했어요. 그래서 오두막을 불태워 버린 거예요."

콜은 머뭇머뭇 말문을 열었다. 섬을 탈출할 계획을 세웠던 일이며 스피릿베어를 죽이겠다고 덤벼들었다가 몸이 만신창이가 된 사연을 털어놓았다.

"저를 보고도 달아날 생각을 않기에 매서운 맛을 보여 주고 싶었어요."

콜은 자신의 심경을 솔직히 털어놓았다.

가비와 에드윈은 잠자코 들었고, 콜은 폭풍우 아래서 벌어진 일들을 죽 들려주었다.

콜이 이야기를 마치자 가비가 입을 열었다.

"다시는 그 팔을 쓸 수 없을지도 모른다. 까딱 잘못했다가 인생 망치는 수가 있어."

콜은 고개를 끄덕였다.

"팔을 못 쓰는 것쯤은 대수롭지 않아요."

가비가 어처구니없다는 눈으로 콜을 바라보았다.

"무슨 말을 그렇게 해?"

"맛있는 케이크를 먹으려면 맛없는 재료들도 즐길 줄 알아야 한다, 뭐 그런 거죠. 어느 훌륭한 보호관찰관께서 언젠가 제게 들려주신 말씀이에요."

콜은 희미하게 웃었다.

가비가 눈썹을 치켜올렸다.

"그 훌륭한 보호관찰관 때문에 네가 이렇게 곰한테 사지가 찢겼구나. 당분간은 병원에서 지내게 될 게다. 거기서 나오면 네 부모님과 해결할 문제가 좀 있고, 감옥에 가느냐 마느냐 하는 문제도 매듭지어야 해. 어떤 일이 벌어졌는지 뻔히 알면서 치유 평의회에서 너를 그 섬에 다시 보내려고 할지는 모르겠다. 무슨 소리인지 알아듣겠지?"

콜은 고개를 끄덕였다.

"알다마다요. 그래도 괜찮아요. 무슨 일이 생겨도 이제는 화를 내지 않을 거예요."

에드윈이 고개를 가로저었다.

"화라는 게 마음먹은 대로 내고 말고 하는 게 아니지. 분노란 거부한다고 사라지는 게 아니거든. 그냥 길들일 수 있을 뿐이야."

에드윈은 손가락으로 섬 쪽을 가리켰다.

"스피릿베어에 관해서 좀 더 말해 보렴."

"그 곰은 눈부시게 하얬어요. 마지막으로 보았을 때는 제 바로 옆에 서 있었어요."

콜은 소리를 죽이고 덧붙였다.

"제가 만져 보기도 한 걸요."

에드윈은 콜의 얼굴을 빤히 들여다보았다.

"스피릿베어는 여기서 남쪽으로 몇백 킬로미터나 떨어진 브리티시컬럼비아 연안에 산단다, 이 근방이 아니라."

에드윈은 고개를 가로저었다.

"내가 어렸을 때는 물론이고 우리 부모님도, 부모님의 부모님도 대대손손 여기서 사냥을 했지. 이 근방에 스피릿베어는 없어, 뭐 네 마음속에 있다면 모를까."

반박을 하려고 입을 달싹이는데 문득 곰한테서 쥐어뜯은 흰 털 한 줌이 생각났다.

"누구 말이 맞나 우리 내기해요."

콜은 바지를 꺼내려고 옆에 있는 종이 가방에 손을 뻗쳤다. 그러다가 주춤했다. 이제껏 거짓말을 밥 먹듯 했다. 거짓말을 해 놓고는 거짓이 들킬까 봐 또 다른 거짓말을 둘러대기 일쑤였다. 진실을 말할 용기조차 없는 비겁한 인생을 살아온 것이다.

콜은 종이 가방을 도로 내려놓았다. 이제 달라질 것이다. 감옥에 가는 한이 있어도 이제부터는 진실만을 말할 것이다.

콜이 나지막이 말했다.

"증거를 보이고 자시고 할 것도 없어요. 사실이니까요."

에드윈은 눈을 가늘게 뜨고 콜을 바라보고는 몸을 돌려 부두로 걸어갔다.

가비가 말했다.

"캐치캔으로는 내가 같이 가야 할 모양이구나. 짐 좀 가져와야겠다. 금방 오마."

자리를 뜨면서 가비는 한쪽 눈을 찡긋 해 보였다.

"어디 도망가면 안 된다."

콜은 멀어져 가는 가비를 쳐다보았다. 홀로 남자 거울처럼 투명한 수면으로 눈길을 돌렸다. 어쩌면 스피릿베어를 본 게 아닐지도 모른다. 콜은 고개를 빼고 혹시 보는 사람이 없나 둘러본 뒤 종이 가방에 손을 넣어 청바지를 잡아당겼다. 조심스레 앞주머니에 손을 넣자 손가락에 폭신한 털이 느껴졌다. 콜은 손을 꺼낸 다음 주먹을 폈다.

털 한 뭉치가 손바닥에 있었다. 하얀 털이었다. 순백색. "내 말이 맞았어. 거짓말을 한 게 아니야." 콜은 혼잣말을 하고 천천히 팔을 들더니 털을 물속으로 휙 던졌다. 오늘부터 진실만 말할 것이다. 진실이 아니면 입에 담지도 않을 것이다.

고함 소리가 차츰 가까워지고 수송기가 머리 위에서 맴도는 동안 콜은 하얀 털 뭉치를 물끄러미 바라보았다. 물 위에 둥둥 떠 있던 털 뭉치가 바람결에 실려 저만치 멀어져 갔다.

그 자그마한 덩어리는 물결 따라 너울너울 파도에 떠내려가
더니 이내 시야에서 벗어났다.

콜은 미소를 머금고 들것에 머리를 기댔다. 에드윈이 분
노는 거부한다고 사라지는 게 아니라고 했다. 그 말이 맞는지
도 모른다. 스피릿베어 또한 사라지지 않고 가슴 깊은 곳에 영
원히 남아 있을 것이다.

2부

다시
스피릿베어의
품으로

14

여섯 달 뒤.

발을 절기는 했지만 콜은 혼자 힘으로 느릿느릿 병원을
나와 인도로 내려섰다. 이제는 오른팔을 자유롭게 쓰지 못한
다. 어디 한 군데 성한 곳이 없어 몸놀림이 부자유스러웠고,
절뚝거려야 엉덩이가 그나마 덜 욱신거렸다. 가비가 참을성
있게 나란히 걸었다. 한참을 뒤처져 콜의 엄마가 따라왔고 엄
마 옆에는 콜을 호송하기 위해 소년원에서 온 교도관이 있었
다. 교도관은 실눈을 뜨고 콜의 일거수일투족을 지켜보았다.
교도관은 애초에 콜에게 수갑을 채우려고 했지만 가비가 막
았다. 열띤 논쟁이 오갔다. 결국 교도관이 고개를 끄덕였고 콜
이 자유롭게 차를 타러 갈 수 있게 내버려두었다.

콜의 아빠는 오늘도 병원에 오지 않았다. 주차장을 가로

질러 대기하고 있는 스테이션왜건으로 걸어가는 동안 아무도 아빠에 대해 입에 담지 않았다. 콜은 으레 그러려니 했다. 콜이 섬에서 돌아오고 한 달이 지나 경찰이 아빠를 아동학대죄로 체포하고 정식으로 기소했다. 아빠는 당연히 죄과를 모조리 부인했고 영장의 잉크가 채 마르기도 전에 보석금을 치르고 풀려났다.

엄마가 가비에게 진술을 했기에 망정이지 그나마도 없었으면 고발은 꿈도 꾸지 못했을 것이다.

병원에 들른 가비가 콜의 침대 옆에 서서 엄마를 다그쳤다.

"당신이 입을 꾹 다물고 있는 바람에 일이 이 모양이 된 겁니다. 그렇게 가만히만 계시면 당신도 죄를 짓는 거예요."

이튿날 엄마는 마지못해 고발 절차를 밟고 증언을 하기로 동의했다.

콜이 입원해 있는 동안 엄마와 심의 위원 여럿이 병문안을 왔다. 콜은 누구보다 엄마가 찾아오는 게 괴로웠다. 엄마는 두 손을 쥐어짜듯이 꽉 쥐고서 "좀 어떠니?" 하고 물을 때 말고는 거의 입을 다물고 있었다.

"엄마가 얼마나 너를 사랑하는지 너도 알지, 그치?"

병문안을 올 때마다 엄마는 물었다.

콜은 이런 질문을 받으면 무슨 말을 해야 할지 몰라 곤혹스러웠다. 이제 와서, 느닷없이, 자기가 얼마나 사랑하는지 믿어 달라는 이유가 뭘까? 엄마는 날마다 왔지만 콜을 얼마나 사랑하는지 보여 주지는 않았다. 아닌 게 아니라 밤에는 한 번도 병원에 머무른 적이 없다. 어스름이 내리고 면회 시간이 끝나 달랑 혼자 남은 콜이 상념에 젖어들 무렵이면 곁에는 아무도 없었다. 그럴 때, 사지를 찢기는 악몽에 시달리고 혼자라는 고독감에 몸부림치다 보면 두려움과 분노가, 그렇다, 시시각각 그를 옥죄던 바로 그 분노가 다시금 치받쳤다. 에드윈의 말이 딱 맞았다. 분노는 거부한다고 사라지는 게 아니었다.

하지만 늦은 밤이면 콜은 새끼 참새들을 생각했다. 더불어 스피릿베어를 어루만지던 기억도 생생하게 떠올랐다. 흰털이며 온화한 눈길, 어둠을 뚫고 자기를 지그시 바라보던 새까만 눈동자를 그려 보았다. 어쩐지 마음이 차분하게 가라앉던 바로 그 눈길을.

콜은 고개를 돌려 병원을 흘긋 돌아보면서 자유롭지 않은 오른팔을 가슴께로 바짝 끌어당겼다. 병원 문을 나서니 후련했다. 스피릿베어가 엉덩이며 팔을 닥치는 대로 깨물고 가슴팍을 다진 고기마냥 갈가리 찢은 지 무려 여섯 달이 지났다. 지금까지도 벌건 흉터가 몸뚱이 여기저기에 남아, 그날의 고통스럽고도 무시무시한 기억이 생생히 떠올랐다.

차츰 나아가는 기미가 보이지만 앞으로 몇 달 동안 치료를 더 받아야 한다.

물리치료사가 말했다.

"웬만한 사람은 이 정도 상처라면 뼈도 못 추렸을 거야. 살아난 게 천만다행이기는 하다만 상처 때문에 두고두고 후유증에 시달릴 거야. 다시는 오른팔을 예전처럼 쓸 수 없어. 때가 되면 손상된 신경이랑 피 순환이 정상으로 돌아오기는 하겠지만 늘 개운치 않고 여기저기 감각도 없고 저려서 고생을 좀 할 거다. 근육이나 연골에 입은 상처 때문에 뼈마디가 뻣뻣할 거고. 상처에 반흔 조직이 생길 텐데 그냥 두면 불구가 될지도 몰라. 맞서 싸워야지. 스트레칭을 하건 뜀뛰기를 하건 밀고 당기기를 하건 좌우지간 몸을 최대한 많이 움직이는 걸로 뭐든지 해 봐. 지금부터 몸뚱이랑 전쟁을 벌인다 생각해. 지면 평생 불구가 되는 거야."

일행이 교도관의 스테이션왜건에 다다르자 가비가 콜을 돌아보았다.

"치료사는 너한테 육체 치료에 관한 것만 언급했는데 그건 새 발의 피야."

가비는 콜의 머리를 가리켰다.

"여기를 치유하는 건 훨씬 더 어려워. 네가 네 다리를 불태웠으니 사법 시스템이 너를 어떻게 할지 나도 모르겠다. 내일 위원회에 다녀와서 이야기하자."

"나도 오마."

엄마가 들릴락 말락 한 소리로 말했다. 느닷없이 엄마가 팔을 뻗어 콜을 꼭 부둥켜안았다. 엄마는 흐느꼈다.

콜은 당혹스러웠지만 엄마를 밀쳐 내지는 않았다. 그러 기는커녕 놓아줄 때까지 엄마의 어깨에 팔을 두르고 있었다. 콜은 목구멍을 턱 막고 있는 큼지막한 덩어리를 삼켰다.

콜이 자동차에 오르며 말했다.

"제 걱정은 마세요, 엄마."

교도관이 명령했다.

"안전벨트 매라."

벨트와 씨름을 하면서 콜은 가비와 엄마에게 작별 인사 로 고갯짓을 해 보였다. 이제 어쩌지? 콜은 앞길이 막막했다. 병원에 있을 때는 앞으로 어쩌나 하는 걱정 따윈 별로 하지 않 았다. 수술에 수술을 거듭하랴, 물리치료 받으랴, 날마다 일정 이 빡빡했고 엄마와 가비가 하루도 거르지 않고 찾아왔으며 위원회에서 수시로 병문안을 와서 쾌유를 빌었다.

차가 시내를 가로지르는 동안 콜은 스테이션왜건의 사이 드미러로 창밖을 우두커니 내다보았다. 결국 이대로 감옥에 서 썩게 되려나? 그리고 아빠는 어떻게 되는 걸까? 감옥에 있 는 아빠라니 상상조차 할 수 없는 일이다.

눈 깜빡할 사이에 스테이션왜건은 소년원 건물 앞에 섰 다. 눈에 익은 삭막한 벽돌 건물을 보는 순간 콜의 맥박이 빠 르게 요동쳤다. 콜은 고분고분 차에서 나와 자신을 호송할 교 도관에게 팔을 내맡긴 채 빗장이 걸린 문들을 지나 안으로 들 어갔다. 콜은 엄마가 사 준 새 옷을 입고 있었다. 어깨에 걸머진 자그마한 배낭에 엣투를 비롯한 짐이 들어 있었다.

예전에 있던 방이 아니었지만 상관없었다. 똑같이 밋밋한 벽에 콘크리트 탁자와 침대가 있었다. 화장실은 좀 달랐다. 이번 건 칙칙한 녹색이었다. 전에는 황갈색이었는데.

교도관이 문을 닫자 콜은 침대로 걸어가 언제고 섬을 떠올릴 수 있게 엣투를 침대 틀에 걸쳐 놓고 그 옆에 걸터앉았다. 콜은 눈을 감고 한숨을 푹 내쉬었다. 그렇게 앉아 있으니 섬, 폭풍, 추위, 번개, 쓰러진 나무, 죽은 참새들, 곰에게 당하던 순간이 주마등처럼 스쳐 지나갔다. 이제 스피릿베어의 온화한 눈길을 떠올려 볼 참이었다.

이튿날 오후에 가비가 들렀는데 서두른 기색이 역력했다.

"적응이 좀 됐니?"

"아저씨는 감방에 어떻게 적응했는데요?"

가비는 피식 웃으며 자신의 관자놀이를 가리켰다.

"바로 여기 하기 나름이지."

"앞으로 어떻게 될지 알아냈어요?"

"그렇기도 하고 아니기도 하고. 준비가 되는 대로 위원회가 너랑 다시 모임을 가질 거야. 그 섬에서 워낙 엄청난 일이 벌어져서 평결 위원회가 네 사건에 대한 권리를 포기하고 도로 법정으로 보낼 모양이다."

"그러면 어떻게 되는데요?"

"재판을 받겠지."

"감옥행이란 말인가요?"

가비가 고개를 끄덕였다.

"거의 확실하다."

콜은 눈길을 떨구며 엄지손톱을 만지작거렸다.

가비가 물었다.

"기분은 어떠니?"

"그 좋은 기회를 날려 버리지 않았더라면 좋았을 걸 그랬어요."

가비가 고개를 주억거렸다.

"살다 보면 기회가 다시 왔으면 하고 바라는 때가 있게 마련이란다."

"언젠가는 그 섬으로 돌아갈 거예요."

가비가 호기심 어린 눈길을 보냈다.

"무슨 특별한 이유라도 있는 거냐?"

"스피릿베어를 다시 보려고요."

"아, 그 거대한 흰곰."

"그 곰을 보았다는 말을 믿지 않는 거죠, 그렇죠?"

가비가 이맛살을 찌푸리며 말했다.

"뭔가 보긴 봤어. 대장, 너를 질겅질겅 씹다가 뱉어 버린 녀석 말이야."

"그 곰은 나를 해치려고 그런 게 아니에요."

"그걸 어떻게 알지?"

콜은 주저하며 대꾸했다.

"아빠가 허리띠로 나를 후려칠 때는 나를 해치려고 한다는 걸 알아요. 눈에 그대로 쓰여 있었거든요. 곰은 달랐어요. 내가 죽이려고 덤비니까 단지 자기 몸을 보호하려고 그런 것뿐이라고요."

"네 아빠가 너를 왜 때렸는지 생각해 봤니?"

콜은 움찔해서 고개를 들었다.

"나는 아빠한테 나쁜 짓 한 거 없어요."

"네가 그랬다고는 안 했다."

"그냥 화가 나니까 나한테 분풀이를 한 거죠, 뭐."

가비는 미소를 머금었다.

"우리가 아는 누구랑 아주 똑같은데?"

콜이 아무 대꾸가 없자 가비는 어깨를 으쓱하며 문가로 걸어갔다.

"대장, 급하게 가 볼 데가 있어서 말이야."

"내가 스피릿베어 얘기를 꾸며 냈다고 생각하죠, 그렇죠?"

콜이 불쑥 내뱉었다.

가비가 문 앞에서 잠시 멈췄다.

"아니, 너는 거짓말을 하는 게 아니야. 틀림없이 보았다고 네가 믿는걸."

다음 한 주 동안 콜은 갑갑한 소년원 생활에 웬만큼 적응했다. 아빠는 여전히 감감무소식이었지만 엄마와 가비가 날마다 들렀다. 엄마는 이제 딴사람이 된 듯 행복하고 자신감 있어 보였다. 옷차림도 제법 수수해졌다.

어느 날 엄마가 말했다.

"모든 일이 마무리되는 대로 우리 어디 딴 데 가서 새 인생을 시작하자꾸나."

"마무리될 기미가 안 보이는데요."

"우리가 하기 나름이지. 나는 술 끊었다."

콜은 엄마를 찬찬히 뜯어보았다.

"왜요?"

엄마의 눈은 인생을 달관한 듯했다.

"19년 전 네 아빠와 갓 결혼했을 때는 우리도 다른 젊은 부부들하고 똑같았어. 서로 사랑하고 온갖 꿈에 부풀었지. 우리에게는 너를 낳아 키우고 이상적인 가정을 꾸리자는 꿈이 있었어. 일이 이렇게 되리라고는 상상도 못 했어."

"무슨 일이 있었나요?"

"어딘가에서 잘못된 길로 접어든 거지. 우리가 감당하기에는 사는 게 너무 벅찼단다. 네 아빠는 과거라는 참으로 버거운 짐을 짊어지고 있었지. 네 아빠가 결코 감당할 수 없는 짐 말이다."

"짐이란 게 도대체 뭘 말하는 거죠?"

엄마는 서글픈 미소를 지었다.

"네 아빠는 원래 나쁜 사람이 아닌데 어렸을 적 할아버지 할머니가 사사건건 트집을 잡아 네 아빠를 때렸대. 네 아버지가 배운 건 그게 전부였지. 네 아빠가 너한테 똑같은 짓을 하는 걸 볼 때마다 차츰 나아지겠지 했어. 술을 마시면 이런 비참한 현실에서 도피할 수 있었지."

엄마는 고개를 내저었다.

"참다못해 이혼을 했고 병원에서 사경을 헤매는 너를 보고서야 제정신이 돌아왔어. 어느 순간, 네 아빠를 바꿀 수는 없어도 나 자신을 바꿀 수는 있다는 생각이 들더구나. 이렇게 모진 꼴을 당하게 해서 정말 미안하다. 나를 용서할 수 있겠니?"

"나를 때린 사람은 엄마가 아니에요."

"그렇지. 하지만 말리지도 않았어. 네가 나를 필요로 할 때 네 옆에 있어 주지 않았지."

"괜찮아요."

"아니다, 괜찮지 않아. 하지만 이제부터는 많이 달라질 거야."

콜은 호기심 어린 눈으로 엄마를 보았다.

"저한테 이런 얘기 하시는 거 처음이에요."

엄마는 콜의 손을 어루만졌다.

"하마터면 네가 곰한테 죽을 뻔한 게 처음이잖니."

그러고서 엄마는 콜을 꼭 부둥켜안았다.

콜은 엄마가 팔을 거두고 나서도 그대로 매달려 있다가 촉촉해진 눈시울을 들키지 않으려고 얼른 몸을 돌렸다.

한 주가 지나 가비가 급히 소식을 전해 주었다.

"내일 밤에 모임이 있다. 내가 와서 데려다주마."

"엄마도 알아요?"

가비가 고개를 끄덕였다.

"그리고 네 아빠도 오셔. 그건 그렇고, 내일 밤 놀랄 만한 소식이 있을 거야."

"그게 뭔데요?"

가비는 대꾸도 하지 않고 자리를 떴다.

이튿날 저녁, 약속대로 가비가 왔다. 가비가 동행하니 교도관은 수갑을 채우지 않았다. 그것을 보고 콜은 적잖이 놀랐다.

7시 조금 지나 일행은 공공 도서관에 닿았다. 벌써 다들 빙 둘러앉아 있었다. 콜의 변호사인 너새니얼 블랙우드를 비롯해 대부분이 이전 모임 때 본 얼굴이었다. 다만 피터의 변호사는 있었지만 피터도, 피터의 부모도 눈에 띄지 않았다. 비어 있는 콜의 아빠 자리가 유독 눈에 띄었다.

예전처럼 다들 일어나 손에 손을 맞잡고 사회자가 기도를 하는 것으로 모임이 시작되었다. 다들 자리에 앉자 가비가 어깨 너머로 문 쪽을 계속 흘깃거리는 게 콜의 눈에 띄었다. 가비는 손목시계를 수도 없이 보았다.

사회자가 개회사를 마친 뒤 지금까지 일어난 일과 이렇게 모인 이유를 간략하게 설명했다. 사회자는 콜이 오두막에 불을 지르고 탈출하려고 안간힘을 쓰다가 곰의 공격을 받아 온몸이 갈가리 찢긴 사연을 들려주었다. 그리고 여섯 달 동안 병원에서 어떻게 지냈는지를 이야기한 후 말을 마쳤다.

그게 다가 아니에요, 콜은 못내 아쉬웠다. 사회자는 새끼 참새도, 폭풍도, 살려는 몸부림도, 얼음장 같은 추위도, 몸서리나는 외로움도, 스피릿베어를 어루만진 것도, 아무것도 모른다.

사회자가 끝으로 한마디 했다.

"기껏 마련해 준 기회를 이렇게 엉망으로 만들다니 정말 실망스러워요. 콜은 위원회와 한 약속을 함부로 파기하고 우리 믿음을 저버렸어요. 여러분은 지금 이 문제를 어떻게 처리해야 한다고 보시나요?"

위원들이 한 명씩 돌아가며 깃털을 쥐고 결과에 대한 실망스러움을 노골적으로 표현했다.

"이런 상황이라면 우리가 할 수 있는 일은 없다고 봅니다."

한 위원이 드디어 말문을 열었다. 사람들이 고개를 주억거리며 맞장구를 쳤다.

콜은 문 쪽을 흘깃거리는 가비를 눈여겨보았다. 느닷없

이 문이 열리자 사람들의 시선이 일제히 거기로 쏠렸다.

에드윈이 회의장 안으로 들어오고 있었다.

미니애폴리스에서 보는 그 틀링깃 노인은 정말이지 딴 세상에서 온 사람 같았다. 에드윈은 여전히 빛바랜 구식 청바지를 입었지만 낡아 빠진 셔츠 대신에 헐렁한 스웨터를 걸치고 있었다.

"늦어서 미안합니다. 이런 도시에서는 우리 마을에선 좀체 꿈도 못 꿀 일이 벌어져서요. 교통 체증 말입니다."

위원들이 재미있다는 듯 나지막이 쿡쿡거리는 가운데 가비가 발언권을 요청했다. 사회자가 깃털을 건네자 가비는 모두에게 틀링깃 노인을 소개했다.

에드윈이 정중하게 물었다.

"제가 회의에 참여해도 되겠습니까?"

사회자가 고개를 끄덕이며 "네, 그렇게 하십시오" 하고는 의자를 하나 가져와 자기 옆자리에 놓았다.

자리에 앉은 에드윈이 콜을 보고 고갯짓을 했다. 콜도 미소로 답했다. 사회자는 계속해서 회의를 진행하자는 몸짓을 했다.

"콜의 이야기를 들을 차례입니다. 콜, 약속을 왜 어겼는지 이야기해 주겠니? 형을 집행하게끔 네 사건을 법원에 넘기면 안 되는 이유를 한번 들어 보자꾸나."

15

"저는 미치게 화가 났어요."

콜은 불안한 눈초리로 좌중을 흘깃거렸다.

"섬에 닿았을 때는 제정신이 아니었어요. 여러분이 저를 도우려고 얼마나 애쓰는지 전혀 몰랐어요. 그냥 나를 없애려고 어디 멀리 보내나 보다 생각했죠. 저는 감옥에 가지 않으려고 무턱대고 따라나섰고요."

콜은 무슨 말을 할지 몰라 더듬거렸다.

"제가… 제가 얼마나 큰 잘못을 저질렀는지 이제야 알았어요. 그리고 못된 짓을 저질렀으니 섬에 다시 돌아갈 수 없다는 것도 알고요. 그래도 괜찮아요."

콜은 엄마에게 깃털을 건네며 여전히 자신을 미더워하지 않는 위원들의 눈빛을 읽었다. 콜이 워낙 거짓말을 일삼았던 터라 다들 반응이 시큰둥했다.

엄마가 놀라우리만치 강한 어조로 말문을 열었다.

"곰에게 공격당한 뒤로 아이의 태도가 달라진 걸 느꼈어요. 처음으로 콜이 나와 터놓고 이야기했어요. 이제 아이를 위해 무엇을 해야 할지 모르겠어요. 저 자신도 그저 깨진 조각들을 주워 담아야겠구나, 하는 기분입니다."

엄마는 눈가를 닦았다.

"주워 담을 조각들이 남아 있기를 바랄 뿐이에요."

엄마는 깃털을 넘겨주었다.

한 사람씩 돌아가며 발언을 했지만 콜에게 기회를 주어야 한다고 주장하는 사람은 아무도 없었다. 콜의 변호사조차 모범 죄수가 되어 형량을 줄이는 쪽으로 가닥을 잡고 있었다. 위원들은 하나같이 섬에서 벌어진 일에 대해 대놓고 불편한 심기를 드러냈다. 모두가 이제는 사건을 법정으로 넘길 때라고 입을 모았다.

가비만이 콜을 두둔하고 나섰다.

"저는 섬에서 정확히 무슨 일이 있었는지 모릅니다. 하지만 콜은 달라졌어요. 그 점에 관해서만큼은 장담할 수 있습니다. 무슨 결정을 내리건 간에 이런 변화에 찬물을 끼얹는 일은 없었으면 합니다."

깃털을 건네받은 피터의 변호사는 하찮다는 듯 깃털을 삐딱하게 들고는 힘주어 말했다.

"이제 그만 이 일을 매듭지어야 합니다, 당장! 콜 매슈스라는 아이 때문에 많은 사람이 희생하고 골머리를 썩였습니다. 언젠가 이 아이도 사회 구성원으로서 제 몫을 하는 날이 오겠지요. 지금 당장은 무엇보다 먼저 사회의 안녕을 생각해야 합니다.

섬에서 이틀 있었다고 사람이 달라진다는 게 도무지 말이 안 돼요. 여러분은 피터 드리스칼이 아직도 육체적으로나 정신적으로 심한 장애를 겪고 있다는 사실을 기억하셔야 합니다. 그 애는 말하는 것도 어눌하고 몸도 제대로 가누지 못해요. 콜이 그렇게 만들었습니다. 콜이 피터를 예전으로 돌려놓을 수는 없지만 그 결과에 책임을 질 수는 있습니다. 지금도 콜은 어떻게든 책임을 회피하려고 수작을 부립니다. 새하얀 곰이 자기를 덮쳤다고 떠벌리고 다닙니다. 그따위 허무맹랑한 소리를 믿을 사람이 있을 줄 아나 보죠? 저는 이 애가 유배 간 곳에 그런 곰이 있다는 소리를 들어 본 적이 없어요."

피터의 변호사는 딱 잘라 말했다.

"이로써 원형 평결 심의 위원회가 귀한 시간을 낭비했다는 게 증명된 겁니다. 이번에야말로 콜이 자신의 잘못에 책임을 져야 마땅하다고 봅니다."

피터의 변호사는 깃털을 사회자에게 넘겼다.

회의를 하는 동안 입은 상처를 어루만지기라도 하듯 사회자가 깃털을 손가락으로 가지런하게 골랐다.

깃털을 다 고른 사회자는 그것을 에드윈에게 건네주었다.

"하실 말씀 있으신가요?"

에드윈이 고개를 끄덕였다.

"보여 드릴 게 있는데 콜에게 도움을 청해도 되겠습니까?"

사회자가 끄덕이자 에드윈은 자리에서 일어나 사람들이 앉아 있지 않은 구석으로 걸어갔다. 에드윈은 콜에게 따라오라는 시늉을 했다. 사람들의 눈초리가 순식간에 두 사람에게 쏠렸다.

틀링깃 노인이 말문을 열었다.

"좋아요. 이것을 생명선이라고 가정합시다."

에드윈은 바닥에 깔린 리놀륨 장판 이음매를 가리켰다. 선을 가운데 두고 에드윈과 콜은 각자 한쪽 발로 선을 밟고 나란히 섰다.

"콜과 저는 사이좋게 함께 살 것처럼 이 선을 따라갈 겁니다. 이 선은 제가 콜이 꺼져 버렸으면 하는 마음을 품게 만드는 사악한 길이랍니다."

두 사람이 앞으로 걸어가는 동안 에드윈이 콜에게 기대기 시작했다. 콜은 본능적으로 에드윈을 밀쳤다. 두 사람은 서로를 점점 더 세게 밀치면서 앞으로 걸어갔다. 급기야 두 사람은 서로 선을 밟으려고 몸부림을 쳤다. 반대편에 다다르자 에드윈이 콜을 밀어 선에서 몇 발짝 떨어뜨리는 데 성공했다.

콜이 거친 숨을 몰아쉬며 당혹스러운 눈빛을 건넸다.

에드윈이 말했다.

"좋아, 이제 반대 방향으로 내용은 똑같되 다른 방법으로 가 보자꾸나."

콜이 몸을 돌리자 에드윈이 느닷없이 달려들어 콜을 양손으로 힘껏 밀었다. 어찌나 세게 밀었던지 콜이 선에서 한참 떨어진 바닥에 나뒹굴었다. 흠칫 놀란 콜이 자리를 되찾으려고 버둥거렸다. 에드윈이 손을 내밀어 콜을 거들었다. 콜은 그 노인을 후려쳐 밀어내고 싶은 충동을 억누르느라 안간힘을 썼다.

콜이 발끈했다.

"느닷없이 밀면 어떡해요!"

에드윈이 설핏 미소를 지었다.

"그래, 살다 보면 그런 일이 숱하지."

에드윈은 청중을 돌아보았다.

"사람이 변하는 양상은 딱 두 가지입니다. 조금씩 꾸준히 자극을 받거나 어느 한순간 갑작스러운 상처를 받는 경우죠. 거의 죽을 뻔한 고비를 넘긴 사람이 영 딴사람이 되는 경우가 많은 것도 다 그래서죠. 저는 섬에서 콜에게 뜻밖의 사건이 일어났다고 믿습니다. 여섯 달 전 이 애는 지금처럼 섣부르게 밀다가 하마터면 바닥으로 나뒹구는 큰일을 당할 뻔했던 겁니다."

에드윈은 짧고 억센 수염이 난 턱을 투박한 손으로 문지르면서 잠시 뜸을 들였다.

"그렇습니다. 사람이 하루아침에 싹 달라지지 않을 수도 있죠. 하지만 저는 하루아침에 방향을 급격하게 전환할 수 있다는 것을 믿습니다. 새로운 방향으로 접어드는 것이야말로 새로운 여정을 시작하는 첫걸음입니다."

사회자가 물었다.

"콜이 새로운 방향으로 첫발을 내디뎠다는 걸 어떻게 확신하죠? 벌써 한 번 속았잖아요. 콜은 아직도 흰곰을 보았다고 우기고 있어요. 이것으로 콜이 우리를 속이고 있다는 게 증명되지 않나요?"

각자의 자리로 돌아가던 중에 에드윈이 콜 쪽으로 고개를 돌렸다.

"너 스피릿베어를 보았니?"

콜은 잠시 생각에 잠겼다. 못 봤다고 거짓말을 하면 사람들은 자신의 말을 믿을 것이다. 만약 진실을 말하면 다들 아직도 거짓말을 한다고 생각할 테고.

에드윈이 다그쳤다.

"있는 그대로를 얘기할 때는 생각할 필요가 없지."

콜은 엉겁결에 진실을 털어놓았다.

"저는 스피릿베어를 두 눈으로 똑똑히 보았고 만져 보기까지 했어요."

에드윈의 입가에 희미한 미소가 번졌다.

피터의 변호사가 옳다구나 싶어 깃털도 들지 않고 외쳤다.

"이 정도면 증거는 충분하다고 봅니다. 이렇게 죽치고 앉아 거짓말이나 듣는 건 이번으로 끝냈으면 합니다."

에드윈이 말했다.

"3주 전 드레이크로 돌아가던 낚싯배 선원들이 콜이 유배되었던 섬 근방에서 새하얀 곰을 보았다고 했어요. 그 선원들 중에 버니가 없었다면 저 또한 믿지 않았을 겁니다."

사회자가 물었다.

"버니가 누구죠?"

에드윈은 손사래를 쳤다.

"그냥 친구예요. 하지만 내가 아는 버니는 절대 거짓말을 입에 담는 사람이 아닙니다."

피터의 변호사가 따지고 들었다.

"저는 시꺼먼 곰이 있건, 흰곰이 있건, 초록 물방울무늬가 박힌 노란 곰이 있건 상관없어요. 문제는 콜이 약속을 어겼고 바로 지금이 그 대가를 치러야 할 때라는 겁니다. 우리는 콜이 조르는 대로 오냐오냐 다 들어주면서 행동에 책임을 져야 한다고 타이르고 있어요."

변호사는 언성을 높였다.

"더 이상 시간을 낭비해서는 안 됩니다!"

콜은 천천히 숨을 들이마셨다. 앞으로 무슨 일이 닥치건 당당히 맞설 각오가 되어 있다. 누구 탓도 하지 않을 것이다. 이제 힘으로 상대를 억압하는 일 따위는 하지 않을 것이고 뗏

떳떳하게 진실을 말할 것이다. 하지만 울컥 치밀어 오르는 분노는 어떻게 하나? 지금 이 순간에도 북받쳐 오르는 분노를.

사회자가 엄한 어조로 말했다.

"이제 와서 오두막을 새로 짓고, 살림살이를 다시 장만하고, 아무 일도 일어나지 않은 것처럼 새로 시작할 수는 없는 노릇이에요. 원형 평결 심의 위원회는 맹물이 아닙니다. 결과에 승복할 때입니다."

피터의 변호사가 빈정거렸다.

"그냥 저 애를 한 1년 디즈니랜드에나 보내죠?"

에드윈이 담담하게 말했다.

"이번에는 그렇게 호락호락 들어줘서는 안 되죠. 이번에 그 섬에 보낼 때는 콜이 제 손으로 오두막을 짓게 하고, 값나가는 제 물건들을 팔아서 생활용품을 마련하도록 해야 합니다. 저번보다 훨씬 힘겨운 나날이 될 겁니다."

사회자가 차분하게 말했다.

"콜이 분노를 잘 다스릴지 알 길이 없잖아요."

콜은 깃털을 달라고 손짓을 했다.

"저는 한 번 얻은 기회를 날려 버렸어요. 그래서 섬에 다시 갈 수 있을 거라고는 기대하지 않습니다."

콜은 고개를 내저었다.

"언젠가 에드윈 영감님이 분노는 거부한다고 사라지는 게 아니라고 말씀하셨어요. 그 말씀이 옳아요. 곰에게 무참히 공격을 받는 동안 정말이지 속이 부글부글 끓었어요. 심지어 지금 이 순간에도, 여기 이 의자에 앉아서도 분노가 솟구쳐 오르는 걸 느낍니다. 하지만 강한 사람이 되려면 도움을 구하고 진실을 말해야 한다는 것 또한 배웠습니다. 스피릿베어를 보았다고 말씀드린 건 진실이에요."

그로부터 몇 주 동안 콜은 최악의 사태를 각오했다. 법정에 출두해 배심원의 유죄 평결을 듣는 장면을 머릿속에 그려 보았다. 수갑을 차고 법정에서 나와 난생처음 진짜 감옥에 갇히는 장면도 상상해 보았다. 가장 참기 힘든 건 며칠이고 몇 주고 몇 달이고 줄곧 갇혀 지내는 상상을 하는 순간이었다.

감정을 추스르는 훈련을 하면서 운동도 병행했다. 아침이나 저녁에 몇 시간 동안 작은 침대에 누워 팔다리를 흔들고, 등을 활 모양으로 휘거나, 뻣뻣하게 굳은 몸을 유연하게 하는 스트레칭을 했다. 낮에는 휴게실에서 운동기구를 들어 올리는 연습도 했다. 몸이 눈에 띄게 좋아졌고, 치미는 울화를 떨쳐 내기 위해 뼈마디가 욱신거려 쓸데없는 생각을 날려 버릴 정도로 기진맥진할 때까지 운동을 했다. 하지만 아무리 운동을 해도 오른팔과 손은 예전처럼 기운을 쓰지 못했다. 기껏해야 셔츠를 들어 올릴 수 있을 정도였다.

가비는 두 번째 모임부터는 콜을 참가시키지 않을 거라고 귀띔해 주었다. 정확한 이유를 말하지는 않았으나, 에드

원이 미니애폴리스에 머무르며 모임에 참가할 것이라고도
했다.

2주 동안 에드윈이 여러 차례 면회를 왔다. 에드윈은 말
을 많이 하지는 않았지만, 체스판을 뚫어지게 보며 어떤 말을
움직일지 골똘히 궁리하는 사람처럼 콜을 찬찬히 뜯어보았
다. 말을 건넬 때도 갑자기 날카로운 질문을 툭 던졌다. 그러
다가는 작별 인사 한마디 없이 홀쩍 떠났다. 그냥 혼잣말처럼
"가야겠다"라고 말할 뿐이었다.

하루는 너새니얼 블랙우드가 느닷없이 찾아와 이제 콜을
변호하지 않겠다고 선포했다. 아빠가 추가 비용을 지불하지
않아 이제는 국선변호인이 선임될 거라고 일러 주었다. 그로
부터 이틀도 지나지 않아 가비와 에드윈이 함께 면회를 왔다.
두 사람은 침대에 걸터앉아 콜을 빤히 쳐다보았다.

콜이 물었다.

"왜 그렇게 뚫어지게 쳐다보세요?"

에드윈이 무뚝뚝하게 대꾸했다.

"진짜 달라졌단 말이지, 응?"

"그럼 뭘 해요, 이제 와서?"

콜은 발치를 물끄러미 내려다보았다.

"달라지긴 했어요."

가비가 한마디 거들었다.

"어떻게 달라졌는데?"

"표현은 못 하겠어요."

"그래도 한번 해 보렴."

에드윈의 목소리에는 왠지 거역할 수 없는 단호함이 있었다.

콜은 생각을 정리한답시고 애꿎은 머리통을 쥐어짜느니 차라리 느낌을 있는 그대로 표현하는 게 낫겠다 싶었다.

"저는 곰한테 공격을 받고 이제 죽는구나 싶었어요. 꼭 풀 나부랭이가 된 기분이었거든요. 하찮기 짝이 없다고나 할까. 저는 제가 왜 존재하는지조차 몰랐어요. 그냥 죽는다고 생각하니까 무서웠어요. 무슨 말을 하는 건가 싶으시겠지만, 죽어 가는 그 순간 내가 얼마나 무의미한 삶을 살아왔는지를 문득 깨달았어요. 아무도 저를 믿어 주지 않았어요. 그때까지 저는 누구를 사랑한 적도 없고 저를 진정으로 사랑해 준 사람도 없었어요."

에드윈과 가비는 서로 눈짓을 주고받았다.

가비가 물었다.

"그래서 어떻게 돌이키겠다는 거냐?"

"잘 모르겠어요. 그냥 아빠가 미안하다는 말을 하러 오지는 않을 거라는 정도는 알아요. 설령 아빠가 그런다 해도, 그분이 한 잘못을 없던 걸로 할 수는 없을 거예요. 아무리 아빠라 해도 기억을 지워 버릴 수는 없으니까요."

콜은 감정이 북받쳐 올랐다.

에드윈이 물었다.

"그래서, 너는 이게 죄다 네 아빠 탓이라는 거냐, 응?"

콜은 떨리는 목소리로 말했다.

"아니에요. 아빠도 부모님에게 두들겨 맞았다고 엄마가 그랬어요. 어디서부터 이런 분노가 비롯되었는지 도무지 모르겠어요. 제가 알고 있는 건 다만 제가 아이를 낳아도 그 애를 절대 때리지 않겠다는 거예요."

콜은 눈자위를 훔쳤다.

가비가 물었다.

"무슨 근거로 네가 네 아빠나 조부모보다 낫다는 거지?"

"저는 낫다고 하지 않았어요. 저는 더 나빠요. 아빠는 감옥은 가지 않았잖아요."

가비가 또 물었다.

"아직 끝난 건 아니야. 그래, 네가 더 나쁘다면 무슨 근거로 다른 결과를 가져올 수 있다고 믿는 거니?"

콜은 어렵사리 침을 삼켰다.

"그렇지 않을 수도 있어요. 제가 영원히 달라지지 않을 수도 있고요. 제가 알고 있는 건, 그 섬에서 저도 설명할 길이 없는 일이 일어났다는 거예요. 그렇게 무서웠던 적은 한 번도 없어요."

에드윈과 가비가 한동안 대꾸를 하지 않자 콜은 조바심이 났다.

"뜬금없이 왜 이런 질문들을 하시는 거죠? 두 분 다 지금 시간 낭비하시는 거예요."

에드윈이 물었다.

"우리가?"

콜은 시야가 뿌옇게 흐려지자 눈물을 삼키려고 안간힘을 썼다.

자기도 모르는 새 말이 줄줄 쏟아졌다.

"두 분은 지금껏 저를 아껴 주신 유일한 분들이세요. 두 분의 성의를 모르는 건 아니에요. 하지만 제가 일을 그르쳤잖아요. 저는 감옥에 가게 될 거예요. 잘 아시잖아요? 그러니 저를 혼자 있게 내버려두시는 게 두 분의 귀한 시간도 낭비하지 않고 좋을 것 같은데요?"

가비는 요란스레 목청을 가다듬으며 멋쩍은 듯 목덜미를 쓱쓱 문질렀다.

"에드윈이랑 내가 살아 있는 등신 중에 아마 상등신일 게다."

에드윈이 덧붙였다.

"아니면 우리 각자가 겪은 기억이 워낙 가슴에 사무쳐서 그런 것일 수도 있고."

가비가 말했다.

"우리는 아직도 너를 믿고 희망이 있다고 여긴다. 그렇기 때문에 모험을 자초한 거지, 꼭 불 속에 뛰어드는 불나방처럼

말이다. 엊저녁 우리가 네 후견인이 되겠다고 위원들을 설득
했단다."

　"두 분이 제 후견인이 되다니 무슨 말이에요?"

　에드윈이 딱 잘라 말했다.

　"네가 섬으로 돌아가게 되었다는 말이지."

16

알래스카 남동부.

섬이 차츰 시야에 들어오자 콜은 맥박이 빠르게 고동쳤
다. 처음 여기 왔을 때는 가을이었다. 그때는 수갑을 차고 삶
의 의미를 잃은 상태였다. 지금은 봄바람에 싸늘한 기운이 묻
어났다. 콜의 뒤로 가비와 에드윈이 몸을 지탱하려고 뱃전을
꼭 움켜쥐고는 서로 농담을 하고 있었다. 한 시간 전 드레이크
에서 보트를 띄운 일행은 거센 바람이 휘몰아치는 통에 한 차
례 혼쭐이 났다.

콜은 생각에 젖어들었다. 한 달 전, 에드윈은 느닷없이 섬
으로 되돌아가게 되었다는 폭탄선언을 했고, 콜이 쓰던 물건
들을 팔아 두 번째 유배 자금을 마련하라고 콜을 다그쳤다. 이
번 기회마저 헛되이 날린다면 정말이지 끝장이었다.

뿌연 먼지를 쓰고 있는 오토바이, 스노모빌, 자전거, 스키, 심지어 헬멧 따위의 스포츠 용품들을 보니 가슴 한구석이 찡하게 아파 왔다. 하지만 콜은 마음을 독하게 먹고 쓸모없는 고물딱지를 처분하듯 한 번의 신문광고로 몽땅 팔아 치웠다. 콜은 딱딱한 알루미늄 의자에 앉아 몸을 비비적댔다. 물건을 판 것쯤 이제는 아무렇지도 않다. 이번에도 일을 그르친다면 스노모빌보다 훨씬 귀한 것을 잃게 될 터였다.

후미로 접어드는 지점에서 소형 보트가 빙그르 회전을 하자 콜은 가슴이 방망이질 쳤다. 콜은 숲이 울창한 언덕을 물끄러미 바라보았다. 칙칙하게 내려앉은 하늘과 어우러진 숲이 뇌리에 남아 있는 금지된 땅처럼 괴괴해 보였다. 스피릿베어는 아직도 저기 가문비나무 숲 사이를 괴물처럼 어슬렁거리고 있을까? 그 거대한 짐승을 생각하자 등줄기에 식은땀이 흘렀다. 보트가 기슭으로 다가가는 동안 콜은 숲을 유심히 쳐다보았다.

에드윈이 지시했다.

"뛰어내려서 뱃머리가 암초에 부딪히지 않나 잘 봐라."

콜은 군소리 않고 신발을 벗어 기슭에 내던진 다음 뱃전을 훌쩍 뛰어넘어 엉덩이까지 오는 물속으로 첨벙 뛰어들었다. 얼음장 같은 냉기에 숨이 헉 차오르더니 섬을 탈출하려고 몸부림치던 순간들이 주마등처럼 스쳐 갔다. 이제 와 돌이켜보니 당시 물살을 가르던 기억은 저승에서나 꿀 법한 악몽이었다. 정말이지 제정신이 아니었다.

칼바람이 후미로 쌩 불어오자 거센 파도가 한바탕 휘몰아치는 통에 콜은 출렁대는 묵직한 보트를 붙잡고 씨름하느라 안간힘을 썼다. 오른팔을 제대로 쓸 수 없어 몇 곱절 힘이 들었다. 반대편으로 뛰어든 가비가 배를 이리저리 흔들어 보트를 수심이 얕은 데로 몰아갔다. 콜이 뱃머리를 고정하려고 진땀을 빼는 동안, 에드윈이 큰 배로 먼저 실어다 놓은 오두막 자재들과 온갖 필수품이 담긴 묵직한 짐 꾸러미를 기슭에 내던졌다.

텅 빈 보트가 두둥실 떠 가자 에드윈도 물속으로 뛰어들어 셋이서 힘을 합쳐 알루미늄 보트를 자갈밭 위로 바짝 당겨 놓았다.

에드윈이 콜에게 말했다.

"어서 이쪽으로 헤엄쳐 오거라, 얼어 죽을라."

"제가 어디로 튈까 봐요?"

콜이 신발을 신으며 너스레를 떨었다. 차가운 물에 담근 발은 감각이 사라진 지 오래였다.

에드윈이 맞받아쳤다.

"우리가 눈뜬장님인 줄 아니?"

오두막을 지을 재료들이 수북하게 쌓인 나뭇더미에 눈길을 보내며 콜이 물었다.

"이제, 우리 무엇부터 시작할까요?"

가비가 말했다.

"우리는 아무것도 안 할 거란다. 지금부터는 전부 네가 해야 해. 에드윈 영감이랑 나는 오두막이 완성되는 대로 떠날 거다. 뭐든 물어봐도 좋지만 이 일의 총책임자는 바로 너야. 네 각오가 얼마나 단단한가를 보여 줄 차례다. 먼저 불을 좀 지피고 텐트를 쳐라."

그러고는 두 사내는 바닷가로 발길을 돌렸다.

가비가 고개를 돌리고 말했다.

"두 시간 내로 저녁 준비를 해 두어라."

콜은 우두커니 서서, 돌보는 이 없이 물 위에 떠 있는 알루미늄 보트를 물끄러미 바라보았다. 달아날 작정이라면 지금이야말로 절호의 기회다. 콜은 고개를 내저었다. 이번에는 참아야 한다고 마음을 다잡았다. 콜은 해안가를 샅샅이 누벼 땔감을 찾았다.

두 시간이 지나 에드윈과 가비가 돌아와 보니 콜은 텐트를 부여잡고 씨름을 하고 있었다.

에드윈이 다그쳤다.

"저녁 준비는 왜 안 했니?"

콜은 낡아 빠진 아이스박스로 걸어가 날소시지 두 개를 꺼냈다.

"이거… 드세요."

두 사람이 못마땅한 기색을 보이자 콜이 한마디 덧붙였다.

"두 분이 자리를 비우신 틈에 제가 보트를 타고 훌쩍 달아나지 않은 것만도 다행으로 여기셔야 해요."

에드윈이 말했다.

"그럴 줄 알고 함정을 파 놓았지."

"무슨 말씀이세요?"

에드윈이 외투 주머니에서 점화플러그를 꺼냈다.

콜이 시무룩하게 말했다.

"저를 못 믿는군요."

에드윈이 순순히 시인했다.

"그래 맞다. 네가 싹수가 보이기는 한다만 아직 마음을 놓기는 이르지. 보트를 타고 달아날 맘을 먹지 않은 걸 보니 출발이 좋은데."

"제가 두 분의 저녁 준비를 절대 하지 않겠다고 버티면 어쩌실 셈이에요?"

소시지를 꽂으려고 잔가지를 뾰족하게 다듬던 콜이 쓴웃음을 지으며 물었다.

가비가 불가에 웅크리고 앉아 시린 손바닥을 녹였다.

"그럼, 우리는 배가 고프겠지. 그다음에는 너를 가차 없이 미니애폴리스로 데려갈 거야."

"이깟 소시지 요리, 하고 안 하고가 뭐 그리 대단한 일이라고 그러세요? 당장 세상이 끝장나는 것도 아니잖아요."

가비가 말했다.

"세상이 소시지란다."

"그게 무슨 소리예요?"

"어서 일 보거라, 소시지를 먹으면서 알려 줄 테니."

콜은 날소시지를 꼬챙이에 꿰 불가로 가져갔다. 그러자 미처 의식하지 못했던 허기가 엄습했다. 콜은 얼른 데워지게 불꽃에 바짝 들이댔다. 그 광경을 에드윈과 가비가 묵묵히 지켜보고 있었다. 콜은 먹음직스럽게 익은 소시지를 작은 롤빵 위에 얹었다.

"이제 어쩔까요?"

콜이 물었다.

"먹어라."

콜은 소시지에 케첩을 한 방울 묻히고는 게걸스럽게 먹었다. 에드윈과 가비는 그런 콜을 지켜보고 있었다.

다 먹고 나서 콜이 말했다.

"자, 다 먹었어요. 이제 뭘 하죠?"

가비가 물었다.

"맛이 어때?"

콜이 어깨를 으쓱했다.

"그런 대로 괜찮았어요, 왜요?"

"그 소시지는 정확히 네가 원하는 만큼만 값을 한다. 네가 빈속이나 채울 요량으로 소시지를 먹었고, 그 바람대로 소시지는 허기만 달래 준 거지. 더도 덜도 아니고 딱 그만큼만."

가비는 손을 내밀었다.

"나에게도 하나만 다오."

콜이 아이스박스에서 소시지를 하나 꺼내 불꽃 너머로 건네주었다. 가비는 소시지를 두 손으로 조심스레 쥐고 찬찬히 뜯어보았다.

"먹음직스러운 소시지네. 내 평생 이렇게 먹음직스러운 건 처음 본다."

가비는 소시지를 꼬챙이에 살살 꿰었다. 그리고 가비는 콧노래를 부르기 시작했다. 이내 에드윈도 따라서 콧노래를 불렀다. 두 사람은 같은 곡조를 10여 분 동안 계속 불렀다. 그러는 내내 가비는 소시지가 타지 않는지 유심히 살피면서 뒤집기를 반복했다. 이윽고 소시지에 윤기가 흐르며 노릇노릇 바삭하게 구워지자 가비가 불에서 꼬챙이를 꺼냈다.

"우리가 흥얼거린 곡은 우정에 관한 노래란다."

콜이 물었다.

"가사가 뭔데요?"

"정해진 가사 없이 그냥 사람들이 맘대로 지어 붙이는 거야. 우정도 그렇잖니."

가비는 이야기를 주고받으면서 아이스박스에서 소금, 후추, 치즈, 접시 하나, 컵 여러 개 그리고 토마토를 한 개 꺼냈다. 그런 다음 불가 돌멩이에 작은 롤빵을 얹어 살짝 구워서는 소시지를 빵 사이에 집어넣었다.

콜이 물었다.

"그거 드실 거예요? 아니면 종일토록 주물럭거리실 참이에요?"

가비는 미소를 머금고 요리를 계속했다. 접시에 소시지를 넣은 빵을 놓고 세 조각으로 자른 다음 소금과 후추를 솔솔 뿌렸다. 그리고 잘게 자른 치즈와 토마토를 위에 얹고는 케첩으로 한껏 멋을 부려 각각의 덩어리에 동그라미를 그렸다. 마지막으로 물을 세 컵 따랐다. 가비는 컵 하나는 콜에게 하나는 에드윈에게 주었다.

가비가 컵을 치켜들고 말했다.

"우정을 위해 건배!"

가비는 물을 한 모금 마시더니 콜과 에드윈에게 정성껏 마련한 요리를 한 조각씩 건네주었다.

콜이 말했다.

"그건 아저씨 몫이잖아요."

"그렇지, 그런데 나는 나눠 먹기로 했다."

가비는 한 입 한 입 맛을 음미하며 먹었다.

"천천히 먹어라."

가비가 컵을 다시 들고 말했다.

"미래를 위해 건배."

가비는 이런 식으로 한 입씩 베어 먹을 때마다 건배를 위해 컵을 치켜들었다.

"건강을 위해 건배!"

"태양과 비를 위해 건배!"

"하늘과 땅을 위해 건배!"

다들 먹고 나자 가비가 콜을 돌아보았다.

"내가 준 소시지와 아까 먹은 소시지가 어떻게 다르던?"

콜은 어깨를 으쓱했다.

"아저씨는 소시지를 나눠 주셨고, 그 소시지가 무슨 대단한 거라도 되는 양 행동하셨어요."

가비가 고개를 주억거렸다.

"그래, 대단한 거지. 파티를 열었잖니. 연회를 베푼 거야. 소시지로 나눔을 실천하고 축배를 든 거란다. 내가 처음부터 그런 마음을 먹고 마련한 것이기 때문이지. 네 소시지는 그냥 빈속을 채우기 위한 음식에 불과했어, 네가 오로지 그것만 바랐기 때문이지. 인생도 마찬가지야. 딱 바라는 만큼만 되는 거란다. 어디 이 섬에서 보내는 시간이 영원히 기억에 남을 축복의 시간이 되도록 해 보렴."

콜은 신발로 바닥을 쓱쓱 문질렀다.

"축복할 게 뭐 있는데요?"

에드윈이 말했다.

"너 자신을 발견하라, 살아 있음을 축복할지어다!"

17

에드윈은 잠자리에 들기 전에 곰들이 한밤중에 들이닥칠 경우에 대비해 신선한 음식이 든 아이스박스를 높은 가지에 매달아 놓았다.

에드윈이 말했다.

"내일 밤에는 춤을 출 거야."

"춤이라니요?"

"불을 피워 놓고 마음 가는 대로 춤을 추는 거지."

에드윈이 더 이상 설명을 하지 않아 콜도 더는 캐묻지 않았다. 에드윈과 가비가 곯아떨어지고 한참이 지나도 콜은 잠을 이루지 못하고 텐트 안에 울려 퍼지는 그들의 깊고 고른 숨소리를 듣고 있었다. 바닥이 딱딱해서 엉덩이가 배기고 팔이 뜨끔거렸다. 밖에는 나무 우듬지를 집어삼킬 듯이 거센 돌풍이 휘몰아쳤고 숲에서는 나뭇가지 하나가 뚝 하고 부러졌다. 스피릿베어의 기억이 주마등처럼 콜의 뇌리를 스치고 지나갔다. 그 곰은 아직도 거기에 있을까? 한데 녀석은 화가 났던 걸까, 아니면 그냥 호기심이 발동했던 걸까?

눈을 좀 붙이려고 갖은 애를 썼지만 뒤숭숭한 생각들로 머릿속이 혼란스러웠다. 엄마는 지금 무얼 하고 있을까? 엄마도 나를 생각할까? 그리고 아빠는? 아빠는 한 번만이라도 자기 자신 말고 다른 사람을 생각해 본 적이 있을까? 콜은 경찰서를 드나들던 일이며 학교에서 문제를 일으켰던 일들을 하나하나 곱씹었다. 에드윈과 가비 그리고 피터와 얽힌 일들도 하나하나 떠올려 보았다. 정말이지 피터가 하루빨리 나았으면 싶었다.

잠을 못 이루고 뒤척이는 동안 예의 그 분노가 다시금 솟구쳤다. 스피릿베어를 어루만지던 기억을 떠올리며 분노를 가라앉히려고 안간힘을 썼지만 북받쳐 오르는 울분과 설움을 달랠 길이 없었다. 분노는 거부한다고 사라지는 게 아니라는 에드윈의 말이 옳았다.

콜은 지난날을 돌이켜 보기도 하고 앞으로 펼쳐질 나날들을 그려 보기도 했다. 내일이면 에드윈과 가비의 감시를 받으며 오두막을 짓기 시작할 것이다. 오늘처럼 두 사람이 퍼질러 앉아 노닥거리는 동안 불편한 팔로 그 많은 일을 죄다 해야 할 모양이다. 그런 다음에는? 두 사람이 떠나면 무슨 일이 일어날까? 얼음장 같은 추위와 하염없이 쏟아지는 빗줄기, 물을 길어 나르고, 불을 계속 지피고, 학교 과제를 하고, 기나긴 시간을 지루하고 외롭게 지새울 자신을 그려 보았다. 거기에 축복할 거리라고는 쥐뿔도 있을 턱이 없다.

응어리진 울분들이 고장 난 음반처럼 하염없이 되풀이되는가 싶더니, 어느 결에 콜은 깜빡 잠이 들었다. 거의 동시에 웬 손길이 콜을 흔들어 깨웠다.

에드윈이 뚝뚝한 어조로 말했다.

"어서 일어나서 나를 따라오너라."

콜은 피곤에 지친 기색으로 투덜거렸다.

"지금이 몇 시죠? 어디로 가는데요?"

에드윈은 이에 아랑곳하지 않고 명령했다.

"서둘러라! 날이 밝았어."

콜이 침낭에서 기어 나와 손을 더듬어 바지와 윗도리를 찾았다. 옷가지는 싸늘한 새벽 공기에 뻣뻣했고, 온몸은 사시나무처럼 떨렸다. 정신이 번쩍 드는 차디찬 대기 속으로 기어 나오는 동안에도 가비가 요란스레 코를 고는 소리가 귓전에 맴돌았다. 콜이 테니스화를 신기 시작할 무렵 숲 너머로 새벽녘의 빛줄기가 어렴풋이 내리비쳤고 별들도 생기를 잃어 흐릿한 자취만 남아 있었다. 에드윈이 콜을 보고 말했다.

"이걸 신어라. 테니스화는 야영지를 벗어나면 별로 쓸모가 없어."

에드윈은 무릎까지 오는 고무장화를 내밀었다.

에드윈이 길을 나설 즈음에도 콜은 끙끙대며 남은 한 짝에 발을 마저 쑤셔 넣고 있었다.

"어서 가자, 해 뜨기 전에."

에드윈이 작은 꾸러미를 어깨에 걸머지고서 성큼성큼 걸음을 내디디며 채근했다.

콜이 불퉁스레 물었다.

"도대체 무슨 일이에요?"

에드윈을 따라잡으려고 절뚝거리며 걸음을 재촉하려니 뻣뻣한 뼈마디가 쿡쿡 쑤셨다.

"금쪽같은 새벽 시간을 허투루 낭비해서는 안 되지."

둘이 시냇가에 다다르자 에드윈이 심호흡을 했다. 그 배불뚝이는 하이킹이 하나도 힘들지 않은 모양이었다. 주춤거리는 기색 하나 없이, 냇물 속으로 저벅저벅 걸어 들어갔고, 울창한 덤불을 피해 갈 요량으로 시냇물 가장자리 쪽으로 방향을 잡았다. 에드윈은 물줄기를 타고 올라가면서 굳이 미끄러운 바닥을 골라서 갔다. 밝아 오는 아침 햇살을 받으며 콜은 철버덕철버덕 물을 튀기면서 뒤를 따랐다.

에드윈이 말문을 열었다.

"밤새 뒤척이더구나."

"잠을 못 잤어요."

"무슨 이유로?"

콜은 대답을 하지 않았다. 그러다가 "그냥 생각 좀 하느라고요" 했다.

에드윈이 잠자코 있자 콜이 덧붙였다.

"쓸데없는 생각이 떠오르더니 머릿속에서 마냥 맴도는 거예요. 꼭 질긴 고깃덩이를 씹는 기분이었어요. 삼키지도 뱉지도 못하는 거죠 뭐. 그냥 하염없이 씹는 거 있잖아요."

"자꾸 생각을 하다 보면 화가 날 텐데, 안 그랬니?"

콜이 고개를 끄덕였다.

"맘속에서 화낼 기회만 호시탐탐 노리고 있었나 봐요. 그러다가 이때다 싶었는지 덥석 물고는 놓아주질 않잖아요. 지금까지도 기분이 그다지 좋질 않아요."

야트막한 골짜기를 지나 오른쪽에 몇백 미터는 됨직한 아득한 바위 언덕이 나타나자 에드윈이 걸음을 멈추었다. 왼쪽으로는 흘러든 물줄기가 수정처럼 맑게 고여 생긴 큼지막하고 잔잔한 못이 있었다. 물줄기를 백 미터쯤 거슬러 오르니 고요한 못으로 흘러들듯 잔잔하게 솟는 물이 암벽 골짜기를 따라 흐르고 있었다.

"이제부터 헤엄을 칠 거다."

에드윈이 작은 꾸러미를 바닥에 내려놓으면서 외투와 셔츠를 벗었다.

콜은 어처구니가 없어 버럭 고함을 내질렀다.

"지금 제정신이세요? 얼어 죽으려고 작정하셨군요!"

"날 믿으려무나."

"어쩌려고요? 둘 다 죽으려고요?"

에드윈은 아랑곳하지 않고 옷을 벗었다.

"다른 사람에게 믿음을 주는 지름길은 그 사람을 믿는 거란다."

에드윈은 손을 뻗어 가느다란 삭정이를 집어 들었다.

에드윈이 맑은 못으로 들어가는 동안 콜은 그 삭정이를 유심히 바라보았다. 콜은 주뼛주뼛 옷을 벗으면서, 이미 건너편으로 헤엄쳐서 가슴까지 푹 담그고 바위시렁에 걸터앉은 에드윈을 흘긋 돌아보았다. 에드윈은 어깨에 작은 삭정이를 올려놓은 채 눈을 지그시 감고 묵묵히 앉아 있었다. 하나도 춥지 않은 듯 편안하게 숨을 쉬었다.

천천히 물속으로 들어가던 콜은 차디찬 물이 가슴까지 차오르자 숨을 헉 들이마셨다. 바닥을 박차고 6미터를 마저 헤엄쳐 가는 동안에도 죽 숨을 삼키고 있었다.

"제기랄, 얼어 죽겠네!"

콜이 에드윈이 앉아 있는 바위시렁 쪽으로 물살을 가르면서 외마디 소리를 토했다.

눈을 감은 에드윈은 꼼짝도 하지 않았다.

콜은 양팔로 가슴을 감싸안았지만 하염없이 딱딱 맞부딪치는 이는 진정될 기미를 보이지 않았다. 물이 거의 어깨까지 차올랐다. 자신이 꼭두각시놀음에 놀아나는 등신 같았다. 몇

백 킬로미터나 떨어진 정체 모를 섬, 그것도 차디찬 못에 들어앉아 삭정이나 꿰고 있는 괴짜 틀링깃 인디언 옆에서 도대체 뭘 하는 걸까?

콜이 목청을 높여 물었다.

"그 삭정이로 도대체 뭘 할 거예요?"

에드윈이 긴 잠에서 막 깨어난 듯 눈을 떴다. 에드윈은 삭정이를 가만히 들어 올렸다.

"이 삭정이의 오른쪽 끝은 네 행복이란다, 왼쪽 끝은 네 분노고."

에드윈은 콜에게 그 삭정이를 주며 말했다.

"왼쪽 끝을 분질러 네 분노를 날려 버려라."

삭정이를 거머쥔 콜이 부들부들 떨면서 한쪽 끝을 뚝 분질렀다.

에드윈은 고개를 내저었다.

"왼쪽 끝을 분질렀는데 아직도 남아 있구나. 어서, 거기를 다시 분질러라."

콜이 삭정이를 또 분질렀지만 에드윈은 여전히 고개를 가로저었다.

"그렇게 분지르라고 말하는데 왜 자꾸 끄트머리를 남겨 두는 거냐?"

콜이 투덜댔다.

"바보 같은 짓이에요. 아무리 분질러도 왼쪽 끝은 언제나 남아 있는 거잖아요."

에드윈이 고개를 주억거렸다.

"사람들은 분노를 없앤답시고 삭정이를 분지르느라 일
생을 허비한다. 그렇지만 분노가 늘 그대로 남아 있는 걸 보고
는, 자기들의 노력이 말짱 수포로 돌아갔다고 좌절하지."

"결국은 제가 암만 노력해도 분노를 없앨 수 없다는 말인
데, 굳이 헛수고를 할 필요도 없겠네요?"

에드윈은 손을 내밀어 콜의 손에서 삭정이 토막을 받아
들었다. 떠오르는 햇살이 따스한 손길로 숲을 어루만지는 광
경을 물끄러미 바라보면서 삭정이를 만지작거렸다. 그러더니
반대편 수평선에 험악스럽게 진을 치고 있는 우중충한 먹구
름을 어깨 너머로 곁눈질했다. 에드윈은 삭정이를 휘휘 흔들
었다.

"하늘이 맑으냐, 흐리냐?"

양쪽을 번갈아 보며 콜이 어깨를 으쓱했다.

"어느 쪽을 보느냐에 따라 다르죠."

"구름 낀 쪽만 본다면 너는 뭐라고 말할 테냐?"

"흐리다고요."

"맞다, 그러면 해가 뜨는 쪽을 본다면?"

콜의 몸은 찬물에 얼어붙고 이는 제멋대로 마구 부딪치
며 딱딱딱딱 소리를 냈다.

"맑다고요."

콜이 조바심치며 볼멘소리를 했다.

에드윈은 삭정이를 휘둘러 원을 그렸다.

"하늘, 삭정이, 소시지, 인생, 이 모든 게 다 똑같은 거다. 네가 어떻게 보느냐에 따라 달라지는 거지. 네가 어디에 초점을 맞추느냐에 따라 그대로 이루어지는 거야. 사람들은 저마다 마음속에 분노를 담고 있다. 하지만 동시에 행복도 담고 있지. 분노에 초점을 맞추는 사람은 늘 화를 내게 마련이야. 행복에 초점을 맞추는 사람은···."

"제게는 선택의 여지가 없었단 말이에요."

콜이 말허리를 자르고 체념하듯 말했다.

"저도 어쩔 수 없었어요. 잠자리에 들면서, 오늘 밤에는 잠들지 말고 꼭 화를 내야지 하고 벼르는 줄 아나 보죠?"

"이 못에 들어온 다음에도 화가 났니?"

"아뇨, 얼어 죽을 지경인데 화는 무슨···."

에드윈의 입가에 미소가 번졌다.

"쫓겨 오다시피 섬에 왔을 때, 나는 내 분노를 없애 버리려고 이 못에 왔다. 그래서···."

콜이 불쑥 끼어들어 반박했다.

"분노는 거부한다고 사라지는 게 아니라면서요."

"이 못은 내게 선택의 여지를 주었어. 삭정이 오른쪽 끝에도, 왼쪽 끝에도 초점을 맞출 수가 있었지. 눈부신 태양에 초점을 맞출 수도, 시커먼 먹구름에 초점을 맞출 수도 있었던 게야. 그게 바로 내가 할 수 있는 선택이었다."

"그래서 제가 아침마다 얼어 죽을 작정을 하고 어디론가 가지 않으면 쭉 화가 날 거라는 말씀이시군요. 그런가요?"

에드윈은 미소를 머금으며 고개를 내저었다.

"지금 당장은 네가 오로지 삭정이 왼쪽 끄트머리, 아니면 구름 낀 하늘만 바라본다는 거야. 네가 살아오면서 겪었던 경험이 그런 생각들을 몸에 배게 한 거지. 분노와 마찬가지로 행복도 습관 같은 거란다. 종일토록 행복에 겨워 지내는 법을 익혀 보아라. 습관은 고치기 어렵지만 이 못이 도움이 될 게야."

"겨울에는 어떻게 해요?"

에드윈은 이맛살을 찌푸렸다.

"물론 겨울은 가장 힘겨운 시간이 되겠지. 춥고, 낮도 짧고, 한시도 불가에서 떠나기 싫고, 찬물에 몸을 담근다는 건 생각만 해도 소름이 끼칠 테니까. 땃두릅 줄기에 돋아난 가시처럼 분노가 들어앉기 안성맞춤인 불가에 마냥 머무르고 싶을 게다. 그렇게 불꽃을 물끄러미 바라보고 있으면 으레 몹쓸 기억들이 떠오르겠지. 겨울에는 네 나름대로 삭정이의 오른쪽 끄트머리를 바라보는 방법을 찾아내야겠지."

에드윈이 일어서서 기슭으로 걸어가는 동안, 콜은 추위 때문에 현기증이 일어 잠시 주춤했다. 그러고는 이제야 살았다 싶어 얼른 뒤를 따랐다. 못 기슭에서 에드윈은 잠자코 옷을 입었다. 콜은 뻣뻣하고 욱신거리던 뼈마디의 통증이 많이

가신 것 같았다. 팔도 한결 가뿐했다. 콜이 에드윈을 돌아보
았다.

　"저기요. 저한테 해 주신 말씀 있잖아요. 학교나 수용소
에서 상담원들이나 심리학자들이 하던 괴상망측한 말보다 훨
씬 알아듣기 쉬웠어요."

　에드윈은 토막 난 삭정이로 콜의 어깨를 톡톡 쳤다.

　"그 사람들은 네가 삭정이의 왼쪽 끄트머리를 없애 버릴
수 있다는 미련을 아직도 버리지 못했거든."

18

콜과 에드윈이 야영지로 돌아오니 어느새 가비가 일어나 화톳불을 피워 두었다. 가비는 나무토막에 앉아 커피를 홀짝이며 후미 너머를 물끄러미 바라보고 있었다. 두 사람이 다가가자 가비가 손짓을 했다.

"물 위로 펄떡펄떡 뛰어오르는 저 고래들 좀 봐라."

에드윈이 고개를 주억거렸다.

"청어를 쫓는 흑고래들이야. 본능대로 움직이는 거지. 해마다 봄이 되면 녀석들은 하와이 연안에서 새끼를 낳고 이동하거든."

콜이 말했다.

"고래는 처음 봐요. TV에서는 봤지만."

에드윈이 말했다.

"오늘은 우리 고래 춤을 추자."

"배고프지 않으세요?"

아이스박스를 나무에서 내리면서 콜이 말했다. 콜은 박스에서 차디찬 시리얼 상자를 찾아내더니 물 한 통을 붓고 가루우유를 넣어 섞은 다음 먹기 시작했다.

에드윈이 시리얼에 코를 박고 게걸스레 먹고 있는 콜을 빤히 보았다.

"일을 하려면 그깟 시리얼로는 안 될 텐데."

"아침은 대개 이걸로 때워요. 두 분 다른 것 드시고 싶으면 그렇게 하세요."

에드윈과 가비가 각자 먹을 시리얼을 한 그릇씩 만들었다. 가비가 말했다.

"알아서 하렴. 일을 하는 사람은 대장, 바로 너니까."

"안 도와주실 거예요, 정말?"

에드윈이 말했다.

"어떻게 하는지만 가르쳐 줄 거야. 하지만 일은 하나부터 열까지 네가 하는 거다."

"그래도 그렇지 이 팔로는 못 하나도 제대로 박을 수가 없어요."

"그러면 다른 팔을 쓰는 법을 배워야지. 오두막을 제대로 지어야 쾌적하고 안락한 집에서 지낼 수 있다. 엉성하게 지으면…."

에드윈이 어깨를 으쓱했다.

"기나긴 겨울을 나겠지. 저번에 너를 위해 장만한 오두막은 끝내주게 지은 거였는데. 네가 한 짓을 생각하면 지금도 가슴이 아프다. 이번에 네가 직접 짓는 오두막을 또 불태우면 너만 상처를 입게 되는 거야."

에드윈은 콜에게 가죽 장갑을 내밀었다.

"옛다, 물집이 생기지 않게 해 줄 게다."

콜이 장갑을 한옆으로 치우면서 퉁명을 떨었다.

"전 팔 병신일지는 몰라도 엄살쟁이는 아니에요."

"좋을 대로 하렴."

에드윈은 콜에게 오두막의 틀을 잡는 방법을 일러 주었다.

반나절 동안 콜은 각진 막대기 네 개를 서로 연결한 다음 주춧돌로 쓸 큼직한 돌 위에 고정시켰다. 그러고는 네모진 틀에 두꺼운 판자를 박았다. 여기에 베니어판을 덮어 집에 있는 자기 방과 엇비슷한 크기의 방바닥을 만들었다. 못을 박을 때마다 왼손으로 열 번쯤 두드려 대니 차츰 못질하는 솜씨가 좋아졌다. 일을 하는 동안 배에서 꼬르륵거리며 밥 달라고 아우성이었지만 에드윈과 가비한테는 배고픈 내색을 하지 않았다. 둘은 불가에 앉아 빤히 쳐다보고 있다가 이러쿵저러쿵 훈수를 두었다. 하나부터 열까지 정확하게 아귀가 맞아떨어져야 했다.

마침내 점심을 먹으려고 일손을 놓았을 때는 태양이 정

수리 한복판을 뜨겁게 내리쬐고 있었다. 불을 지피고 스파게티 국수며 통조림 소스를 찾아내는 동안 배가 고파 죽을 지경이었다. 콜은 불에 달군 돌멩이 위에 올려 둔 팬에 온갖 재료를 올려놓았다.

콜이 물었다.

"오두막 하나 짓는데 뭐 그렇게 빈틈없고 꼼꼼하게 하느라 공을 들여요? 여기서 평생 살 것도 아닌데."

가비가 대꾸했다.

"족히 만 마리는 되는 쥐새끼들이 갉아 먹으려 들 테니까."

에드윈이 북쪽을 가리켰다.

"겨울을 알리는 첫 폭풍이 시속 80킬로미터의 속도로 불어닥치면 그 이유를 알 게다."

가비는 아침을 먹은 뒤 벽널을 바닥에 어떻게 배치해야 하는지 일러 주었다. 이미 손에 큼직한 물집이 툭툭 불거진 콜은 에드윈을 보며 민망한 듯 웃으면서 가죽 장갑을 꼈다.

콜이 선수를 쳤다.

"'것 봐라' 하고 싶어 입이 근질거리실 텐데."

에드윈이 대꾸했다.

"이 섬에서는 자존심이고 뭐고 다 버려야 돼."

해가 뉘엿뉘엿 기울고, 가비가 이제 그만 일을 마치는 게 어떠냐고 넌지시 말을 건넬 무렵 콜은 속을 아리게 훑는 허기를 느꼈다.

가비가 말했다.

"이번에도 시리얼이냐?"

"그런 소리 마세요. 죽도록 일한 사람에게."

콜은 아이스박스에서 햄버거를 꺼내며 말했다. 물집투성이라 장갑을 벗는 동안 손이 쓰라린데, 가비의 얼굴에 미소가 번지는 것을 보자 더럭 신경질이 났다. 콜은 작업한 걸 죽 훑어보았다. 이제 벽널 네 개를 제자리에 세우기만 하면 된다. 거기에 문 한 짝과 후미 쪽으로 창을 낼 공간을 두었다.

콜은 햄버거 세 개를 꺼냈지만, 에드윈과 가비가 전혀 거들지 않아 화가 나서 보란 듯이 하나만 팬에 올리고 조리를 했다. 콜이 햄버거를 먹는 동안 에드윈과 가비는 빤히 쳐다보고 있었다. 식사를 마친 콜이 늘어지게 하품을 했다.

"피곤해 죽겠어요. 여기 햄버거 있으니까 드시고 싶으면 드세요. 저는 이만 잘래요."

에드윈이 말했다.

"먹을 수 있게 조리를 해 줘야 먹지. 그리고 식사를 마치면 함께 춤을 출 거야."

"잘하면 두 분 신발 끈도 매 달라고 조르시겠어요?"

불가로 다가와 다시 조리를 하면서 콜이 구시렁댔다.

가비가 말했다.

"우리 축제를 벌이자. 이대로 끝내면 아쉽잖니."

콜은 마지못해 햄버거 두 개에 버섯, 양파, 치즈를 얹어 두 사람에게 주었다. 그러고는 에드윈과 가비가 먹는 동안 멀찌감치 산책을 나갔다.

두 사람이 식사를 마치자 콜은 접시를 모래로 살살 문질러 찌꺼기를 말끔히 닦아 낸 다음 물가로 가서 헹구었다. 손에 잡힌 물집이 불에 덴 것처럼 화끈거렸다. 어스름이 짙게 깔려 어둑어둑할 무렵 콜은 불가로 돌아와 피곤한 기색으로 나무 토막에 털썩 주저앉았다.

에드윈은 불꽃이 활활 타오르게 불을 지폈다.

"이제 춤을 추자."

에드윈은 일어서서 불가로 바짝 다가갔다.

"우리를 둘러싼 세상에는 온갖 힘이 넘쳐 흘러. 고래, 곰, 늑대, 독수리 같은 힘센 동물들이 있지. 태양, 달, 계절 같은 자연의 힘이 있고. 행복과 분노처럼 우리 안에 깃들어 있는 힘도 있지. 우리는 이 모든 힘을 느끼고 춤으로 표현할 수 있어. 힘을 지닌 모든 것으로부터 수많은 교훈을 얻을 수 있지. 오늘 고래를 보았으니 오늘 밤은 고래 춤을 추자. 각자 고래를 보면서 배운 것을 이야기하는 거야."

에드윈은 고래의 머리통을 연출하느라 머리 위로 팔을 동그랗게 오므리고서 파도를 헤치고 나아가는 듯 고개를 아래위로 주억거리며 불가를 맴돌았다. 과장된 몸짓으로 고개를 홱 처박고 다이빙을 하는 등 고래 흉내에 흠뻑 빠져들었다. 이렇게 10분 동안 불가를 맴돈 뒤에 느릿느릿 자리에 가 앉았다.

그러자 가비가 일어섰다. 가비는 가비대로, 물속에서 뛰어오르는 고래 흉내를 내느라 펄쩍 뛰어올랐다가 느닷없이 옆으로 몸을 던지기도 하면서 불가를 맴돌았다. 한껏 과장된 표정으로 불가를 빙글빙글 맴돌던 가비가 이윽고 동작을 늦추더니 불 옆에 있던 통나무에 느긋하게 앉아 한숨을 돌렸다. 가비가 콜을 바라보았다.

"네 차례다."

"어떻게 추는 건지 잘 모르는데요."

에드윈이 말했다.

"춤추는 방법이 따로 있는 게 아니다. 그냥 느끼는 거야. 고래가 돼서 그 고래의 이야기를 들어 보렴."

콜은 쑥스럽긴 했지만 에드윈의 단호한 말투에 주눅이 들어 주뺏주뺏 일어나 불가를 맴돌기 시작했다. 허리를 구부리고 몸을 휙 휙 움직이며 만에서 본 고래의 몸놀림처럼 미끄러지듯 물살을 헤쳐 나가는 시늉을 해 보였다. 이렇게 불가를 맴도는 게 얼마나 우스꽝스러워 보일지 상상하면서 줄곧 에드윈과 가비를 곁눈질했다. 학교 친구들이 이 꼴을 보지 못하는 게 그나마 다행이다 싶었다.

머릿속 본능에 따라 수천 킬로미터를 이동하는 고래를 떠올리니 동작이 차츰 빨라졌다. 고개를 들었다 숙였다 하면서 콜은 불에서 멀찍이 벗어났다가 불가가 기나긴 여정의 목적지인 양 다가가는 시늉을 했다. 그러는 동안 물고기 떼를 쫓느라 앞뒤로 펄쩍펄쩍 뛰었다. 불가에 이르러서는, 수면 위로 솟아오르는 동작을 하려고 눈을 감고 허공으로 높이 솟구쳤다가 사뿐 내려앉더니 잠시 불꽃을 물끄러미 들여다보고는 자리에 앉았다. 콜은 물집이 가득 잡힌 손으로 뱃가죽을 단단히 움켜쥐고 있었다.

잠시 침묵이 흐르고 에드윈이 말문을 열었다.

"고래는 우아하고 온화한 동물이야. 오늘 밤 깨달은 교훈이야."

가비가 고개를 끄덕이며 말했다.

"또한 고래는 영리하고 활기가 넘치지. 춤을 추며 그걸 배웠어."

한참 뜸을 들이고 나서 가비가 말했다.

"콜, 너는 춤을 추면서 무얼 배웠니?"

콜은 골똘히 생각에 잠겼다.

"고래는 이동을 하지만 딱히 아늑한 집이 없잖아요."

콜은 작은 삭정이를 집어 들더니 흙 위에 선을 죽죽 그었다.

그러고는 나지막이 말했다.

"내 신세가 바로 고래 같구나 생각했어요."

한동안 잠자코 있다가 가비가 일어섰다.

"기분 좋은 하루였다. 이제 눈 좀 붙여야지."

가비는 몸을 돌려 튜브에 든 연고를 콜에게 건네주었다.

"이 연고를 자기 전에 물집에 발라라. 그리고 장작더미에 방수 천 덮는 것 잊지 말고. 안 그랬다간 날이 샐 무렵이면 흠씬 젖어 못 쓰게 될 테니."

"고마워요."

콜은 인사를 하고 에드윈을 돌아보았다.

"분노의 춤은 어떨까요?"

"춤 중에서도 가장 힘겨운 춤이 되겠지. 너 자신의 분노를 정면으로 바라보고 그것을 있는 그대로 드러내야 하니까."

"언제 그 춤을 한번 춰 보는 건 어때요?"

"가비랑 내가 떠나면 혼자서 한번 춰 봐라. 그런데 그 춤은 마음의 준비가 되었을 때 추어야 한다."

지난밤과는 달리, 콜은 잠자려고 몸부림을 칠 필요가 없었다. 이따금 바닥의 돌멩이가 등에 배겨 몸을 뒤척였을 뿐 완전히 곯아떨어졌다. 동틀 녘이 되자 에드윈이 콜의 어깨를 흔들어 깨웠다.

"못에 갈 시간이다."

콜은 에드윈의 손길을 피해 저만치 굴러갔다.

"딱 하루만 건너뛰면 안 돼요?"

콜이 끙끙 앓는 소리를 했다.

에드윈은 다시금 어깨를 흔들었다.

"네 분노가 하루 건너뛴다면야 모를까 안 돼."

콜이 따지고 들었다.

"왜 가비 아저씨는 같이 가지 않죠?"

"화가 안 나나 보지 뭐."

"그럼 영감님도 화가 나서 가신단 말이에요?"

"네가 발딱 일어나지 않으면 화가 날 거라는 말이다."

콜은 못마땅한 기색으로 툴툴대며 따듯한 침낭에서 나왔다. 오늘따라 엉덩이며 팔이 어찌나 아픈지 하마터면 비명을 내지를 뻔했다. 뼈 마디마디에 시멘트를 바른 것처럼 뻣뻣했다. 콜은 밝아 오는 빛줄기와 하염없이 내리는 이슬비를 물끄러미 바라보았다. 이처럼 하염없이 내리는 이슬비를 마지막으로 본 건 한 가닥 삶의 끈을 부여잡으려고 몸부림을 치던 때였다. 지금은 얼음장 같은 못에 수영을 하러 가고 있다. 꼭 꿈을 꾸는 것 같다.

텐트에서 나오자 에드윈이 비옷을 건네주었다. 둘은 입을 꾹 다물고 야영지를 벗어나 어스름한 새벽녘의 냇가로 걸어갔다. 거기에서 다시금 냇물 속으로 첨벙첨벙 들어가 시내 가장자리를 따라 걸어 올라갔다. 이윽고 못에 다다랐다. 에드윈이 거대한 가문비나무 아래로 가 옷을 벗었다.

"옷이 젖지 않게 줄기 언저리에 놓으렴."

"그냥 입고 있어도 물에만 안 들어가면 젖지는 않을 텐데."

콜은 구시렁대면서 옷을 벗었다. 어느새 콜과 에드윈은

바위시렁에 나란히 앉아 있었다. 에드윈은 말문을 열 눈치가
아니었다.

콜이 조바심을 치며 물었다.

"이렇게 얼마나 있어야 되는 거예요?"

"네 마음이 맑아지고 분노가 아닌 행복을 선뜻 선택할 수
있을 때까지."

"오늘은 화가 안 났어요. 머리도 맑고 지금 당장이라도
선택하라면 선택할 수 있을 거 같아요."

에드윈이 날카롭게 받아쳤다.

"그렇다면 온몸에 감각이 없어질 때까지 앉아 있어라. 하
루가 다르게 익숙해질 게야. 머지않아 오고 싶어 좀이 쑤실 날
이 올걸."

"설마 그런 날이…."

콜은 몸을 부르르 떨며 투덜댔다. 차츰 살갖에 감각이 없
어지고 숨결에 싸늘한 냉기가 묻어났다. 이윽고 머릿속에 장
착된 투명 시계가 때가 되었다고 일러 주기라도 한 듯 에드윈
이 몸을 일으켰다. 에드윈은 서두르는 기색 없이 기슭으로 발
길을 옮겼다.

콜은 얼른 뒤를 따랐다.

수건으로 물기를 훔치며 콜이 말했다.

"얼른 내려가서 따뜻한 불에 몸을 녹여야겠어요."

"오늘 아침에는, 네 조상들과 처음으로 대면하게 될 거다."

에드윈이 덤덤한 목소리로 말했다.

"뭘 한다고요?"

에드윈은 대답하지 않았다. 그저 옷을 갈아입고 못 옆의 바위 언덕으로 걸어갔다. 기슭을 돌며 에드윈은 눈으로 땅바닥을 이리저리 훑었다. 그러더니 느닷없이 몸을 수그려 볼링공만 한 돌덩이를 집어 들었다. 에드윈은 전에 그 돌덩이를 만져 보기라도 한 듯 울퉁불퉁한 표면을 손가락으로 어루만졌다.

콜이 물었다.

"뭐 하시는 거예요?"

"내 조상들과 대면하는 거란다."

"영감님 얘기 들으니까 어째 등골이 오싹하네요."

에드윈은 그 돌을 콜에게 건네주었다.

콜이 물었다.

"이걸로 어쩌라고요?"

"그냥 따라오너라. 설명해 줄 테니."

에드윈은 바위 언덕을 오르기 시작했다.

"나를 믿으렴."

콜이 물었다.

"어디까지 가는데요?"

에드윈은 가도 가도 끝이 없는 언덕을 쉬지 않고 올라갔다. 콜은 투덜거리며 뒤를 따랐다.

걸음을 옮기며 에드윈이 말했다.

"네 삶은 그냥 어디서 뚝 떨어진 게 아니야. 여러 세대 동안 네 조상들도 너처럼 실수를 거듭하면서 교훈을 얻고 어떻게든 살아남으려고 안간힘을 썼지. 조상들은 자기들이 터득한 지식이며 이룬 업적들을 모두 후세에 전해 주었다."

묵직한 돌덩이를 들고 몇백 미터를 오르고 나니 오른팔이 욱신거렸다. 콜은 잠시 걸음을 멈추고 뒤를 돌아보았다. 언덕의 반도 채 오르지 못했다.

에드윈이 말했다.

"그 돌덩이가 네 조상이라고 생각해라. 이 언덕을 오르는 건 네 인생이라고 여기고. 한 걸음 한 걸음 내디딜 때마다 너는 네 마음에, 네 가슴에 그리고 네 영혼에 조상들을 담고 가는 거란다. 귀를 기울이면 조상들이 돌덩이에서 손을 뻗어 자신들이 피땀 흘려 얻어 낸 소중한 교훈들을 네게 가르쳐 줄 거야. 조상들의 소리에 귀를 기울여라. 먼 훗날 너는 그 교훈들을 후세에 전해 주게 될 거야."

듣고 있으려니 기운이 다 빠졌지만 콜은 내색하지 않으려고 진땀을 뺐다. 이윽고 언덕배기에 이르자 콜은 깊은 숨을 토해 냈다. 그 돌덩이를 바닥에 쿵 떨어뜨리려는 찰나 에드윈이 손을 뻗어 그 묵직한 돌덩이를 받아 들더니 살며시 내려놓았다.

"네 조상들인데 조심스럽게 다루어야지."

콜이 어깨를 으쓱했다.

"그 조상이라는 사람들, 엄청 약골인가 보네요."

콜의 말은 듣는 둥 마는 둥 에드윈이 말했다.

"나는 그 돌덩이를 들고 이 언덕을 수백 번 올라왔다."

"바로 이 돌을요?"

에드윈은 고개를 주억거렸다.

"이걸 도로 들고 내려간다는 말씀이세요?"

에드윈은 미소를 머금었다.

"그보다 좋은 방법이 있지. 일단 그 돌을 내려놓으면 의미가 변한다. 이제부터 그 돌은 네 분노가 되는 거야. 이제 그 돌을 언덕 아래로 굴려라. 네 분노를 굴려서 훨훨 날려 버려."

콜은 그 돌덩이를 팩 밀고는 와르르 요란한 소리를 내며 언덕 아래로 굴러가는 돌을 물끄러미 바라보았다.

콜이 웃음보를 터뜨렸다.

"저렇게 구르면 조상들이 꽤나 어지럽겠는데요."

에드윈이 참을성 있게 말했다.

"네 분노를 날려 버린다고 생각하라니까."

콜은 어지러워 현기증을 일으킬 조상들 생각에 마냥 킬킬댔다. 기껏 도로 굴려 버릴 돌덩이를 여기까지 고생고생하며 들고 올라왔다는 사실에 어처구니가 없었다.

에드윈이 말했다.

"이렇게 할 때마다, 너는 여러 가지를 깨치게 될 거야. 그러다 보면 저절로 겸손을 배우게 된다."

"'이렇게 할 때마다'라니 그게 무슨 말씀이세요? 저는 저런 같잖은 돌덩이를 들고 이 언덕을 매일 올라올 생각이 털끝만큼도 없어요."

"계속 분노를 품고 살겠다면 그렇게 하렴, 네 맘이니까. 내가 네 나이 적에 매일 아침 여기에 와서 헤엄을 치고 그 뒤엔 그 돌덩이를 들고 올라왔는데 정말 좋은 경험이었다."

콜은 에드윈을 돌아보았다.

"무슨 이유로 영감님한테 좋았던 게 저한테도 좋을 거라고 확신하시는 거죠?"

에드윈은 깊은 숨을 내쉬었다.

"나도 잘 모르겠다. 그건 아무도 모른다. 그냥 너만큼이나 우리 모두 해답을 찾기 위해 애를 쓰는 거지."

"그러면 왜 저한테 이래라저래라 참견하시는 거예요?"

에드윈은 미소를 머금었다.

"네가 나한테 아침 내내 했던 질문 중에 제일 그럴싸한 질문이구나."

에드윈이 어깨를 으쓱했다.

"가비랑 내가 살아오면서 저지른 돌이킬 수 없는 실수들을 어떻게든 보상하고 싶어서겠지. 우리 때문에 상처받은 사람들에게 아무것도 해 주지 못했거든."

콜이 딱 잘라 말했다.

"아무튼 이건 제 인생이에요. 두 분 인생이 아니라고요."

"물속에서 좀 더 뜸을 들였어야 했는데 너무 서둘러 나온 모양이로구나."

에드윈은 야영지를 향해 언덕을 내려갔다.

19

야영지로 돌아온 콜은 물집으로 쓰라린 손에 연고를 발랐다. 일을 시작하려고 가죽 장갑을 끼려는데 무언가가 움직였다.

콜이 후미 쪽을 가리키며 물었다.

"우아, 보세요. 저거 코요테예요?"

에드윈과 가비는 멀찌감치 해안가를 따라 움직이는 기괴한 윤곽을 쳐다보았다.

에드윈이 말했다.

"늑대구나. 제법 큰 녀석인데."

잿빛 동물 한 마리가 해안가를 따라 경쾌하게 내달리다가 여남은 발짝마다 멈춰 서서 경계의 눈초리로 주위를 둘러보기도 하고 돌맹이 틈새에 코를 박기도 했다. 냇가에 다다른 녀석이 고개를 숙여 물을 마시더니 야트막한 여울을 날듯이 가로질러 우거진 덤불숲으로 사라졌다.

가비가 제안했다.

"오늘 밤은 늑대 춤을 추자."

콜은 벌써 지붕틀을 짜고 있었다. 입을 꾹 다물고 일에만 몰두했다. 화가 나서가 아니었다. 왠지 오늘은 누구와도 이야기를 나누고 싶지 않았다. 에드윈과 가비가 가만히 앉아서 보고 있다가 이따금 한두 마디 조언을 건넸다. 오후의 절반이 지날 무렵에는 지붕 서까래를 베니어판으로 덮고 벽널에 베니어판을 박기 시작했다. 자를 때는 무조건 한 손으로 켜는 작은 톱을 써야 했다. 빗물 때문에 목재가 미끈거리고 땅바닥이 질척거렸다.

오후 느지막이, 지붕을 까만 타르 벽지로 휘감고 납작한 못으로 야무지게 박았다. 이제 오두막 지붕에 얇은 아연판을 얹을 차례였다. 가뜩이나 다루기 까다로운 아연판을 지붕에 얹느라 안간힘을 쓰고 있는데, 느닷없이 바람이 불어 아연판들이 휘청거렸다. 그러다가 하나가 뚝 꺾이고 말았다. 콜이 사나운 눈초리로 쏘아보았지만 에드윈과 가비는 꿈쩍도 하지 않았다. 후미에 어스름이 내려앉자 그제야 콜이 일손을 놓았다.

에드윈이 말했다.

"내년에는, 네가 이 섬에 존재했다는 흔적은 하나도 남김

없이 죄다 없애야 한다. 오두막을 깔끔하게 철거하고 가려면 어지간히 손이 많이 가겠는걸."

"그냥 태워 버릴 거예요. 한번 연습해 본 일이거든요."

콜이 퉁명스럽게 대꾸하며 텐트로 걸음을 옮겼다.

가비가 물었다.

"어디 가는 거냐?"

"자려고요."

"왜 이리 서둘러, 대장. 우리가 배고픈 것도 고픈 거지만 늑대 춤도 아직 추지 않았잖아."

"피곤해서 쓰러질 것 같아요. 더군다나 저는 두 분의 노예가 아니에요. 저기 시리얼이 있으니까 먹고 싶으면 먹든지 말든지 맘대로 하세요."

콜은 초록색 텐트 안으로 기어들어 갔다.

가비가 큰 소리로 외쳤다.

"잘 자라. 내일 오두막 철거하고 미니애폴리스로 떠날 테니까."

콜이 텐트 밖으로 고개를 삐죽 내밀었다.

"무슨 말이에요?"

"여기 생활도 오늘로 마지막이란 얘기다. 너 하는 짓거리를 보니 이 섬에 더 있을 필요가 없어."

가비가 무뚝뚝하고 단호한 어조로 말했다.

콜은 잽싸게 머리를 굴렸다. 가비 저 인간이 괜히 엄포를 놓는 거야. 그런데 그게 아니면 어쩌지? 쓸데없이 모험을 할 필요는 없지. 콜은 비틀거리며 텐트에서 나왔다.

"알았어요, 알았어. 저녁 차릴게요."

가비가 따끔하게 꾸짖었다.

"저녁 문제를 두고 이러는 게 아니야. 걸핏하면 핏대를 올리는 그 성깔머리가 문제라는 거지. 사는 게 아직도 만만한가 보구나. 아직도 사사건건 남 탓이나 하면서 그냥저냥 넘어가려는 걸 보니. 이틀밖에 안 됐는데 벌써 이 모양으로 제멋대로 굴고 말이야."

콜이 더듬더듬 말을 이었다.

"저, 죄송해요. 그럴 생각은 아니었는데."

"우리한테 사과하지 마라. 너 자신한테나 사과해. 너 때문에 제일 시달림을 받는 건 우리가 아니라 바로 너 자신이니까."

텐트에서 나온 콜은 불가로 가 얼른 땔감을 집어 넣었다. 콜이 에드윈과 가비를 위해 즉석 닭고기 볶음밥을 마련하는 동안 아무도 입을 열지 않았다. 겉으로는 음식을 좀 더 멋들어지게 차리려고 갖은 공을 들였지만, 속으로는 당장에 때려치우고 싶은 마음이 굴뚝 같았다. 울분과 설움이 북받쳤다. 에드윈과 가비는 아무 말 없이 저녁을 먹었다.

"죄송하다고 했잖아요."

에드윈이 대꾸했다.

"네가 달라졌다고도 했지."

콜이 울먹였다.

"저를 데려가지 마세요, 제발. 더 노력할게요. 시키는 대로
다 할게요."

에드윈이 일어서서 불꽃 너머로 콜을 바라보았다.

"더 이상 시간 낭비하지 말고 너를 집에 보내야겠다."

"제가 그만 엉겁결에 헛소리를 한 거예요. 저는 그냥…."

에드윈이 손을 번쩍 쳐들었다.

"마음에도 없는 소릴랑 그만둬라! 나를 우습게 보고 자꾸
지껄이나 본데, 네 말은 한갓 소음일 뿐이야. 깊은 울림이 없
어. 내일 아침에는 너 혼자 일어나 못에 다녀오너라. 그런 다
음 네 조상바위를 들고 가서 분노를 굴리고 와. 야영지로 돌아
오면 무엇을 배웠는지 어디 한번 보겠다."

에드윈이 몸을 돌려 텐트로 갔다. 가비가 그 뒤를 따랐다.

"이봐요, 늑대 춤 춘다고 하지 않았어요?"

콜이 곰의 습격을 받지 않게 아이스박스를 나무에 매달
면서 물었다.

가비가 말했다.

"우리는 잘 거다. 늑대를 발견한 사람은 너잖니. 너 하고
싶은 대로 해라, 어차피 네 일이니까."

콜은 자기만 달랑 남겨 두고 텐트로 들어가는 두 사내를
우두커니 바라보았다. 빗줄기는 멎었지만 쓸쓸하게 휘몰아치
는 바람결에 텐트 자락이 펄럭이고, 밤공기는 더없이 을씨년

스러웠다. 콜은 그릇을 헹구려고 물가로 걸어가는데 몸을 가누기조차 힘들 정도로 기진맥진했다. 그러다가 물이 빠져나가는 자리에서 쭉 미끄러지는 바람에 돌부리에 정강이가 까지고 말았다.

절름거리며 야영지로 돌아온 콜은 불가에서 까진 다리를 호호 불었다. 만신창이가 되어 돌멩이 위에 드러누워 있던 그때처럼 외로움과 설움이 북받쳐 목이 메었다. 에드윈과 가비는 모른다. 외로움이 사람을 얼마나 미치게 하는지, 두려움이 얼마나 오금을 저리게 하는지를.

불꽃을 물끄러미 바라보고 있으려니 늑대가 생각났다. 그 늑대도 돌봐 주는 이 없이 달랑 혼자였다. 콜은 고개를 세차게 흔들었다. 딱 맞는 말은 아니다. 늑대는 대개 무리 지어 사냥을 한다. 외톨이로 떨어져 있기보다는 떼거리로 우르르 몰려다닌다.

불꽃을 바라보던 콜은 자기도 모르게 늑대처럼 몸을 웅크렸다. 그리고 먹이를 찾아 헤매는 늑대가 되어 고개를 떨군 채 불꽃으로 조금씩 다가갔다. 상처 입은 무스를 무리와 함께 바짝 추격하는 시늉을 하며 차츰 속도를 내서 불가를 맴돌았다. 그러자 힘을 모아 목표를 향해 질주하는 무리의 막강한 힘이 느껴졌다. 무리는 혼자 잘난 체할 때가 아니라 서로 힘을 모을 때 막강해진다. 무리에서 탈락한 녀석은 다른 늑대들의 도움을 받지도 못하고, 무리와 먹이를 나눠 먹을 수도 없어 결국은 비참한 신세가 되고 만다.

들뜬 마음을 간신히 억누르면서 춤을 마쳤다. 콜은 사람들이 깨지 않게 텐트 안으로 살그머니 들어가 잠자리를 마련했다. 조심조심 침낭 속으로 기어들던 콜은 느닷없는 소리에 깜짝 놀랐다.

가비였다.

"무엇을 배웠니?"

"늑대 무리처럼 서로 도우며 살아야 한다는 거요."

가비가 속삭였다.

"잘 자라."

"안녕히 주무세요."

에드윈이 헛기침을 했다.

"내일 못에 잘 다녀오너라."

콜은 행여 늦잠을 잘까 봐 밤새 자다 깨다를 반복했다. 콜은 텐트를 열어젖히고 밖을 내다보았다. 언제까지고 밤이 계속될 것만 같더니 캄캄하던 세상이 어렴풋한 잿빛으로 물들기 시작했다. 후미 어귀에 있는 암초들이 보였다. 몸을 잡아끌다시피 해서 침낭에서 기어 나왔다. 못에 가야 할 시간이었다.

빗줄기가 멎었기에 둘둘 만 옷가지를 들고 텐트 밖으로 나왔다. 비가 오지 않는데도, 정신이 번쩍 들 정도로 싸늘한 기운이 감돌았다. 콜은 자신이 얼음장같이 차가운 물속에 들어가 앉으려고 이런 꼭두새벽에 일어났다는 사실을 믿을 수 없었다. 모르긴 해도 감방이 차라리 낫지 않을까 싶었다. 콜은 야영지를 벗어나는 동안 에드윈과 가비가 정말로 자신을 미니애폴리스로 돌려보낼지 궁금했다. 콜은 애꿎은 작은 돌멩이를 힘껏 걷어찼다.

냇가에 다다른 콜은 첨벙거리며 가장자리를 따라 올라갔다. 수건을 팔뚝에 걸고 있었다. 어쩌나 골똘히 생각에 잠겨 있었던지 야트막하게 늘어진 나뭇가지에 이마를 세게 부딪쳤다. 한순간 아찔하게 현기증이 일어 얼굴을 일그러뜨린 채 허리를 굽히고 있었다.

못에 다다르자 콜은 잠시 망설였다. 보는 사람도 없는데 굳이 물에 들어가고, 돌덩이를 굴려야 할까 싶었다. 야영지로 돌아가기 전에 그냥 이야기나 그럴듯하게 지어내면 그만일 텐데. 하지만 뭔가가 오늘 아침만큼은 에드윈과 가비를 속일 생각일랑 아예 말라고 귓가에서 속삭이고 있었다. 콜은 부리나케 옷을 벗어 던지고 얼음장 같은 물속으로 들어갔다. 에드윈과 함께 온 첫날처럼 몸서리치게 춥지는 않았지만 잔뜩 웅크린 몸뚱이를 물속에 담그는 순간 머리끝이 쭈뼛 서는 느낌은 여전했다. 숨을 죽이고 개구리헤엄을 쳐서 바위시렁으로 갔다.

콜은 양팔로 가슴을 부둥켜안은 채 부들부들 떨면서 물이며 나무며 동트는 하늘을 둘러보았다. 몸뚱이에 소름이 좍

228

돈았다. 이대로 얼마나 있어야 하는 건지 알 도리가 없었다. 에드윈은 따끈한 욕조에 앉아 있는 것처럼 느긋하게 있었지만 말이다.

콜은 눈을 감았다. 그러면 딴 데 정신을 쏟기가 한결 수월할 듯싶었다. 에드윈처럼 입술 사이로 천천히 숨을 들이마셨다가 천천히 토해 냈다. 마음속을 말끔히 비워 내려는 듯 숨쉬기를 되풀이했다. 가슴을 감싸고 있던 팔을 내려 몸에서 힘을 완전히 빼고 물에 둥둥 떠 있게 내버려두었다.

한 치의 동요도 없이 차분하게 몸을 맡기고 앉아 있으니 감각이 없던 살갗에 실제로 온기가 따스하게 감도는 것이 느껴졌다. 콜은 수면처럼 자신의 내면이 잔잔해지는 그림을 머릿속에 그리면서 심호흡을 했다. 천천히 눈을 뜨고, 맑은 수면에 비친 하늘을 바라보았다. 슬며시 고개를 들이미는 햇살에 떠도는 구름이 붉게 물들었다.

순간 물에 비친 하늘이 일그러지는 바람에 머리 위를 올려다본 콜은 이내 물고기 한 마리가 무릎 언저리를 맴돌고 있음을 알아챘다. 숨을 죽이고 은빛 물고기를 바라보았다. 아침으로 송어를 먹는 것도 괜찮지 싶었다.

물고기를 먹는 것을 상상한 바로 그 순간 송어가 멀찌감치 달아나 시야에서 감쪽같이 사라졌다. 콜은 숨을 훅 토해 냈다. 내가 무의식 중에 움직였던 걸까? 그래서 물고기가 놀란 것일까? 아니면 내가 무슨 생각을 하는지 녀석이 알아채기라도 한 걸까? 물고기 주제에 사람 속을 알 턱이 없을 텐데.

다시 숨을 들이마시자 멘톨(박하잎을 정제해 약이나 과자 따위에 사용하는 결정체: 옮긴이) 알약을 빨아 먹는 것처럼 속이 화했다. 게다가 물속에 담근 뼈마디가 쑤시지도, 물집이 생긴 손이 쓰라리지도 않았다. 정신과 육체가 분리되지 않은 한 덩어리 같았다. 어찌된 영문인지 구름 위에 내려앉은 듯 몸이 가뿐했다.

몸서리나게 춥거나 갑갑해서가 아니라, 이제 됐다는 생각이 들어 몸을 일으켰다. 물속에서 몸을 좀 더 풀고 나니 잔물결을 거의 일으키지 않고도 부드럽게 팔다리를 놀리며 개구리헤엄을 칠 수 있었다.

기슭에서 수건으로 물기를 닦았다. 뭔가를 깨달은 것도 같은데 딱히 뭐라고 말할 수가 없었다. 한 일이라고는 기껏해야 찬물에 들어앉아 머리를 비우려고 애쓴 게 전부인데, 그 단순한 행동이 마음을 지극히 평온하게 해 주었던 것이다.

옷을 다 입고, 전날 언덕 아래로 굴린, 에드윈이 조상바위라고 하는 돌덩이가 있는 곳으로 걸어갔다. 냉기가 가시지 않아 몸뚱이를 자유자재로 놀릴 수는 없었지만 꼭두새벽에 텐트에서 기어 나올 때처럼 뼈마디가 쑤시지는 않았다. 돌덩이를 들기 전에 잠시 틈을 두고는 천천히 스트레칭을 하고, 윗몸을 수그려 발가락을 짚었다가 한껏 기지개를 켜고, 허리 돌리기를 하고, 등배운동을 했다. 그러는 내내 심호흡을 했다. 심호흡을 하면 마음이 안정되고 차분하게 가라앉는 듯했다. 에드윈 영감은 이 좋은 걸 어떻게 알아냈을까 싶었다.

콜은 스트레칭을 계속했다. 그리고 돌덩이를 들고 언덕을 오르기 시작했다. 서두르지도 늑장을 부리지도 않았다. 적당한 보폭으로 걸음을 내디디면서 정상이 얼마나 남았는지 조바심을 치지 않으려고 마음을 다잡았다. 대신에, 한 걸음 한 걸음이 인생의 하루 하루라고 상상해 보았다.

몸이 휘청거리면 휘청거리는 하루를 보내는 거라고 상상했다. 정말이지 그런 날이 수도 없이 많았다. 하지만 걸음을 멈추고 숨을 가다듬으며 뒤를 돌아보고는 얼마나 먼 길을 올라왔는지 퍼뜩 깨달았다. 피터의 머리를 보도에 짓찧은 이후로 사뭇 먼 길을 왔다. 돌이켜 보니 꼭 꿈을 꾼 것만 같았다. 그 순간에 입은 상처가 사라질 날이 언제 오려나 싶었다.

팔에 안은 돌덩이를 바라보았다. 순간 얼굴이 일그러졌다. 감방에서 썩고 싶은 생각은 추호도 없었다. 가슴에 돌덩이를 꼭 끌어안았다. 왜 그다지도 철없이 굴었을까. 딴사람이 될 수도 있었는데.

콜은 언덕에 올라 돌덩이를 바닥에 살며시 내려놓고는 잠자코 서 있었다. 얼마나 저주받은 인생이기에 온갖 몹쓸 짓을 저지르고 여기까지 온 걸까 하는 생각을 떨쳐 버릴 수가 없었다. 발치에 웬 돌덩이를 두고, 미니애폴리스 거리를 휘젓고 다니던 때는 감히 상상조차 할 수 없던 생각들로 가득한 채 알래스카의 바위 언덕에 홀로 서 있으니 꼭 이상야릇한 꿈을 꾸는 듯했다. 생판 딴사람이 된 느낌이었다.

느릿느릿 조상들을 떠나보낸 콜은 이제 그 돌덩이를 자신의 분노라 생각했다. 자신의 잘못을 아빠며 애먼 사람들 탓으로 돌리는 짓거리는 이제 그만둘 때가 되었다. 남을 탓하는 한 언제까지고 분노도 찰거머리처럼 들러붙어 있을 것이다. 이 돌덩이를 날려 보내는 것처럼 울분을 날려 보내야 한다. 이런 생각을 하며 무릎을 꿇고 양손을 돌덩이에 올려놓았다. 한숨을 토해 내며 돌덩이를 언덕 아래로 힘차게 밀었다.

가속이 붙은 돌덩이가 점점 더 빠르게 구르자 콜의 몸뚱이가 한결 가뿐해지더니, 쿵 소리를 내며 바닥에 떨어지는 순간 날아갈 듯 홀가분해졌다. 이제 야영지로 돌아가 가비와 에드윈에게 이야기를 들려줄 참이었다.

콜은 못 언저리로 눈길을 던지며 언덕을 내려갔다. 무언가 움직이는 기척에 눈여겨보니 거대하고 허연 어떤 것이 저 아래 키 큰 나무들 사이로 사라지고 있었다.

20

콜의 심장이 격렬하게 요동쳤다. 스피릿베어를 본 걸까?
이 섬에 녀석 말고 희고 거대한 생명체가 또 있는 걸까? 언덕
을 내려오는 동안 온갖 생각이 파도처럼 밀려들었다. 에드윈
과 가비에게 스피릿베어를 보았다고 말할까? 두 사람은 단단
히 화가 나 있을 테니 이야기를 꾸며 댄다고 할 것이 뻔하지
않은가.

야영지에 돌아와 보니 에드윈과 가비는 활활 타오르는
불가에 앉아 뜨거운 커피를 홀짝이고 있었다. 콜이 다가가 나
무토막을 잡아당겨 앉을 때까지 아무도 입을 열지 않았다. 한
동안 어색한 침묵이 흘렀다. 콜은 무슨 말인가를 해야 한다고
생각했다.

"이런 말씀 드린다고 해서 제 잘못이 가벼워지는 건 아니

지만, 버르장머리 없게 군 거 정말 죄송해요."

콜은 잠시 틈을 두었다.

"오늘 아침 돌덩이를 들고 가면서 남을 탓하는 한 영원히 분노를 극복할 수 없다는 걸 알았어요. 지난 이틀 동안 화가 난 것도 그 때문이었어요. 제가 아직도 두 분을 탓하고 있었던 거죠."

에드윈과 가비는 서로 눈길을 주고받았다.

가비가 물었다.

"오늘 아침에 그런 생각이 든 이유라도 있니?"

콜은 입술을 지그시 깨물었다.

"제가 나쁜 사람이 아니라는 걸 깨달았거든요. 세상에 나쁜 사람은 없어요. 사람들은 두려워서 나쁜 짓을 하는 거예요. 가끔은 문제를 바로잡으려고 애쓰다가 서로에게 상처를 주기도 하죠."

콜은 불꽃을 빤히 바라보았다.

"아빠가 저한테 한 짓을 생각하면 진저리가 나지만 그분도 분명히 나처럼 두려웠을 거예요. 아빠가 그럴 작정을 하고 나쁘게 군 건 아니에요. 그냥 더 좋은 방법을 몰랐을 뿐이죠."

에드윈이 말했다.

"그걸 깨달았다니 다행이구나. 하지만 이번에도 우리한테 거짓말을 하는 게 아니라고 어떻게 믿지? 네가 진짜로 달라졌다고 우리가 호락호락 믿어 줄 것 같아?"

"믿지 않으신대도 상관없어요. 저를 미니애폴리스로 데리고 가신대도 괜찮아요."

콜은 말을 하면서 목재를 덮어 둔 비닐 방수 천이 바람결에 펄럭이는 게 보이자 그리로 다가가서 방수 천을 목재 발치에 꾹꾹 쑤셔 넣었다.

에드윈이 물었다.

"미니애폴리스로 돌아갈 거라며 그건 왜 덮니?"

콜이 미소를 지었다.

"혹시 몰라서요."

"흠, 혹시 모르니 오두막을 마저 짓는 게 좋겠구나."

에드윈이 턱 끝으로 오두막을 가리켰다.

콜은 새벽녘에 떠오른 생각들을 줄줄이 늘어놓고 싶었다. 하지만 엉겁결에 "고맙습니다" 하고 내뱉고는 오두막 쪽으로 후닥닥 달려갔다.

에드윈이 중얼거렸다.

"상관없다더니 원, 수선은."

콜은 환한 얼굴로 테니스화를 신고, 장갑을 끼고, 망치를 집어 들었다. 콜은 종일토록 쉬지 않고 일했다. 땅거미가 질 무렵, 지붕을 완성했고 딱 하나 있는 창문틀을 짰다. 묵직한 문도 만들고 거기에 놋쇠 고리 돌쩌귀를 박아 넣었다. 손잡이로는 냇가 언저리에서 주워 온 사슴뿔을 달았다. 양쪽에서 빗장을 걸어 잠글 수 있도록 문에 구멍도 뚫었다. 이제 자그마한 원통형 난로만 설치하면 된다.

콜은 만족한 듯 눈을 반짝이며, 저만치 물러서서 새로 지은 오두막을 감상했다.

"어때요?"

에드윈과 가비는 작은 오두막 주변을 죽 둘러보며 꼼꼼히 살폈다.

가비가 말했다.

"음식물을 잘 관리해야 한다. 일단 난폭한 회색 곰이 마음만 먹으면 문이 아니라 어디로든 들어올 수 있으니까. 그리고 겨울이 오기 전에 틈이 없게 창틀이나 이음매를 말끔히 메우는 게 좋을 거야."

"저도 알아요. 좌우지간 제법 그럴듯한 오두막이죠?"

콜이 간절한 눈초리로 물었다.

에드윈과 가비가 동시에 미소를 지었다.

"여길 떠나도 상관없다는 사람이 만든 것치고는 쓸 만하다."

가비가 눈을 찡긋했다.

에드윈이 고개를 끄덕였다.

"무너지면 큰일이지. 내일 지붕으로 연통 내는 법을 일러주고 우리는 떠날 거야. 여름 내 가구를 짜 놓는 게 좋을 게다."

콜은 삭신이 쑤셨고, 저녁을 준비하는 내내 하품을 삼켰다. 그래도 에드윈과 가비와 함께 하는 마지막 저녁이라 특별한 음식을 장만했다. 콜은 스파게티를 끓인 다음 거기에 튀긴 양파를 얹고 후추를 뿌렸다. 소스가 보글보글 끓는 동안 지붕을 얹고 남은 양철 쇠붙이를 화덕처럼 불에 기대 놓고 반사되는 열로 비스킷을 구웠다.

가비가 물었다.

"이런 재주도 있었네?"

콜이 어깨를 으쓱했다.

"그냥 잔머리 좀 굴렸죠 뭐."

콜은 쓰고 남은 베니어판을 나무토막 위에 올려 야트막한 식탁을 만들었다. 어떻게 하면 좀 더 특별한 저녁이 될지 끊임없이 궁리하다가 텐트로 가 배낭에서 엣투를 꺼내 베니어판 위에 깔았다. 엣투는 더할 수 없이 화려한 식탁보가 되어 주었다. 마지막으로 짐 꾸러미를 뒤져 양초 하나를 찾아내 식탁 가운데 놓았다.

콜이 선언했다.

"배 터지게 드십시다! 다 함께 파티를 열어요."

거센 바람에 촛불이 자꾸 꺼졌다. 콜이 오두막으로 가서 유리로 된 램프 갓을 가져와 양초 위에 씌웠다.

그러면서 한마디 했다.

"초가 있어야 파티 기분이 나죠."

다들 스파게티와 비스킷을 먹은 후 콜은 짐 꾸러미에서 초콜릿바를 꺼내 나눠 주었다.

"보잘것없지만 제가 무척 좋아하는 거예요. 눈을 지그시 감고 천천히 입에서 녹여 보세요. 멋진 레스토랑에서 먹는 디저트 기분이 날 거예요."

가비가 말했다.

"아주 그럴듯하게 차렸구나."

에드윈이 고개를 끄덕였다.

"잘 먹었다. 그럼 오늘 밤에는 무슨 춤을 출까?"

콜이 말했다.

"스피릿베어 춤을 추면 어떨까요?"

에드윈이 호기심 어린 눈길을 보냈다.

"오늘 스피릿베어를 본 거냐?"

콜이 잠시 망설이더니 대답했다.

"거대하고 하얀 무언가가 못 근처 숲으로 사라지는 걸 보았어요."

"그게 스피릿베어였니?"

콜은 정말이지 속에 있는 생각을 툭 털어놓고 싶었다. 콜은 고개를 끄덕였다.

"곰한테 그렇게 당했는데 혼자 있어도 무섭지 않겠어?"

콜은 고개를 내저었다.

"곰은 무섭지 않지만 혼자 있는 건 무서워요."

콜은 에드윈을 보았다.

"여기 계실 때 어떠셨어요?"

에드윈은 기억을 더듬으며 꿈꾸는 듯한 눈길로 불꽃을 뚫어져라 응시했다.

"처음에는 외로워서 힘들었지. 한데, 시간이 갈수록 차츰 적응이 되더구나."

셋은 어둠이 깃들 때까지 잠자코 앉아 넋 나간 듯 불꽃을 빤히 바라보았다. 마침내 에드윈이 컴컴한 하늘을 올려다보았다.

"스피릿베어 춤을 추기에 딱 좋은 밤이로구나, 너 먼저 할 테냐?"

에드윈이 콜에게 물었다.

"생각 좀 하고요."

에드윈이 고개를 내저었다.

"춤을 추는 동안에는 네 가슴과 영혼이 말을 하는 거야. 굳이 생각할 필요가 없지. 스피릿베어를 보았다니 네가 먼저 해 보아라."

콜이 주뼛거리며 일어섰다.

에드윈이 말했다.

"우리 마을에서는 춤을 출 때면 언제나 북을 친단다. 내가 박자를 좀 맞춰 줄까?"

콜이 어깨를 으쓱했다.

"해 주신다면야 좋죠."

에드윈이 자리를 뜨더니 짤막한 나무 도막 두 개를 들고 돌아왔다. 자리에 앉아 가벼운 손놀림으로 나무 도막을 두들기기 시작했다. 마치 북을 치는 것처럼 계속 두들겼다. 둥둥 소리가 해안을 따라 물결 너머로 울려 퍼지자 콜이 몸을 들썩이기 시작했다. 콜은 이 섬에 처음 왔을 당시의 이야기를 춤으로 그려 냈다. 불가로 바짝 다가왔다가 어느새 어스름 속으로 사라졌다가 다시 나타났다 사라지기를 반복했다. 다시 모습을 드러낼 때마다 에드윈과 가비를 덮치기라도 할 기세로 점점 더 바투 다가갔다. 등을 둥그렇게 구부리고는 아무 기척도 없이 유령처럼 살금살금 움직였다.

콜은 할퀴고 차는 시늉을 하면서 냅다 불가로 달려들었다. 곰에게 짓밟히던 기억이 생생하게 되살아났다. 가지들을 움켜쥐더니 마치 뼈마디라도 되듯 우지끈 부러뜨렸다. 에드윈이 나무 도막을 두드리는 소리가 혼을 앗아 갈 것처럼 몽롱하게 들렸다. 콜은 고개를 들어 어둠 속에 침을 퉤 뱉었다. 그러더니 그 침을 핥는 시늉을 했다. 마지막으로 스피릿베어를 어루만지려는 듯 팔을 뻗쳤다. 한동안 어루만지는 시늉을 하고 있다가 일어서서 어둠 속으로 어슬렁거리며 걸어갔다.

콜이 불가로 돌아와 자리에 앉았다.

에드윈이 콜에게 나무 도막들을 건네주었다.

"훌륭한 춤이었다. 이제 네가 북을 쳐라."

서투른 솜씨였지만 콜은 에드윈이 한 것처럼 나무 도막을 일정한 박자로 두들겼다. 꼭 자신의 심장박동 소리를 듣고 있는 것만 같았다. 에드윈이 일어나서 춤을 추기 시작했다. 허공에 대고 코를 킁킁거리면서 거만한 걸음걸이로 불가를 맴돌았다. 그러더니 콜과 가비의 뒤로 느릿느릿 다가왔다. 두 사람이 에드윈을 보려고 고개를 돌리자 저만치 물러났다. 이런 동작을 연거푸 반복하자 둘이 더는 뒤를 돌아보지 않았다. 그러자 다가와 두 사람 앞에 무릎을 꿇었다. 에드윈의 춤은 이렇게 끝을 맺었다.

차례가 된 가비가 일어서자 콜은 계속해서 나무 도막을 두드렸다. 가비는 불 옆에서 잠든 것처럼 맨바닥에 그냥 드러누운 자세로 춤을 시작하더니 천천히 눈을 뜨고 일어나 앉았다. 배를 쓱쓱 문지르고 입술을 핥는 시늉으로 배고픔을 표현했다. 그러더니 일어서서 상상의 덤불에서 열매를 따 먹고, 상상의 개울에서 물고기를 잡는 시늉을 하며 불 언저리를 맴돌았다. 얼마 후, 배를 불룩 내밀고 벅벅 긁으면서 배부른 시늉을 해 보였다.

콜은 보호관찰관의 연기에 웃음보를 터뜨리고 말았다. 이 사람이 미네소타에서 그렇게도 넌더리를 내던 바로 그 사람이라니. 이런 사람을 어떻게 미워할 수 있었을까?

가비는 화들짝 놀란 시늉을 하며 빙그르르 돌더니 에드윈과 콜을 빤히 쳐다보았다. 가비는 경계심을 늦추지 않고 주춤주춤 다가왔다. 콜을 바라보고는 입술에 손가락을 갖다 댔다. 콜은 북을 치던 손을 멈추었다. 정적이 흐르는 가운데, 가비가 한 발짝도 못 되는 곳까지 다가와 멈췄다. 발가락을 매만지는 것처럼 가만히 몸을 구부리더니… "우왁!" 고함 소리와 함께 몸을 벌떡 일으키면서 팔을 쭉 뻗었다.

에드윈이 소스라치게 놀라 뒤로 벌렁 나자빠지는 바람에 깔고 앉았던 나무토막이 저만치 나뒹굴었다. 콜도 어찌나 놀랐던지 간이 콩알만 해졌다. 가비가 배꼽을 쥐고 웃었고 급기야 눈물이 볼을 타고 주르륵 흘러내렸다.

"꼭 심각한 춤만 추라는 법은 없잖아. 재미있는 춤도 춰야지. 아니면 흥겨운 축제 분위기를 돋우던지."

"순 엉터리!"

콜이 웃음을 삼키며 내뱉었다. 정신을 가다듬고 난 콜이 실실 웃음을 흘렸다.

"두 분이 추는 춤 모두 무슨 의미인지 이해하겠던데요."

가비도 한마디 했다.

"우리도 네 춤을 이해했단다."

셋은 다시 한번 불꽃을 응시하며 생각에 잠겼다. 마침내 에드윈이 일어섰다.

"이제 가서 좀 자야지. 내일이면 새로운 여정이 시작될 테니."

이튿날 콜이 못으로 가려고 일어났을 때 에드윈과 가비도 따라나섰다.

"우리가 함께 가도 되겠니?"

가비가 허락을 구하듯 물었다.

"대환영이죠."

새벽 하늘이 밝아 오는 가운데 셋이 나란히 걸어갔다. 콜은 기껏해야 네 번째 방문이었지만 자랑스레 선두에 서서 못으로 가는 길을 안내했다. 목적지에 다다랐을 때도 머뭇거리는 기색이 전혀 없었다. 옷가지를 훌훌 벗고서 차디찬 물속으로 성큼성큼 걸어 들어갔다. 가슴 높이로 물이 차오를 때까지는 숨을 삼키는 게 좋다는 걸 심호흡을 하면서 터득했던 터였다.

에드윈과 가비가 물속으로 들어올 즈음 콜은 벌써 바위에 앉아 있었다. 물속에 몸을 담그며 에드윈은 아무런 내색을 하지 않았지만, 가비는 차디찬 물에 몸을 움찔거렸다.

가비가 숨을 헐떡이며 말했다.

"두 사람이 왜 아침마다 여길 못 와서 그렇게 안달인지 이제야 알겠군."

콜이 의기양양하게 말했다.

"올 때마다 점점 더 수월해져요."

"그걸 깨달을 새도 없이 떠나야 하니 심히 아쉽구먼."

가비가 익살스레 말했다.

셋은 잠자코 앉아서 좁다란 골짜기로 물줄기가 쏟아져 나오는 상류 쪽을 바라보았다. 옅은 안개가 수면에 희끄무레하게 어려 있었다. 콜은 눈을 감고 옆에 있는 두 사내가 아예 없는 셈 치기로 했다. 다른 사람과 함께 있으니 왠지 기분이 나질 않았다. 아닌 게 아니라 이 못도 혼자 있을 때라야 비로소 특별한 장소가 되는 것이었다. 콜은 다시금 몸뚱이가 싸늘하게 마비되기 시작하자 심호흡을 했다. 에드윈과 가비가 있는지 보려고 슬그머니 눈을 뜨다가, 감이 오면 일어나야 한다는 사실을 퍼뜩 떠올렸다.

마침내 그 순간이 왔다. 마지막으로 심호흡을 한번 하면서 콜은 눈을 뜨고 바위시렁에서 미끄러지듯 나아갔다. 에드윈과 가비는 여전히 눈을 감고 있었지만, 콜은 남의 눈치를 보느라 뭉그적거릴 필요는 없지 싶었다. 기슭에 다다르자 수건으로 물기를 닦았다. 옷을 반쯤 입었을 즈음 에드윈과 가비가 물에서 나왔다.

콜이 너스레를 떨었다.

"자, 오늘 아침에는 누가 조상바위를 지고 가실 건가요?"

에드윈과 가비가 웃음기 없는 눈초리로 콜을 빤히 쳐다보았다.

콜이 말했다.

"에이, 그냥 농담 한마디 한 걸 갖고. 제가 들고 갈 거예요."

일행이 언덕에 올라 분노를 굴릴 즈음 태양이 구름 사이로 찬란한 빛을 발하고 있었다. 셋은 마치 오래된 친구처럼 농담을 하며 야영지로 돌아왔다. 누가 이 아침이 콜이 1년 동안의 유배를 시작하는 날이라고 생각할 수 있겠는가.

지붕 너머로 연통을 설치하는 방법을 일러 주고 나서 에드윈과 가비는 떠날 채비를 했다. 셋은 텐트를 걷고 보트에 짐을 실었다. 여전히 쾌활하게 농담을 주고받으며 우스갯소리를 지껄였다. 마침내 모든 준비가 끝나자 동시에 농담도 딱 멎었다. 가비가 작은 꾸러미를 꺼내 콜에게 주었다.

콜이 열어 보니 가죽 칼집에 들어 있는 큼직한 사냥용 칼이었다.

"고마워요."

가비가 말했다.

"그 칼은 목숨과도 같은 거야. 너를 파괴할 수도 있고 치유하게 도울 수도 있어."

"칼이 어떻게 치유를 돕죠?"

"그걸로 조각을 한번 해 보아라. 나무에 깃들어 있는 진리를 발견한다면 네 속에 깃든 진리도 발견할 수 있을 거야. 그게 너를 치유하게 도와줄 거야."

에드윈이 사려 깊게 말했다.

"하지만 한 가지를 발견하지 못한다면 완전한 치유는 결코 이룰 수 없지."

"그게 뭔데요?"

에드윈의 입가에 보기 드문 미소가 번졌다.

"말해 주면 네가 그걸 발견할 수가 없잖니."

에드윈과 가비가 알루미늄 보트에 오르자 콜이 외쳤다.

"점화플러그 꽂는 거 잊지 마세요."

"이틀 전에 꽂아 둔걸."

에드윈이 시동 로프를 힘껏 당기면서 말했다. 생기를 되찾은 모터가 요란하게 쿠르릉거리는 동안 콜이 뱃머리를 밀어 주었다.

에드윈이 외쳤다.

"며칠 있다가 들르마."

"잘 지낼 테니 아무 걱정 마세요."

정말이지 잘 지내야 할 텐데 하고 간절히 기원하며 콜이 소리쳤다. 콜은 작은 보트가 시야에서 사라질 때까지 바라보았다. 해안에 홀로 서 있으니, 먼젓번 저 보트가 사라지는 것을 지켜보며 설움에 북받쳤던 기억이 새록새록 떠올랐다. 이번에는 오로지 두려움만 물밀 듯이 밀려왔고 그 감정을 아무저항 없이 순순히 받아들였다. 손바닥에 땀이 흥건했고 목구멍이 바짝 죄어들었다. 이번에도 일을 그르친다면 정말이지 끝장이다.

21

에드윈과 가비가 떠난 뒤, 콜은 낮에는 숨 돌릴 새도 없이 바쁘게 하루하루를 보냈다. 어차피 이 섬에서 1년을 보낼 바에야 짐승처럼 지낼 생각은 추호도 없었다. 아침마다 못에 몸을 담그고 조상바위를 날랐다. 오후에는 야영지를 그럴듯하게 꾸몄으며 밤이 되면 누가 업어 가도 모를 정도로 곯아떨어졌다.

에드윈이 다시 방문할 즈음에는 식탁과 의자, 챙겨서 갖고 온 구닥다리 매트리스를 고정할 침대 틀을 만들었다. 바다에서 건진 나무며 못이며 오두막을 짓고 남은 널쪽으로 가구를 짰다. 땔감도 한 무더기 장만했는데, 작은 톱과 손도끼로 나무를 잘게 패서 오두막 한구석에 차곡차곡 쌓아 올렸다. 그 꼭대기에 굴러다니는 베니어판 조각을 얹고 방수포를 씌웠다. 숲에 구덩이를 깊게 파서 화장실로 쓰기로 했다. 구덩이가 가득 차면 흙으로 덮고 새로 팠다. 이 화장실을 겨울에 쓸 생각을 하니 눈앞이 캄캄했다.

첫 방문 때 에드윈은 말을 거의 하지 않았다. 그저 땔감이며 가구를 흐뭇한 눈길로 바라보았다.

떠나려고 보트에 오르며 에드윈이 말했다.

"가비는 미니애폴리스로 돌아갔다. 네 걱정을 많이 하더라."

"혹시 연락하실 기회가 있으면 주신 칼 정말 잘 쓰겠다고 다시 한번 전해 주세요. 특별한 걸 조각할 참이거든요."

"뭔데?"

콜이 어깨를 으쓱했다.

"아직 잘 모르겠어요."

에드윈이 모터를 작동시키고 해안에서 멀어지면서 작별의 손을 흔들었다.

콜은 다시금 보트가 시야에서 사라질 때까지 바라보았다. 나흘 전에 맛보았던 사무치는 외로움과 두려움 따위는 이제 없었다. 힘겹기는 해도 그럭저럭 버틸 수 있을 듯싶었다. 콜은 오두막으로 돌아가는 대신에, 산책도 하고 사색도 할 겸 해안으로 발길을 돌렸다.

야영지에서 1킬로미터쯤 벗어난 해안 기슭 풀밭을 어슬렁거리다 큼직한 통나무 앞에 이르렀다. 전봇대처럼 미끈하게 뻗은 통나무인데 비바람에 시달려 표면이 만질만질하게 닮았다. 길이는 6미터 남짓 되고 굵기는 거의 60센티미터는 돼 보였다. 대체 얼마나 강력한 폭풍이기에 이렇게 큰 통나무를 만조선에서 무려 4미터나 실어 나를 수 있었을지 헤아려 보았다. 그런 위력을 발휘할 만한 폭풍이 뇌리 속에 너무도 또렷이 자리 잡고 있었다.

콜은 커다란 통나무를 살펴보다가 한 가지 묘안을 떠올렸다. 드레이크의 들판에 빽빽하게 들어차 있던 토템 기둥이 생각났던 것이다. 거기에는 대개 엣투에 새겨진 토템 무늬와 같은 동물 문양이 새겨져 있었다. 그 무늬가 무엇을 의미하는지는 몰랐지만 자신의 토템을 새겨 보는 것도 괜찮을 듯싶었다. 콜은 통나무를 유심히 살펴보았다. 불현듯 이 정도 통나무라면 딱 쓸 만한 데가 있는데 하는 생각이 들었다. 그러기가 무섭게 머리칼이 쭈뼛 곤두서는 바람에 그 생각을 떨쳐 내려고 고개를 가로저었다. 설령 토템을 조각한다 해도 이 무지막지하게 큰 나무를 어떻게 옮기나?

콜은 야영지로 가서 밧줄을 가지고 왔다. 통나무 양 끄트머리에 그 밧줄을 따로따로 묶었다. 그러고는 밧줄을 한꺼번에 잡고 힘껏 끌어 통나무를 자갈밭 아래로 굴려 물속으로 미끄러뜨렸다. 물속에 두둥실 떠 있는 통나무를 보니 방금 머리칼을 곤두서게 했던 그 생각이 다시금 고개를 들었다. 이 통나무로 카누를 만들면 딱 좋겠는데, 그러면 쥐도 새도 모르게 탈출할 수 있을 텐데.

콜은 해안선을 따라 밧줄을 끌어당겼고 그 밧줄을 따라 수면에 떠 있는 통나무가 끌려왔다. 해가 기울 때까지 두 시간 넘게 밀고 끌고 씨름을 해서 자갈밭 위로 굴려 드디어 불가로 가져갔다. 일을 마쳤을 즈음에는 사방이 칠흑같이 어두웠다.

오두막에 램프를 켜고 샌드위치를 만든 콜은 문간으로 가서 커다란 통나무를 물끄러미 내다보다가 침대 속으로 기어들었다.

한참 동안 잠을 이루지 못했다. 선잠이 들기도 했지만 내내 뒤척였다. 어느덧 날이 밝아 오는데도 정신을 차릴 수 없어 마냥 이불 속으로 파고들었다. 그깟 하루쯤 못에 안 간다고 별 탈 있으랴 싶었다.

마침내 침대에서 억지로 몸을 일으켰을 때는 태양이 수평선 위로 높이 솟아 있었다. 콜은 눈을 게슴츠레하게 뜨고 하품을 하고는 시리얼을 먹으며 줄곧 그 통나무를 쳐다보았다. 카누를 만든다고 꼭 탈출할 마음을 먹었다고 할 수는 없어, 낚시할 때 써도 되잖아, 혼잣말을 했다. 하지만 뻔한 거짓말이라는 걸 콜 자신도 알고 있었다. 시리얼을 먹고 나서 통나무 쪽으로 걸어갔다. 손도끼를 힘껏 내리쳐 뱃머리 모양을 만들었다. 이른 오후, 동그랗던 통나무 밑동이 얼추 판판하게 다듬어졌다. 콜은 틈틈이 쉴 때마다 분노가 솟구치는 것을 느꼈다. 그럴 때면 등에며 모기를 찰싹찰싹 때려잡는 것으로 분풀이를 했다. 다시는 저 코딱지만 한 흡혈귀 녀석들한테 시체처럼 속수무책으로 당하고만 있지는 않을 것이다.

　머리 위로 한 쌍의 독수리가 물고기를 낚아채려고 물가를 부지런히 맴돌았다. 갑자기 한 녀석이 쏜살같이 곤두박질 쳤다. 녀석은 날카로운 발톱으로 수면을 휙 낚아채더니 팔딱거리는 커다란 물고기를 거머쥐고 하늘로 날아올랐다. 콜은 손도끼를 만지작거리면서 그 광경을 물끄러미 지켜보았다. 에드윈과 가비가 떠나고 오늘 처음으로 분노를 느꼈다. 못에 가지 않은 것도 오늘이 처음이다. 콜은 나무 부스러기에 침을 탁 뱉었다. 잠을 설쳐서 그런 거야, 혼잣말을 했다.

　이것 또한 새빨간 거짓말이다. 토템 조각 대신 카누를 만들 마음을 품었기 때문에 잠을 이루지 못한 것이다. 콜은 한숨을 푹 쉬면서 손도끼를 들어 통나무 한복판을 내려치기 시작했다. 빙 둘러 홈이 깊숙이 파이도록 도끼질을 되풀이했다. 한번 내려찍을 때마다 분노가 꼬리를 감추는 듯 속이 후련했다.

　더는 통나무로 카누를 만들 수 없게 되자 가비가 준 칼을 뽑아 들고는, 푹 팬 홈을 독수리 대가리 모양으로 깎고 다듬었다. 조각을 하는 동안 자신이 본 독수리를 떠올렸고 무엇이 독수리들을 그토록 당당하고 막강한 사냥꾼이 되게 하는 건지 헤아려 보았다. 콜은 어둠살이 내릴 때까지 일손을 놓지 않고 작업을 계속했다.

　콜은 저녁을 먹고 치운 다음 구덩이에 화톳불을 피웠다. 불꽃이 활활 타오르기를 묵묵히 기다리다가 독수리 춤을 추었다. 양팔을 날개처럼 활짝 펼친 채 좌우로 기우뚱거리며 비상하는 듯 불가를 맴돌았다. 오늘 밤에는 바람을 타고 드높이 날아올라 독수리의 눈으로 세상천지를 바라보리라.

콜은 한바탕 춤을 추고 불가에 있는 나무에 앉아 숨을 돌렸다. 아직도 높은 하늘을 훨훨 날며 발아래 풍경들을 굽어보고 있는 것만 같았다. 언제까지나 독수리의 품성을 마음 한구석에 간직하고 살 수 있다면 얼마나 좋을까 싶었다. 멀찌감치 떨어져서 전혀 다른 눈으로 인생을 바라보며 당당하고 강인하게 살 수는 없을까? 콜은 타오르는 불꽃을 하염없이 바라보다가 이슬비가 내리자 그제야 오두막으로 들어갔다. 춤을 춰서 그런지 쿡쿡 쑤시던 엉덩이며 팔의 통증이 좀 덜한 것 같았다. 그날 밤엔 깊은 잠에 빠져 새처럼 높이 비상하는 꿈을 꾸었다.

이튿날 아침 콜은 일찌감치 눈을 떠 못에 몸을 담그러 갔다. 돌덩이를 들고 언덕을 오르는 동안 못에 오기를 참 잘했다는 생각이 들었다. 혹시 스피릿베어가 있나 싶어 주위를 두리번거렸으나 아무것도 눈에 띄지 않았다. 섬에 돌아온 이래 스쳐 가는 것을 딱 한 번 보았을 뿐이다.

에드윈이 다시 찾아왔다. 콜이 에드윈과 소형 보트를 자갈밭 위로 끌어올리면서 물었다.

"웬일인지 여기 와서 스피릿베어를 한 번밖에 보지 못한 거 있죠? 흔적은 사방에 널려 있는데 통 눈에 띄지를 않네요.
저번에는, 특히나 만신창이가 된 다음에는 몇 번을 봤는데요."

에드윈은 묵직한 짐 꾸러미를 들고 오두막으로 갔다.

"녀석이 처음에 나타난 건 호기심 때문일 테고, 네 몸이
만신창이가 된 다음에는 녀석의 눈에 네가 보이지 않았겠지."

"보이지 않다니 그게 무슨 말이에요?"

이 말에 아무 대꾸도 하지 않고 에드윈이 말머리를 돌렸다.

"학교 과제물은 다 끝냈니?"

콜은 고개를 끄덕이며 완성한 과제물을 건네주었다.

"혹시 우편물 온 거 있어요?"

에드윈은 외투 주머니에 과제물을 둘둘 말아 넣었다.

"있어, 하지만 네가 바깥세상과 접촉하지 못하게 우리가
통제해야 한다. 한데 이것만은 말해 줄 수 있다. 가비가 그러
는데 네 엄마가 거의 매일 네 안부를 묻더란다."

콜은 북받쳐 오르는 눈물을 애써 삼켰다.

"저도 엄마가 그리워요. 아빠는 어떠세요?"

에드윈이 어깨를 으쓱했다.

"체포한 날 바로 변호사가 네 아빠를 석방시켰단다. 감옥
에서 단 하루도 머물지 않았지."

"제가 아빠랑 다시 살아야 하나요?"

"나는 그 질문에는 대답할 수가 없다."

"피터는 좀 어때요?"

"별로 좋지 않아. 가비가 그러는데 우울증이 점점 더 심해진다더구나."

"어떻게든 그 애를 돕고 싶어요."

에드윈은 고개를 돌려 콜을 유심히 보았다.

"네가 차츰 치유의 비밀을 이해하는 길로 접어드나 보다."

야영지로 향하던 에드윈은 콜이 새기고 있는 토템을 발견하고는 그것을 보러 가까이 갔다. 대뜸 뾰족하게 깎아 놓은 통나무 밑동을 찬찬히 살펴보고는 반쯤 새긴 독수리로 시선을 옮겼다. 목소리가 딱딱했다.

"카누를 만들려다 만 모양이구나."

콜이 발치를 빤히 내려다보면서 기어들어 가는 소리로 말했다.

"카누를 만들려다가 이래서는 안 되겠다 싶어 홈을 깊게 파 버렸어요, 딴맘 먹지 못하게요. 독수리를 새기기 시작하면서 비로소 잠을 푹 잘 수 있었어요."

콜은 독수리 춤을 추었고 그 춤에서 얻은 교훈이 무엇인지를 들려주며 이야기를 마무리했다.

"괘씸한 녀석이라고 생각하시죠?"

"카누 대신 토템을 새기고 솔직하게 이야기를 해 줘서 되레 흐뭇하구나."

콜이 잠시 틈을 두었다.

"그 하나를 발견할 때까진 완전한 치유가 어렵다고 하셨잖아요. 그게 뭔지 말씀해 주실 수 있어요? 이러다가 치유고 뭐고 물 건너가는 게 아닌가 싶어 조바심이 나요."

에드윈이 고개를 내저었다.

"때가 되면 그게 뭔지 알게 될 게다."

"그럼 이것만 말씀해 주세요. 토템은 뭣에 쓰는 거예요?"

에드윈이 설명해 주었다.

"그것들은 역사를 전해 주는 거야. 이야기를 들려주기도 하고."

"그런데 어째서 거의 다 동물이에요?"

"동물은 그냥 상징일 뿐이다. 틀링깃 종족은 두 무리로 나뉘어 있지. 큰까마귀 종족과 늑대 종족으로. 서로 친숙한 구성원들끼리 더 작은 씨족을 이루지. 나는 킬러 고래족이지."

"저는 인디언이 아니잖아요. 그럼 토템을 조각할 수 없나요?"

에드윈은 껄껄 웃었다.

"인디언들만 나무를 죄다 차지하고 조각하라는 법은 세상 어디에도 없다. 하고 싶으면 누구든 조각할 수 있지. 네 토템은 네가 들려주는 이야기이자, 네가 이룬 업적이자, 네 흘러간 과거란다. 모든 사람이 저마다의 이야기를 가지고 있지. 그것이 바로 조각을 하는 이유야. 춤을 추는 이유이기도 하고. 그것이 사는 이유이기도 하지. 바로 자신의 이야기를 발견하고 창조해 내는 것 말이다."

잠자코 듣던 콜이 말했다.

"저는 아직 그럴듯한 이야기를 만들어 내지 못했는데요. 지난주에 분노의 춤을 추려고 별의별 짓을 다 했는데 왠지 어색했어요, 꼭 억지로 쥐어짜 내는 것처럼."

"준비가 되면 그 춤도 출 수 있을 거야."

"언제쯤이면 그렇게 될까요?"

"때가 되면 알게 될 거다."

22

에드윈이 떠난 후 콜은 한나절 내내 조각을 하면서 보냈
다. 느닷없이 비가 억수같이 쏟아지는 바람에 통나무를 오두
막 가까이로 굴려야 했다. 오두막 벽에 걸어 두었던 방수 천
을 바닥에 깔고 조각을 계속했다. 어둠이 깃들 무렵, 독수리가
완성되었다. 다음번에는 늑대를 조각해야겠다고 마음을 먹
었다.

이튿날 아침 못에 다녀와서 냇가에서 옷을 빨았다. 오두
막에 있는 난로에 불을 때고 방을 가로질러 임시로 쳐 놓은 빨
랫줄에 옷가지를 널었다. 바깥에 널어놓았다가는 언제 마를
지 모를 노릇이었다.

그날 오후 콜은 자신의 모습이 보이지 않게 하려고 별의
별 짓을 다 해 보았다. 차디찬 냇물로 뽀드득 소리가 나게 몸

을 씻고 빨아 놓은 옷을 입었다. 심지어 인간의 체취를 없앤답시고 향긋한 히말라야삼나무 가지를 몸뚱이에 문댔다. 그러고는 해안 일대를 구석구석 살펴볼 수 있는 후미 어귀로 갔다. 두 개의 큼직한 바위 틈새에 막무가내로 몸을 비집고 들어가 옴짝달싹도 하지 않고 앉아 있었다.

두 시간을 기다렸지만 눈에 띄는 게 없었다. 풀이 죽어 이번에는 숲으로 발길을 돌려 울창한 덤불 속에 숨었다. 바다표범과 갈매기와 독수리로 해안은 차츰 활기를 되찾았지만 곰은 보이지 않았다. 결국은 뼛속까지 꽁꽁 얼어붙은 몸을 이끌고 간신히 야영지로 돌아왔다.

에드윈이 방문하기 전에 보이지 않는 법을 알아내려고 온갖 노력을 기울였지만 성과가 없었다. 어느 날 아침, 콜이 못에 앉아 있는데 비버가 주변을 빙글빙글 맴돌았다. 처음에는, 그 큼직한 동물이 차츰 가까이 다가오면서 물 표면에 아롱지는 V 모양의 잔물결만 눈에 띄었다. 콜은 마음을 비우고 심호흡을 하면서, 꼼짝도 하지 않고 앉아 있었다. 그러다가 갑작스레 손을 뻗어 녀석을 움켜쥐려고 했다. 비버는 물속에서 발버둥을 치더니 꼬리로 요란스레 철썩 내려치고서 자취를 감추었다.

그때가 비버가 가장 가까이 다가온 순간이었다. 콜은 비버를 배신한 게 못내 미안했다. 그러자 자연스레 자신이 얼마나 많은 사람에게 똑같은 짓을 했는지 곱씹어 보게 되었다. 그날 밤에는 비버 춤을 추었다. 비버에게서 끈기와 인내와 재주를 배웠다. 비버란 녀석은 오로지 앞니를 사용해 한 번에 한 그루씩 갉고, 한 그루씩 물속으로 끌고 가지만 그 나무들이 결국은 강 전체를 막는 든든한 댐이 된다.

이튿날 콜은 비버의 머리통을 새기기 시작했다. 비버가 가르쳐 준 교훈을 되새기려고 애썼지만 어설프기 짝이 없는 조각 솜씨 때문에 차츰 의욕을 잃었다. 콜이 새긴 비버 머리통은 꼭 찌그러진 두꺼비 같았다. 그래도 조각하는 손을 놓지 않았다.

다가오는 여름에 봄이 자리를 내주면서 바람이 한결 따스해졌다. 새파란 하늘에 구름 한 점 없는 날도 간혹 있지만 이슬비가 내리고 눅눅한 날이 많았다. 이토록 진저리 나게 비가 많이 내리는 곳은 난생처음이다.

미니애폴리스에 있을 때만 해도, 섬에 혼자 있으면 빈둥거릴 시간이 차고 넘치겠지 싶었다. 하지만 실상은 영 딴판이었다. 날마다 요리하랴, 조각하랴, 못에 들어갔다 나오랴, 낚시하랴, 조상바위 들어 나르랴, 빨래하랴, 숙제하랴, 장작 패랴, 정말이지 하루가 눈코 뜰 새 없이 바빴다. 무뎌질 새가 없이 날카롭게 손질된 칼이며 손도끼 날을 볼 때마다 콜은 가슴 한구석이 뿌듯했다. 숱한 밤을 침대에 걸터앉아 납작한 돌에 갈았던 것이다.

스피릿베어의 자취를 찾아다니는 일도 게을리하지 않았지만, 곰은 여전히 나타나지 않았다. 밤마다 분노의 춤을 추려고 감정을 아무리 불어넣어도 헛수고였다. 그로부터 몇 주가 지났는데도, 분노의 토템을 새기려고 밑동에 남겨 놓은 널찍한 자리는 여전히 비어 있었다.

하루는 콜이 에드윈을 붙잡고 넋두리를 늘어놓았다.

"저는 보이지 않으려고 별짓을 다 해 봤어요. 숨기도 하고 인간의 체취를 없애 보려고도 했어요. 이래도 안 나올 테냐 싶어서 히말라야삼나무 가지며 재를 몸뚱이 구석구석 문지르기도 했는데 스피릿베어는 코빼기도 안 보이네요."

에드윈이 떠나려고 소형 보트에 오르며 말했다.

"네가 아직 보이지 않는 경지에 이르지 못했나 보구나. 그래 분노의 춤은 추었니?"

콜은 고개를 설레설레 저었다.

에드윈은 로프를 당겨 엔진을 작동시키고는 콜에게 너무 바짝 붙어 있지 말고 기슭으로 물러가라는 시늉을 했다.

틀링깃 노인이 물살을 가르며 저만치 사라지는 것을 지켜보는 동안 콜은 이제 다시 혼자구나 싶었다. 에드윈은 이번에는 짐 꾸러미를 내려놓기 무섭게 떠났다. 마음이 변한 걸까? 화라도 난 걸까? 콜은 야영지로 돌아와 남은 시간 내내 조각을 하며 보냈다. 조각을 하는 동안 두 가지 질문이 계속 맴돌았다. 치유를 돕는다는 한 가지는 도대체 뭘까? 그리고 어떻게 하면 보이지 않게 할 수 있는 것일까?

콜은 여전히 불쑥불쑥 치밀어 오르는 분노를 피해 달아나느라 몸부림을 쳤다. 그것은 도무지 납득할 수 없는 이유들로 불현듯 되살아나곤 했다. 이런 순간이 오면 으레 재미있고 기분 좋은 일들을 떠올려 보았다. 하지만 갖은 노력을 기울여도 여전히 분노의 춤을 출 수가 없었다. 풀이 죽어 불가에 한참을 앉아 있노라면 울분이 북받쳤지만 막상 춤을 추려면 순식간에 사그라들고 말았다.

하루는 조상바위를 들고 언덕을 오른 콜이 분노를 굴려버리고는 그대로 주저앉아 생각에 잠겼다. 상처를 입고 누워 있을 때 왜 스피릿베어가 나타났을까? 못에 있던 비버랑 물고기는 왜 그렇게 바짝 다가왔던 걸까? 보지 못했을 리가 없는데 말이다. 그리고 곰은 왜 다시 나타나지 않는 거지? 어찌나 머리를 쥐어짰던지 골머리가 다 지끈거렸지만 해답의 실마리는 보이지 않았다. 도무지 모를 일이었다. 시무룩해진 콜은 야영지로 돌아와 남은 하루를 보냈다.

그날 밤 여느 때처럼 잠자리에 들었다가 이른 새벽에 침대가 들썩거릴 정도로 갑작스럽게 자리를 박차고 일어났다. 보이지 않는 법을 알아냈던 것이다.

23

보이지 않으려면 마음을 비워야 한다. 그것이 비결이다. 콜은 어스름 속을 빤히 응시했다. 차가운 못에서 마음은 거의 몰아의 경지에 이르렀다. 물고기며 비버가 멋모르고 바투 다가왔다가 콜이 해칠 마음을 품기 무섭게 사라졌다. 스피릿베어를 어루만지던 바로 그날 그는 초주검이 되었던 터라, 녀석을 때려눕히겠다는 생각 따위를 품고 말고 할 경황이 아니었다. 보이지 않는다는 것은 투명인간처럼 몸뚱이가 감쪽같이 사라지는 걸 의미하는 게 아니었다. 보이지 않는다는 것은 감지되거나 느껴지지 않는다는 것을 의미했다.

콜은 이런 발견에 고무된 채 깊은 상념에 젖어들었다. 인식할 수 있는 사고의 범주를 초월하는 본능과 감각의 세계에 동물들이 존재한다면, 인간은 어떻게 그 소란스럽고 숨쉴 틈없이 분주하게 돌아가는 광포한 세계에서 살아남을 수 있는 것일까? 얼마나 많은 사람이 마음을 비우고 차분하게 가다듬지 못해 그 세계를 경험할 수 있는 기회를 놓치는 걸까? 작은 오두막의 시커먼 천장을 빤히 올려다보는 콜의 머릿속에 이런저런 생각이 물밀듯이 밀려들었다. 날이 샐 때까지 기다리고 있으려니 좀이 쑤셨다.

이윽고 동이 트자 못으로 가는 대신 후미 어귀로 산책을 나갔다. 두툼한 스웨터와 헐렁한 비옷 말고는 아무런 준비도 하지 않았다. 하염없이 내리는 이슬비와 찬 기운은 이제 일상사가 됐다. 걸어가는 동안 콜은 자신을 둘러싸고 있는 풍경에 시선을 붙박았다.

파도가 심호흡을 하듯 리듬에 맞춰 넘실대고, 안개비가 해수면을 토독토독 두드리고, 뭉게구름이 안개처럼 낮게 드리워 있고, 안개에 가려 아스라이 사라져 가는 환상 속의 길처럼 끝도 없이 뻗은 해안선을 따라 반질반질 닳은 돌멩이들이 숱하게 늘어서 있었다. 해안선을 따라 어슬렁어슬렁 거니는 동안 자신도 그 풍경의 한 부분이 된 듯싶었다.

목적지에 다다라 바위 틈바구니에 생긴 천연 안장에 자리를 잡고 앉아 기슭에 있는 작고 흰 돌멩이에 시선을 고정하고 심호흡을 했다. 스피릿베어를 보려면 마음을 말끔히 비우고, 눈앞에서 사라지는 게 아니라 자신을 송두리째 버려서 보이지 않게 해야 한다.

콜은 비옷에 달린 두건을 벗어 머리며 감각들에 신선한 기운을 불어넣었다. 싸늘한 이슬비에 머리칼이 촉촉이 젖고, 작은 물방울이 어느새 이마와 뺨을 타고 흘러내렸다. 눈을 감자 작은 물방울이 얼굴을 따스하게 적셨다. 그 물방울은 언뜻 분노와 두려움이 쏟아 내는 눈물 같았다. 그러고 나서 자신을 둘러싸고 있는 세계의 리듬, 시간의 흐름이 사라져 버린 무한한 리듬을 느끼면서 숨을 깊이 들이마셨다. 과거, 현재, 미래가 뭉뚱그려 한 덩어리가 되었고, 뺨을 타고 흘러내리는 작은 물방울이 땅에 떨어지면서 엄마의 품인 대지 속으로 녹아들었다.

눈을 뜨자 마치 깊은 잠에서 깨어난 것 같았다. 돌맹이들이 자욱한 안개 속으로 사라져 버린 해안선 저 아래 하얀 물체가 나타났다. 보이는 것들이 희미하게 사라져 보이지 않게 된 바로 그곳에 스피릿베어가 서 있는 것이 또렷이 보였다. 곰은 지그시 콜을 응시하고 있었다.

그렇게 서로 지그시 마주 보는 동안에는 시간이라는 것이, 심지어 현재조차 존재하지 않았다. 콜은 더 이상 미네소타 주의 미니애폴리스에서 온 비행청소년, 콜 매슈스가 아니었다. 대신 시작도 끝도 없이 영원히 존재하는 자연의 일부분이었다. 빗방울이 이마에서 뺨과 입술을 타고 흘러내리는 것처럼, 해안가를 따라 줄지어 늘어선 돌덩이를 타고 빗줄기가 흘러내렸다. 그 바람에 시야가 뿌옇게 흐려져 눈을 깜빡였다.

스피릿베어가 사라졌다.

곰과 마찬가지로 자연의 일부가 되었던 터라, 이제는 곰이 여전히 마음속에 자리하고 있는 것만 같았다. 콜은 곰의 따스한 기운을 느끼며 눈을 감았다.

다시 눈을 떴을 때는 시간이 얼마나 흘렀는지 종잡을 수가 없었다. 콜은 느릿느릿 일어나 야영지로 향하는 해안선을 따라 발길을 돌렸다.

그날 밤은 여느 날보다 훨씬 커다랗게 불을 피웠다. 그리고 특별한 저녁을 마련했다. 끓는 물에 정확한 양의 양념을 넣고 스파게티 국수를 조심스레 넣었다. 정성들여 휘저으며 소스를 끓였다. 먹을 때도, 이생에서 드는 최후의 만찬이라도 되는 양 맛을 음미하면서 천천히 먹었다. 저녁을 먹고는 설거지를 하고 식탁보 삼았던 엣투를 공들여 말았다.

에드윈은 끼니마다 맛을 음미하면서 먹어야 한다고 말했지만, 오늘 밤은 퍽이나 특별한 날이었던 터라 갑절의 노력을 기울였다. 오늘 보이지 않는 방법을 알아냈고, 이제 비로소 분노의 춤을 출 준비가 된 것이다. 콜은 다시 불을 조심스레 쑤석거리고, 불꽃과 자신의 감성이 온전히 되살아나기를 기다리며 잠자코 앉아 있었다.

불꽃이 드높이 치솟자 콜은 일어섰다. 느닷없이 목구멍에서 소름 끼치는 비명이 쏟아져 나왔다. 그 소리가 해안가와 나무숲 사이로 잦아드는 동안 춤을 추었다. 마구 휘돌고 정신

없이 질주하면서, 오두막 언저리 빈터를 가로질러 내달리다
가 호젓하게 서 있는 나무와 맞닥뜨렸다. 그 나무는 잔가지들
만 볼품없이 늘어진 키 큰 히말라야삼나무였다. 콜은 단단한
몸통 앞에서 어깻죽지에 잔뜩 힘을 넣고 후려갈길 기세로 주
먹을 불끈 쥐었다. 이 나무는 감히 콜을 얕잡아 보았다. 콜이
스피릿베어에게 대들었던 것도 그래서였다. 거만하게 우뚝
버티고 서 있는 꼴이 콜의 심기를 건드렸던 것이다.

"저리 비켜."

나무를 후려갈길 기세로 주먹을 휘두르면서 호통을 쳤
다. 길을 가로막지 말고 당장 꺼지라고 연거푸 호통을 쳤다.
나무가 끄떡없자 몸통 바로 앞에 주먹을 내뻗더니 사납게 흔
들어 댔다.

"비키지 못하겠어! 그냥 안 둔다!"

여전히 나무가 꿈쩍을 하지 않자 온갖 욕지거리를 퍼붓
고 막말을 뇌까리며 야트막하게 늘어진 가지를 와락 움켜쥐
었다.

가지들이 우두둑 부러졌다.

콜은 하염없이 춤을 추었다. 돌덩이들과 하늘과 물에 욕
설을 퍼붓고 어둠 속에 있는 상상의 적을 향해 발길질을 하고
주먹을 휘둘렀다.

"꺼져 버려! 앞에서 자꾸 알짱대지 말란 말이야!"

춤을 추기 시작한 지 꽤 오랜 시간이 흘렀지만 마칠 기미

가 보이지 않았다. 온 세상이 비위를 거슬렀던 터라 춤은 갈수록 험악해졌다. 거칠게 욕설을 퍼부으면서 불가로 다가와 시뻘겋게 타오르는 나무 도막을 냅다 걷어찼다. 어둠 속에서 불꽃과 뜨거운 재가 확 피어올랐다. 계속 발길질을 하자 야영지에는 이내 타들어 가는 불꽃의 향연이 펼쳐졌다.

콜은 휘날리는 재를 온통 뒤집어쓰며 성큼성큼 걸었다. 울분과 피로에 못 이겨 씩씩대면서 창을 던지는 시늉을 하더니 땅바닥에 나뒹굴며 엉덩이와 팔을 고통스레 움켜쥐었다. 콜은 곰의 공격에서 다시 살아났고 동시에 한때 스피릿베어에게 품었던 증오가 되살아나 얼굴이 일그러졌다. 바닥에서 몸부림을 치면서, 되살아난 통증과 추위와 외로움에 치를 떨었다.

콜은 바닥에 누워 계속해서 춤을 추었다. 불가에 누워 느릿느릿 몸뚱이를 뒤트는 동안, 가슴이 먼 데서 들리는 북소리처럼 일정한 리듬으로 쿵쿵 고동쳤다. 참새들을 죽음으로 몰아갔던 폭풍이 온몸으로 느껴졌다. 번쩍하고 하늘을 가르던 번개를 다시 보았고 자칫 목숨을 앗아 갈 뻔했던, 거대한 나무가 쿵 하고 쓰러지는 소리를 다시 들었다.

콜은 아직도 춤을 추고 있었다. 해안가로 걸어가 커다란 돌덩이를 집어 들었다. 계속해서 원을 그리며 걷는 동안 그 돌덩이는 조상바위가 되었다. 그러자 짐짓 과장된 몸짓으로 돌덩이를 물속에 냅다 집어던졌다. 첨벙하는 순간 일어난 잔물결이 발치에 와닿자 어둠을 향해 소리쳤다.

"미안해!"

목청껏 고함을 내질렀다.

"나를 용서해 줘! 피터를 해치려고 그런 건 아니었어!"

귓전에 들려오는 유일한 대답은 나무 우듬지를 훑고 지나가는 바람 소리였다.

눈자위에 이슬이 맺히더니 뺨을 타고 흘러내렸다. 한동안 눈물이 흘렀지만, 이대로 춤을 멈출 수는 없었다. 불가로 돌아가, 숯덩이들을 불 속으로 가만가만 걷어차면서, 바닥에서 잦아드는 잿불 주변을 우아한 몸짓으로 빙그르르 돌았다. 그러면서 흩어져 있는 도막들을 일일이 불꽃 속으로 돌려보냈다. 그 도막 하나하나가 춤의 일부이자 치유의 일부가 되었다.

달랑 하나 남은 불꽃이 핥고 지나갈 때마다 재와 숯 더미가 점점 더 밝게 타올랐다. 콜은 양팔로 가슴을 꼭 부둥켜안고 계속 춤을 췄다. 불꽃이 다시 활활 타오를 무렵에는 이마에 송골송골 맺힌 땀방울이 눈물과 범벅이 돼 뺨을 타고 흘러내렸다. 설움이 북받쳐 눈물을 삼킬 수가 없었다. 마치 밑바닥을 헤아릴 수 없는 거대한 호수에서 물을 퍼 오기라도 하듯 하염없이 눈물이 흘렀다.

밤이 늦도록 춤을 추었건만 여전히 분노의 앙금이 응어리진 채 남아 있었다. 그 분노를 맛없는 음식처럼 왝 토해 내

고 그로부터 영원히 벗어났으면 싶었다. 몸을 돌려 지금껏 온
갖 악담을 퍼붓던 나무를 바라보았다. 또 나무에 팔을 한껏 뻗
고서 이번에야말로 몸통에 대고 주먹질을 했다. 주먹을 휘두
를 때마다 손마디가 으스러지듯 아팠지만 아랑곳하지 않고
더 세게 후려쳤다.

시퍼렇게 부풀어 오른 주먹에서 피를 줄줄 흘리면서 콜
은 갑작스레 동작을 멈추었다. 숨을 헐떡이며 수치스러움에
진저리를 쳤다. 한밤중에, 키 큰 히말라야삼나무 발치에 무릎
을 꿇은 채 흐느끼며 몸을 부르르 떨었다.

"미안해! 미안해!"

그 순간 가슴속에서 북받쳐 오르던 말이 갑작스레 터져
나왔다.

"널 용서할게."

큰 소리로 울부짖었다.

"널 용서해 줄게."

완전히 녹초가 되어, 콜은 바닥에 고꾸라졌다. 그제야 춤
이 막을 내렸다.

타들어 가는 불티가 자욱한 어둠 속에 희미한 그늘을 던
졌고, 숲속에서는 빛에 번뜩이는 커다란 눈망울 두 개가 어스
름 너머를 묵묵히 응시하고 있었다.

24

이튿날 아침 콜은 분노의 춤을 조각하려고 토템 기둥으로 갔다. 그리고 밑동의 빈 공간을 물끄러미 바라보았다. 춤을 추면서 느낀 것들을 어떤 모양이나 형태로 표현해야 하는 걸까? 딱 한 가지는 분명했다. 세상 어느 누구도 화가 나고 싶어 안달을 하며 하루 일과를 시작하는 사람은 없다는 것이다. 그렇다면 죽 화가 풀리지 않는 상태에 있다는 건, 자신도 알지 못하는 외부의 어떤 힘이 조종하고 있다는 것일 터.

콜은 그 누구건 그 무엇이건 절대 자기를 손아귀에 넣고 좌지우지하게 내버려두지 않을 생각이었다. 그러려면, 사무치게 후회하고 있으며 용서하는 법을 배웠다는 걸 보란 듯이 조각으로 표현해야 할 텐데 도대체 어떻게 해야 할까? 상처받은 영혼이 치유되는 순간을 경험했으며, 이해한다는 게 어떤 건지 깨달았다는 것을 보여 주려면 무엇을 조각해야 하는 걸까?

콜은 조각에 손을 대지 않고 그냥 오두막으로 되돌아갔다.

"분노의 춤을 추었어요."

에드윈이 찾아왔을 때 콜이 자랑스럽게 털어놓았다.

에드윈이 바라보았다.

"그래, 뭘 배웠니?"

"용서하는 거요. 화를 내는 건 누군가에게 저를 맘대로 쥐고 흔들라고 송두리째 내맡기는 거예요. 용서하는 건 제가 다시 제 감정을 추스르는 거라고 생각해요."

"그렇다면 용서한다는 걸 토템에 어떻게 표현했니?"

콜이 머뭇머뭇 대꾸했다.

"아직이요. 아직도 뭔가 부족해요. 후회나 용서로는 채워지지 않는 게 있어요. 피터를 돕는 길을 어떻게든 찾아봐야겠어요. 그때까지는 빈 공간에 아무것도 조각할 수 없을 것 같아요. 그걸 찾아내야만 저 자신도 완전히 치유될 수 있는 거죠, 그렇죠?"

에드윈은 희미한 미소를 지으며 고개를 끄덕였다.

"피터의 치유를 도우려면 네 뇌리에 살점처럼 들러붙어 피를 말리는 고통을 감수해야 한다. 그 애한테 끼친 해를 보상하지 않으면 그게 네 목숨을 야금야금 갉아먹고 못살게 굴 거야."

콜이 근심 어린 표정으로 물었다.

"그런데 제가 피터를 도울 수 없다면 어쩌죠?"

"그렇다면 피터 대신 다른 누군가를 도와야겠지."

"두 분이 저를 그렇게도 못 도와줘서 안달하셨던 이유가 바로 그거군요?"

에드윈은 고개를 끄덕이며 보트를 향해 발길을 돌렸다. 콜은 에드윈이 북받치는 감정을 간신히 삼키고 있다는 걸 알 수 있었다.

북쪽 마을의 여름은 눈 깜짝할 새에 지나갔고 에드윈이 섬을 찾는 일이 부쩍 줄었다. 섬을 방문할 때도 뭔가 못마땅한 기색으로 입을 굳게 다물고 있었다. 짐을 부리고, 콜의 과제물을 챙겨 들고, 말없이 토템을 쳐다본 다음 뒤도 돌아보지 않고 떠났다. 올 때마다 새로 새긴 토템이 있었지만, 밑동에 있는 빈 공간에만 눈길을 주는 것 같았다. 딱히 뭐라고 말을 하지는 않았지만 말이다.

여름의 끝자락에는 바다표범의 머리통이, 둥지에 있는 참새 한 마리가, 큰 까마귀 한 마리가 완성되었다. 야영지 주변 나무숲에 커다랗고 까만 새 수십 마리가 매달려 끼니때마다 밥 달라고 까악까악 아우성을 쳤다. 콜은 폭풍의 춤을 추고 난 뒤에는 하늘을 쩍 가르는 번갯불과 커다란 빗방울도 조각했다.

9월이 되자 연어가 알을 낳기 위해 냇물을 거슬러 오르기 시작했다. 날마다 못에 몸을 담그고 있는 동안, 콜은 연어들을 물끄러미 바라보았다. 물 밖으로 펄쩍 뛰어오른 연어들이 시원스레 쏟아지는 골짜기의 물줄기를 아등바등 거슬러 오르고 있었다. 몇 주가 지나 연어의 이동이 뜸해지자 콜은 연어 춤을 추었고 그 모습을 토템 기둥에 담았다.

늦여름에서 초가을로 접어들 무렵 후미 건너편 해안을 따라 어슬렁거리거나 못 언저리 냇가에서 물을 마시는 스피릿베어가 간혹 눈에 띄었다. 하지만 추위가 기승을 부리기 시작하면서 차츰 볼 기회도 뜸해졌고 새로 눈에 띄는 흔적들도 없었다. 콜은 녀석이 어딘가에서 발견한 동굴이나 쓰러진 나무 아래 구덩이를 파고 겨울잠을 자고 있겠지 싶었다.

온몸을 저릿하게 마비시키는 차디찬 물에도 아랑곳하지 않고, 콜은 하루도 거르지 않고 아침마다 못을 찾았다. 겨울이 몰고 온 살을 에는 바람 때문에 훈훈한 오두막 안에 틀어박혀 지내는 시간이 부쩍 늘었다. 바람이 어찌나 세찬지, 오두막 틈바구니를 뚫고 들어온 바람에 램프 불이 꺼지기 일쑤여서 그 틈바구니에 종이, 옷가지, 이끼, 은박지 따위를 닥치는 대로 쑤셔 넣었다. 한밤중에도 두 시간마다 일어나 불을 지폈다. 깜빡 잠이 드는 밤이면, 속옷 바람으로 덜덜 떨며 성냥을 그어 불을 피우느라 허둥대야 했다.

토템을 조각하는 건 거의 불가능했다. 얼음장 같은 추위

에 뼈마디가 뻣뻣하게 굳었고 꽁꽁 언 손가락이 마비되어 손
놀림이 영 어색했다. 매끄러운 나무를 칼로 다듬다가 손을 베
기 일쑤였다. 땔감을 모으러 다니는 일도 그만두었다. 한 주
내내 빗줄기가 하염없이 쏟아졌다. 사방 천지가 눅눅했고, 장
작을 잔뜩 패서 산더미같이 쌓아 두기를 정말 잘했다는 생각
이 들었다.

콜이 끝끝내 버티다가 마지막으로 포기한 일은 조상바위
를 들고 언덕을 오르는 것과 못에 몸을 담그는 일이었다. 살얼
음이 낀 냇가의 돌멩이를 밟으며 지나다니는 건 위험천만한
일이었다. 나무가 살 수 있는 한계선 근처를 지날 때면 살을
에는 칼바람이 외투 속을 파고들었다.

장작을 패고, 개울에서 물을 긷고, 요리, 독서, 과제물을
하는 일이 기나긴 겨울의 일과가 되었다. 이 무렵에는 심심풀
이가 아니라 식량이 필요할 때만 낚시를 했다. 콜은 짐 꾸러미
에서 찾아낸 너덜너덜한 달력으로 날짜를 따져 보곤 했다. 밤
마다 잠자리에 들기 전에 연필로 오늘이 며칠인지 표시했다.
달력이 새 달로 넘어갈 때면 초콜릿바를 하나씩 먹었다. 에드
윈은 초콜릿바를 넉넉히 가져다주지 않았다.

갇혀 지내다 보니 과제를 하는 데 많은 시간을 들이기도
했지만 외로움에 빠져드는 시간도 부쩍 늘었다. 밤에 외로움
에 지쳐 흐느끼다 잠드는 날도 종종 있었다. 울지 않고는 도무
지 배길 수가 없었다. 사위에 정적이 감돌면 사람 목소리가 그

리워 몸부림을 쳤다. 목을 거의 쓰지 않아 목구멍에서 컬컬하고 새된 소리가 새어 나왔다. 에드윈이라도 좀 자주 찾아오면 좋으련만. 그 틀링깃 노인이 암만 입을 굳게 다물고 있어도 이 막막한 시간을 외톨이로 보내는 것보다는 백배 천배 나았다.

긴긴밤을 지새우는 동안 콜은 가비와 엄마 그리고 아빠 생각을 많이 했다. 아빠는 좀 달라졌을까? 피터는 어떻게 되었을까? 피터를 도울 길은 여전히 막막했다. 에드윈은 이번에 와서 피터가 점점 더 고통스러워하며 우울증에 빠져 사람들, 심지어 부모하고도 이야기를 나누려 하지 않는다고 전해 주었다.

콜은 못에 몸을 담그고 토템을 새기는 일과를 거른 뒤로 온종일 마음을 비우고 차분하게 하루를 마감하기가 힘겨워졌다. 이따금 분노가 되살아나려고 꿈틀거렸다. 그것은 밤마다 램프를 끄기만 호시탐탐 노리는 것 같았다. 램프를 끄고 나면 외로움에 울부짖는 자신의 신세에 분노가 솟구쳤다. 그럴 때마다 손을 뻗어 스피릿베어를 어루만지던 광경을 머릿속에 그려 보았다. 하지만 조상바위도 없고, 몸을 담글 못도 없고, 토템도 없는 미니애폴리스에 돌아가서도 이런 분노가 솟구치면 어쩌지 싶어 두려웠다. 그때 가서도 여전히 스피릿베어를 마음속에 그릴 수 있을까?

한겨울의 세찬 바람과 살을 에는 추위가 닥치면서 움직

임이 줄자 몸뚱이도 자연의 리듬에 새로이 적응하고 있었다. 콜은 서두르는 기색 없이 여유 있게 느릿느릿 걸었다. 녹초가 되어서야 잠자리에 들었고 배가 고플 때만 밥을 먹었다.

외딴섬에도 어김없이 크리스마스가 찾아왔다. 콜은 며칠 전 해안을 산책하다가 키 큰 나무줄기에 기대서 자라고 있는, 1미터도 채 안 되는 소나무를 발견했다. 그 작고 못난 소나무가 키 큰 나무의 기세에 눌려 얼마 못 살겠구나 싶어 그것을 크리스마스트리로 쓰기로 했다. 은박지로 트리 장식을 만들었다.

크리스마스이브, 바람결에 나무 우듬지가 애처로이 흐느끼는 소리가 들려올 즈음 콜은 이지러진 작은 나무 앞에 오도카니 앉아 있었다. 이런 날 어디선가 자신을 기억해 주는 이가 있을까? 답을 찾지 못한 채 그날 밤은 일찌감치 잠자리에 들었다.

에드윈이 찾아오자 콜은 넋두리를 늘어놓았다.

"크리스마스에는 정말로 외로웠어요. 꼭 세상에서 완전히 잊힌 사람이 된 것 같았어요."

"자기 연민에 빠지지 마라. 너는 웬만한 사람들이 갖지 못한 걸 가지고 있잖니. 드레이크에는 네 엄마가 보낸 편지가 한 상자나 너 돌아올 날만 손꼽아 기다리고 있다. 네가 편지를 받지 못할 걸 뻔히 알면서도 사흘이 멀다 하고 편지를 쓰시는구나."

"피터는 좀 어때요?"

"극심한 우울증에 시달린다더라. 아예 침대에서 나오려고도 하지 않아서 별 수 없이 독한 약만 계속 먹인다더구나."

에드윈이 떠나자 피터 생각을 잠시도 떨쳐 버릴 수 없었다. 콜은 과제물과 상관없는 책을 산더미처럼 쌓아 놓고 읽으며 이런 생각을 떨쳐 버리려고 안간힘을 썼다. 책에 푹 파묻혀 이야기를 따라가다 보면 잠시 잠깐 딴생각에 젖어들 때도 있었지만 그런 순간은 금세 지나갔다. 늦은 밤까지 종일토록 책만 읽는 날도 더러 있었다.

2월의 끝자락에 이르러 콜은 쌓여 있던 책의 마지막 책장을 넘기고 에드윈에게 책을 좀 더 가져다 달라고 부탁했다. 몇 달만 더 견디면 섬을 떠날 것이다. 토템 기둥 밑동의 빈자리는 아직도 그대로 남아 있었다. 섬을 떠나기 전에 그 자리에 무엇을 새길지 정해야 했다. 어둠이 깔려 잠자리에 들면 빈자리가 꿈에 나타나 콜을 조롱했다.

3월도 막바지에 이른 어느 날, 에드윈이 찾아왔다. 종일 을씨년스러운 비가 쏟아지고 있었다. 콜은 소형 보트에서 내리는 에드윈을 보고 무슨 문제가 있다는 것을 단박에 알아챘다. 보트가 떠내려가지 않게 자갈밭 위로 잡아끌면서 에드윈은 떨떠름한 얼굴로 인사말을 중얼거렸다. 에드윈은 잠자코 짐 꾸러미 상자를 들고 오두막으로 갔다.

콜은 보트에서 다른 상자를 집어 들고 에드윈을 따랐다. 에드윈이 오두막에서 몸의 물기를 훔치는 사이 콜은 물을 끓였다. 창가에 앉아 있던 에드윈은 말없이 뜨거운 초콜릿 한 잔을 거의 다 마시고 나서야 콜을 돌아보았다.

"가비가 어제 전화를 했더라."

콜이 기대에 차서 물었다.

"그분은 어떻게 지내세요?"

"지난주에 피터가 자살을 기도했단다."

콜은 숨을 헉 삼켰다.

"자살을요? 왜요?"

"다른 사람한테서 살 가치가 없는 사람 취급을 받으면, 정말로 살 가치가 없는 인간처럼 느껴지게 마련이지."

믿을 수가 없었다.

"그렇지만 피터는 살 가치가 없는 애가 아니에요."

에드윈은 일어서서 문을 벌컥 열어젖히더니 남은 초콜릿을 밖에 쏟아 버렸다.

콜이 변명을 늘어놓았다.

"저는 걔한테 살 가치가 없다고 말한 적 없어요."

"그렇다면 살 가치가 있는 애라는 표현을 재밌게 하려고 머리통을 길바닥에 짓찧었던 게로구나."

콜이 애원하듯 말했다.

"그건 실수였어요."

에드윈은 비옷을 집어 들고 빗줄기가 억수같이 쏟아지는 가운데 떠날 채비를 했다.

"실수 좋아하네."

에드윈이 비옷을 걸치고 보트로 성큼성큼 걸어가면서 되받아 소리쳤다.

콜은 셔츠 하나만 달랑 걸친 채 에드윈을 쫓아 뛰어갔다.

"제가 죄송하다고 했잖아요!"

콜이 울먹이며 소리쳤다.

에드윈이 발길을 멈추고 느닷없이 몸을 돌리는 바람에 하마터면 콜이 정통으로 들이받을 뻔했다.

"그래 봤자 피터한테는 아무런 도움도 안 돼."

에드윈이 돌아서서 보트로 걸어갔다.

"그럼 저보고 어쩌라는 거예요?"

에드윈은 사납게 퍼붓는 빗줄기도, 추위도 아랑곳하지 않고 걸음을 서둘렀다.

"일이 이렇게 된 마당에 뭐가 도움이 되는 건지 나도 잘 모르겠다."

에드윈이 보트에 오르면서 시동 로프를 거칠게 잡아당기자 엔진이 되살아나 사납게 으르렁댔다.

"피터를 도울 길이 하나 있어요."

그러나 그 소리는 에드윈이 자갈밭에서 보트를 빼내려고

고속으로 작동시킨 엔진 소리에 묻혀 버리고 말았다.

"제 말을 듣지 않는군요! 제가 그 애를 도와줄 수 있다니까요!"

콜은 물결 너머로 고함을 쳤다.

에드윈은 곁눈질 한 번 하지 않고 엔진 속도를 한껏 올리더니 방향을 틀어 후미를 빠져나갔다.

보트가 빗줄기 속으로 사라지는 것을 우두커니 바라보던 콜은 애꿎은 바닷말 한 가닥을 주워 들더니 냅다 집어던졌다. 에드윈의 말처럼 피터를 도울 방법이 전혀 없는지도 모른다. 그렇지만 일단 이 섬에 와 보면 피터도 전혀 다른 눈으로 세상을 볼 수 있을 텐데. 모르긴 해도 피터는 겁에 질려 있을 것이다. 그렇기 때문에 이곳에 와야 한다. 못에 가 볼 수도 있다. 조상바위를 들고 언덕을 오르고 자기만의 토템을 조각할 수도 있고 춤을 출 수도 있고 운이 좋으면 스피릿베어를 볼지도 모른다. 뭐니 뭐니 해도, 콜은 이 섬에 그 애를 못살게 구는 괴물 따위는 없다는 것을 증명해 보일 자신이 있었다.

오두막으로 돌아온 콜은 원통형 난로에 불을 지피고 피터 생각에 골똘히 잠겼다. 피터 그 녀석, 어떻게 자살할 마음을 품었을까? 까딱 일이 잘못되어 죽기라도 했다면? 콜은 몸서리를 쳤다. 에드윈이 그렇게 갑작스럽게 떠나지만 않았어도 좋을 것을. 새 짐을 가지고 오려면 못 해도 몇 주는 더 기다려야 한다. 그때쯤이면 피터를 구하기에 너무 늦을지도 모른다.

피터를 이 섬으로 데려오려는 게 얼마나 허무맹랑한 생각인지 콜도 알고 있었다. 제대로 된 부모라면 귀한 자식을 이런 외딴섬에 혼자 보내지도 않을 테고, 더군다나 콜과 단둘이 머물게 할 리가 없을 것이다. 하물며 그런 끔찍한 일이 벌어진 마당이니. 에드윈이나 가비가 함께 머문다 해도 피터가 섬에 올 리 없었다.

콜은 침대에 누웠지만 계속 뒤척였다. 죽음의 문턱에서 얼마나 겁에 질렸었는지를 떠올렸다. 피터가 스스로 목숨을 끊으려 했다는 사실 때문에 괴로웠다. 얼마나 무서웠으면 죽을 마음을 먹었을까?

콜은 동트기 한참 전에 눈을 떴다. 옷을 입고 화장실에 가려고 밖으로 나갔다. 보기 드물게 갠 하늘에 별들이 빼곡히 들어차 있었고 훈훈한 바람결에 나뭇잎들이 바스락거렸다. 족히 한 시간은 더 있어야 동이 틀 것 같았다. 오두막으로 돌아온 콜은 난로에 불을 지피고 고무장화를 신고 비옷을 걸쳤다. 마지막으로 못을 찾은 지 몇 달이 지났다. 찬물에 닿으면 전기에 감전된 듯 온몸이 오싹하겠지만, 오늘 아침엔 무슨 수를 써서라도 이 뒤숭숭한 생각을 떨쳐 내고 안정을 찾고 싶었다. 피터를 생각하며 잠에 빠져들었다가 피터 생각을 하며 눈을 떴던 것이다.

콜은 조심조심 어둠 속으로 걸어갔다. 섬에서 보내는 하루하루가 너무도 평화롭고 단조로워서 따분할 지경이었다.

아무튼 어제까지는 그랬다. 지금 콜은 갈피를 잡지 못해 심란한 마음을 부여안고 터벅터벅 걸음을 옮기고 있었다.

못에 다다르자 옷을 벗고 거침없이 물속에 발을 들여놓았다. 차디찬 물에 살갗이 닿자 마치 불에 데기라도 한 듯 따끔거렸다. 차분하게 마음을 가라앉히려 했지만 어찌나 추운지 허겁지겁 기슭으로 나왔다. 좀 더 있다가는 얼어 죽기 십상이다. 심호흡을 하고 마음을 비우고 할 겨를도 없었다.

콜이 옷을 입고 조상바위를 들고 언덕배기에 닿았을 때, 나무 우듬지로 어슴푸레한 빛줄기가 내리쬐고 있었다. 그때 전혀 뜻밖의 소리가 들렸다. 우듬지 너머로 쿠르릉 하고 울려 퍼지는 소리는 에드윈의 보트에서 나는 엔진 소리가 분명했다. 콜은 언덕을 쏜살같이 미끄러져 내려갔다. 에드윈 영감이 무슨 일로 왔을까? 콜은 서둘러 냇가를 따라 내려가 야영지로 갔다. 어스름하게 드리워진 나무 그늘이 시야를 가로막았다. 싸늘한 돌덩이에 벌러덩 나자빠지고 얕은 물에서 큰 대자로 뻗은 게 한두 번이 아니었다.

콜은 숨을 헐떡이며 야영지에 다다랐다. 에드윈이 오두막 창가에서 기다리고 있었다.

"웬일로 오셨어요?"

간신히 입을 뗀 콜은 이가 저절로 딱딱 맞부딪쳤다. 젖은 옷자락에서 흘러내린 물이 베니어판 바닥에 방울져 떨어졌다.

에드윈이 물었다.

"도대체 뭘 하는 거냐, 옷 입고 수영이라도 한 게야?"

"엔진 소리가 들려서요, 그래서 못에서 헐레벌떡 달려왔어요. 몇 번 넘어지기도 하고. 무슨 일이세요?"

"먼저 마른 옷으로 갈아입어라."

콜이 옷을 갈아입는 동안 에드윈의 눈길은 줄곧 창밖을 응시하고 있었고, 머릿속은 후미와 섬을 지나 아득히 먼 곳을 내달리고 있었다. 마침내 콜이 침대 가장자리에 걸터앉았다.

"도대체 무슨 일이세요?"

에드윈은 쪼개진 두툼한 엄지손톱으로 식탁의 울퉁불퉁한 모서리를 퉁겼다.

"피터가 어젯밤에 또 자살을 기도했다."

에드윈이 양손을 식탁 위에 쫙 펼쳤다.

"어제 여기를 떠날 때 네가 피터를 도울 수 있다고 했지. 그러더니 듣지 않는다고 내 뒤통수에 대고 고함을 치더구나. 자, 이제 말해 보아라. 어디 한번 들어 보자꾸나."

25

콜은 숨을 깊이 들이마셨다.

"피터를 이 섬으로 데려왔으면 해요."

에드윈이 딱 잘라 말했다.

"그건 불가능해. 이유는 너도 알 텐데."

"아뇨, 저는 모르겠는데요."

"그 애 부모가 너랑 피터 단둘이 이 섬에서 지내도록 허락하지 않을 테니까."

콜이 반박했다.

"그럼 영감님도 여기 계시면 되잖아요. 피터도 못에 몸을 담그고 조상바위를 들어 보게 해 주고 싶어요. 그 애도 자신을 보이지 않게 하는 법을 배우고, 춤도 추고, 토템도 새겨 봐야 한다고요. 스피릿베어를 봐야 해요."

에드윈은 고개를 내저었다.

"낚시 철이 곧 시작된다. 게다가 너랑 함께 지내는 게 피터한테 어떤 도움이 될는지 잘 모르겠다."

"피터는 저와 제가 한 짓을 무서워하는 거예요. 저를 괴물이라고 생각하고 제가 또 달려들까 봐 겁먹은 거예요. 피터도 저를 보면 제가 달라졌다는 걸 알 거예요. 그러면 피터가 자기도 달라질 수 있다는 희망을 갖게 될 거라고요."

에드윈은 수염을 짧게 깎은 턱을 문질렀다.

"네가 정말로 달라지긴 달라진 거냐?"

콜은 확실히 달라졌다고 자신할 수 있었지만 에드윈에게 그걸 증명한답시고 미주알고주알 주워섬기고 싶지 않았다. 세상 사람들에게 달라진 걸 증명하려고 이러쿵저러쿵 떠벌리고 싶지 않았던 것이다.

"둘 중 하나예요. 제가 이 섬에서 누렸던 기회를 피터한테 똑같이 주든가, 그냥 포기하고 그 애가 자살하는 걸 잠자코 지켜보는 거요. 어느 쪽을 원하세요?"

에드윈이 고개를 내저었다.

"그렇게 간단한 문제가 아니야."

"어서 빨리 조처하지 않으면 진짜 큰일이 벌어질지 몰라요. 제가 눈에 띄게 달라졌는데도 피터의 부모님은 그걸 모르시잖아요. 그분들에게 제 이야기를 해 주세요. 가비 아저씨라면 그 애를 데리고 오실 수 있을 거예요."

"가비가 이 섬까지 와서 베이비시터나 할 정도로 시간이 남아돈다고 생각하는 거냐? 온 세상이 콜 매슈스를 중심으로 돌아간다고 착각하나 본데."

콜의 시야가 뿌옇게 흐려졌다.

그러나 한사코 굽히려 하지 않았다.

"지금 이 문제는 제 문제가 아니에요. 피터에 관한 일이에요. 저도 무슨 말씀을 더 드려야 할지 잘 모르겠어요. 아무튼 그게 제가 생각한 최선의 방법이에요."

콜의 목소리가 갈라졌다.

"일을 이 지경으로 만든 장본인이 바로 저고, 그래서 이 섬에 와서 나름대로 최선을 다하고 있어요. 하지만 그렇다고 문제가 완전히 해결되는 게 아니잖아요, 그렇죠? 제가 피터에게 저지른 죄는 결코 돌이킬 수가 없어요! 그리고 저를 보는 영감님의 생각도 절대로 달라지지 않을 거고요."

에드윈이 한층 부드러운 어조로 말했다.

"네 말이 맞다. 네가 피터에게 저지른 죄는 돌이킬 수가 없어. 하지만 너는 확실히 달라졌어."

에드윈이 눈물로 온 뺨이 젖은 콜을 유심히 들여다보다 다정한 손길로 콜의 어깨를 감싸 주었다.

"너는 이 섬에 온 뒤로 분명히 달라졌다. 그래서 가비랑 나는 너를 무척 자랑스럽게 여긴단다."

그날 에드윈이 떠나기 전에 질문을 하나 던졌다.

"피터를 돕는 길이라면 여기서 좀 더 머무를 용의가 있니?"

"그래야 한다면 평생 여기서 살 각오도 돼 있어요."

콜은 에드윈이 왔다간 뒤로 며칠 동안을 토템 기둥 옆에 서서 오래도록 밑동에 있는 빈 공간을 뚫어지게 바라보았다. 얼마 전에 추었던 분노의 춤은 두말할 것도 없이 용서와 치유의 춤이었다. 하지만 아무리 머리를 쥐어짜도 자신이 경험한 치유를 어떻게 표현할지 모양도, 형태도, 윤곽도 떠오르지 않았다. 콜은 피터를 도울 만한 다른 방법도 떠오르지 않았다.

하루하루가 느릿느릿 더디게 흘러갔다. 피터가 섬에 왔으면 싶다가도 이튿날이면 그런 생각에 움찔해져서 콜은 갈피를 잡지 못했다. 그러는 내내 마음 한편으로 감히 피터를 여기에 데려올 생각을 하다니 자신이 어지간히 바보라고 여겨졌다. 제정신이 박힌 사람이라면 자기를 죽이려던 사람과 단둘이 남겠다고 알래스카에 있는 외딴섬까지 제 발로 찾아오지는 않을 테니 말이다.

거의 보름 가까이 지나고 에드윈이 돌아왔다. 굵직하게 으르렁대기도 하고 날카롭기도 한 엔진 소리가 들리던 그때, 콜은 오두막에 앉아 책을 읽고 있었다. 해안가로 달려가 보니 배 두 척이 후미로 들어오려고 주위를 맴돌고 있었다. 에드윈의 작은 보트가 길을 인도하고, 커다란 초록색 고기잡이 트롤선이 그 뒤를 따르고 있었다. 두 척의 배가 동시에 물결을 가르며 나아가자 잔잔하던 수면에 너울너울 부채 같은 잔물결이 일었다.

보트에 혼자 앉은 에드윈이 보였고 고기잡이 트롤선의 갑판에는 두 사람이 나란히 서 있었다. 누군가가 혼자서 뱃머리에 앉아 있었다. 콜은 눈을 가늘게 뜨고 보았다. 뱃머리에 혼자 앉은 사람은 다른 사람들보다 덩치가 작아 보였다. 보트가 가까이 다가오는 동안 콜은 심장이 두방망이질 쳤다. 피터 드리스칼이었다.

아직은 배들이 해안에서 백 미터쯤 떨어져 있었으나 땅딸막한 불도그처럼 생긴 가비가 선실에서 키를 잡고 있는 게 보였다. 그리고 피터의 부모도 보였다. 저 사람들이 왜 여기에 왔을까?

가비가 고기잡이 트롤선을 해안가 바로 앞으로 몰고 온 다음 닻을 내렸다. 에드윈이 알루미늄 소형 보트를 곁에 나란히 댔다. 잠시 후 일행은 작은 보트로 옮겨 탔다. 에드윈을 제외하고는 한결같이 두툼한 외투에 정강이 위로 올라오는 고무장화 차림이었다.

해안가에 홀로 서서 지켜보던 콜이 주뼛주뼛 손을 흔들었다. 가비만이 손을 흔들어 주었다. 피터는 고개를 푹 떨군 채 배꼬리에 앉아 있었다. 한 차례 두려운 눈초리로 주변을 둘러보고는 다시 발치를 뚫어질 듯 응시했다. 피터의 부모는 그저 물끄러미 바라볼 뿐이었다.

보트를 대는 동안 콜이 뱃머리를 잡았다. 그리고 일행이 기슭으로 내려올 수 있게 소형 보트를 단단히 붙잡고 있었다. 가비와 에드윈이 바위에 발을 디디면서 콜에게 인사를 했다. 가비가 친근하게 콜의 등을 툭 쳤다. 피터의 부모는 뻣뻣하게 고갯짓을 해 보였다. 피터는 보트에서 내리지 않고 겁에 질린 눈으로 콜을 곁눈질했다.

콜이 말했다.

"안녕, 피터. 네가 와서 기뻐."

피터는 한사코 나오지 않겠다고 뻗대고 있었다.

가비가 와서 뱃머리를 잡았다.

"저 애한테도 시간을 좀 주렴."

가비가 콜의 귀에 대고 속삭였다.

콜이 물러나자 그제야 피터가 엉거주춤 기슭으로 나왔다. 에드윈이 가비를 도와 보트를 자갈밭 위로 끌어올리고 큰 바위에 로프를 단단히 붙잡아 맸다. 콜은 초조한 눈길로 일행을 훑어보았다. 섬에서 오랜 시간을 외톨이로 지내다 보니 이렇게 많은 사람, 특히나 피터가 곁에 있으니 여간 긴장되는 게 아니었다.

에드윈이 일행에게 야영지로 올라가라는 눈짓을 했다. 피터의 걸음걸이는 돌풍 속을 헤치고 가느라 안간힘을 쓰는 사람처럼 어색했다. 가비를 제외하고는 다들 입을 꾹 다물고 있었다.

가비가 물었다.

"잘 지냈나, 대장?"

"그럭저럭요."

"못에는 아침마다 가고?"

콜이 고개를 주억거렸다.

"겨울에 얼마나 추웠는지 몰라요. 지난 몇 주 동안은 못에 들어갔다가 도저히 안 되겠다 싶으면 곧바로 나왔어요."

화톳불을 피울 구덩이 옆에서, 에드윈이 돌덩이며 깔고 앉을 만한 나무토막을 끌어다가 모두에게 권했다. 에드윈이 불을 지폈다. 피터는 멀찌감치 나무토막을 끌고 가더니 오도카니 앉아 해안선과 후미 너머를 응시했다. 불꽃이 활활 타오르자 에드윈도 자리에 앉았다.

"미니애폴리스에서 예까지 먼 길 오셨습니다. 더 보태지도 빼지도 않고 딱 있는 그대로만 여러분께 보여 드리겠습니다."

에드윈이 콜을 돌아보았다.

"고기잡이 철이라 내가 좀 바빠서 가비가 이곳에서 너희와 함께 머무르기로 했다."

콜은 가비를 돌아보았다.

"어떻게 시간을 내셨어요?"

"그간 아껴 두었던 휴가 일수가 꽤 되거든, 그래서 이번 기회에 한꺼번에 휴가를 냈지. 너나 피터 못지않게 나도 섬에 오고 싶어 좀이 쑤셨거든."

콜이 피터의 부모를 바라보았다.

"두 분도 여기서 머무르실 거예요?"

피터 아버지가 콜을 빤히 노려보면서 마지못해 말문을 열었다.

"피터를 여기에 데리고 온 게 끔찍한 실수일지는 모르지만 달리 선택의 여지가 없었다. 이런 결정을 내리기까지 얼마나 고심했는지 너는 아마 상상도 못 할 거야. 우리는 피터가 안전하다는 확신을 얻을 때까지 머무를 거다. 저 애를 또 해치면 그땐 그냥 두지 않을 거야."

콜은 목구멍을 막고 있는 단단한 덩어리를 억지로 삼켰다.

"다시는 아무도 해치지 않을 거예요. 약속드릴게요."

에드윈은 콜을 빤히 바라보았다.

"지난 두 주 동안 엄청난 일들이 있었다. 가비랑 내가 전화를 껴안고 살다시피 했지. 위원들이 모여 긴 시간 토의를 했다. 피터뿐 아니라 드리스칼 씨 부부도 생애에 가장 힘겨운 결정을 내린 거야."

에드윈이 손가락으로 콜을 가리켰다.

"그리고 이 모든 게 다 네가 경솔하게 행동한 탓이야."

콜은 고개를 끄덕였다.

에드윈이 일어섰다.

"오늘 밤 피터네 가족은 트롤선에서 잘 거고, 가비와 나는 이 오두막에서 너와 머무를 거야."

피터는 아직까지도 후미 너머를 물끄러미 바라보고 있
었다.

에드윈이 말했다.

"콜, 이분들에게 섬에서 어떻게 지내는지 말씀드려라. 한
나절만으로도 돌아볼 시간이 넉넉하다면 네가 가 본 곳을 구
석구석 안내하려무나. 네가 이곳에 첫발을 내디딘 순간부터
지금까지 하나도 빠짐없이."

피터의 부모는 콜에게 호기심 어린 눈길을 보냈지만, 피
터는 여전히 입을 다문 채 멀찌감치 떨어져서 발끝으로 이끼
긴 풀밭을 헤집고 있었다.

콜은 해안선을 가리켰다.

"그러니까 1년 반 전, 에드윈 영감님과 가비 아저씨가 저
를 여기로 처음 데리고 왔을 때부터 이야기를 시작해야겠네
요. 벌써 에드윈 영감님이 저를 위해 오두막을 지어 놓으신 상
태였어요."

민망한 듯 쓴웃음을 지어 보이며 콜이 덧붙였다.

"그 오두막은 제가 지은 이 오두막이랑은 비교도 할 수
없을 정도로 훌륭했어요. 저는 너무 화가 나서 제정신이 아니
었어요. 에드윈 영감님도 가비 아저씨도 여러분도 다 죽이고
싶도록 미웠어요. 모임이며 이 섬이며 이 섬에 있는 건 하나같
이 다 소름 끼치게 싫었어요."

콜은 떨리는 손가락을 감추려고 손을 무릎에 대고 꾹 눌

렀다. 그리고 심호흡을 한 번 하고는 오두막을 불태우고 헤엄을 쳐서 섬을 탈출하려던 계획들을 털어놓았다.

콜이 손가락으로 가리켰다.

"저기가 첫 번째 오두막이 있던 자리고, 저기가 섬에서 헤엄쳐 달아났다가 간신히 돌아온 곳이에요. 밀물이 저를 이곳으로 싣고 온 거죠. 저는 따뜻한 잿더미에서 곯아떨어졌어요."

콜은 스피릿베어를 보았던 이야기를 들려주었다.

"에드윈 영감님이 스피릿베어 이야기를 해 주셨어요. 그렇지만 여기서 남쪽으로 한참 떨어진 브리티시컬럼비아 연안에 산다고 하셨죠. 해안에서 그 곰을 발견했을 때 그놈은 저를 빤히 쳐다보고 있었는데, 저는 죽일 작정을 하고 녀석한테 덤벼들었어요."

피터의 엄마가 물었다.

"왜 그 곰을 죽이려고 했지? 그 곰이 너한테 무슨 짓을 했기에."

콜은 마른 입술을 핥으며 잠시 틈을 두었다.

"녀석이 저를 무서워하지 않는 게 약이 올랐어요. 저한테 대드는 건 뭐든 다 죽여 버리고 싶었거든요. 무슨 말인지 알아들으시겠어요?"

아무도 대꾸를 하지 않자 콜은 일행에게 자기를 따라오라는 손짓을 했다.

"오세요, 제가 곰에게 공격을 받았던 곳을 보여 드릴게요."

피터를 제외한 일행 모두가 일어섰다.

"가자, 얘야."

피터의 엄마가 다정하게 말하며 피터의 팔을 잡아당겼다. 피터는 못마땅한 표정으로 마지못해 따라갔다. 피터는 넘어질 듯 비틀거리면서 걸어갔다.

콜은 곰을 해치우겠다고 덤벼들었던 곳을 가리키며 온몸이 만신창이가 되도록 공격을 받은 당시를 이야기했다. 그로부터 이틀 동안 겪었던 고통스러운 기억을 하나도 빼놓지 않고 시시콜콜 늘어놓았다. 곰이 자신의 침을 핥던 일이며, 마침내 스피릿베어를 어루만지던 일까지 자세하게 들려주었다. 심지어 들쥐를 잡아먹은 이야기까지도 낱낱이 털어놓았다.

"번개에 정통으로 맞아서 쓰러진 나무가 바로 저거예요."

콜은 볼품없이 썩어 문드러진 통나무를 가리키며 말했다. 새끼 참새들 이야기를 하는 동안에는 눈물을 삼키려고 눈을 깜빡였다.

"저는 죽어 마땅해요. 그렇지만 새들은 그렇지 않아요. 그런데 그때 태어나서 처음으로 이러다가 정말로 죽겠구나 하는 두려움이 엄습했어요. 제 삶을 돌아보고, 저 아닌 다른 존재를 걱정했던 것도 처음이었어요. 그리고 바로 그때 에드윈 영감님과 가비 아저씨가 저를 발견하신 거예요."

콜은 구조되어서 몸을 추스르던 과정이며 섬에 돌아오게 된 사연도 들려주었다. 그리고 일행에게 몸에 난 상처와 성하지 않은 팔을 보여 주었다.

"원하신다면 제가 매일 아침 몸을 담그러 가는 못을 보여 드릴게요."

에드윈이 고개를 끄덕이자 콜은 몸을 담그는 일이 얼마나 정신을 맑게 해 주는지 설명하면서 길을 안내했다. 또한 스피릿베어를 다시 본 일도 이야기했다.

일행이 못에 이르자 피터 아버지가 물었다.

"오늘 우리가 스피릿베어를 볼 수 있겠니?"

콜은 고개를 내저었다.

"힘들 거예요. 사람이 너무 많아서요. 내일 아침 누구든 원하시는 분은 저랑 못에 같이 오셔도 돼요. 못에 들어가 있으면 이따금 스피릿베어가 나타나서 쳐다보기도 해요."

아무도 나서지 않자 콜이 미소를 지으며 덧붙였다.

"하긴 이맘때면, 물이 어찌나 찬지 꼭 얼음장에 들어앉아 있는 것 같아요."

일행에게 못과 조상바위를 보여 준 콜은 야영지로 발길을 돌렸다. 다들 생각에 잠겨 입을 꾹 다문 채 걸음을 옮겼다. 야영지에 다다르자 오두막을 짓던 과정을 들려주고 콜은 불가로 돌아갔다.

"여기가 제가 춤을 추는 곳이에요."

마지막으로 일행에게 자신의 토템을 하나하나 보여 주면서 조각을 할 때마다 새로 얻은 교훈들을 늘어놓았다. 밑동의 빈 여백에 이르자 콜은 멈칫했다.

가비가 물었다.

"거기도 조각을 하지 그랬니?"

콜이 어깨를 으쓱했다.

"뭘 새길지 아직 결정을 못 했어요."

남겨 둔 여백에 관해서는 별로 얘기하고 싶지 않았다.

콜이 말머리를 돌릴 틈도 없이 에드윈이 캐물었다.

"왜 아직 결정하지 못했는지 말해 줄 수 있겠니?"

불가에서 기나긴 밤을 보내며 분노의 춤을 추었던 이야기를 하는 동안 콜은 긴장하지 않고 덤덤하게 이야기하려고 애를 썼다.

"아빠는 지금껏 저를 때렸어요. 하지만 이제는 아빠가 저를 해치려고 그런 게 아니었다는 걸 알아요. 당신도 할아버지한테 줄곧 맞으면서 살아왔기 때문에 그것밖에 모르셨던 거죠."

콜은 목구멍에 묵직하게 걸리는 커다란 덩어리를 삼켰다.

"저는 용서하는 법을 배웠어요. 다른 사람뿐 아니라 저 자신도요."

콜은 몸을 돌리다 자기를 보고 있는 피터와 눈길이 마주쳤다.

"해칠 작정을 하고 너를 때린 게 아니야. 그냥 달리 아는 게 없어서 그랬던 거야."

에드윈이 채근했다.

"토템에 여백을 남겨 둔 이유를 아직 말하지 않았다."

콜의 목소리가 떨렸다.

"분노의 춤을 추면서 피터가 치유될 수 있게 돕기 전에는 저도 치유될 수 없다는 걸 깨달았어요."

피터가 몸을 홱 돌려 자리를 뜨면서 쏘아붙였다.

"날 그냥 내버려둬, 네 도움 따위 필요 없단 말이야."

26

그날 밤 콜은 모두를 위해 특별한 음식을 장만했다. 스파게티 소스에 잘게 썬 소시지를 넣으면서 인생이 소시지라고 가비가 가르쳐 준 사연을 들려주었다.

"오늘 밤 파티를 여는 마음으로 저녁 준비를 하니까 파티가 될 거예요."

요리를 하는 동안 빗방울이 떨어지기 시작했다. 다들 작은 오두막으로 들어가 침대며 의자며 가비가 들고 온 나무토막에 옹기종기 앉았다.

준비를 마친 콜이 엣투를 작은 식탁에 쫙 펼쳤다. 그러면서 화려한 그 담요가 얼마나 각별한 의미를 지니는지 이야기했다.

"저는 특별한 날 밤에만 이걸 써요. 자, 드세요!"

다들 음식이 담긴 종이 접시를 무릎에 올려놓고 먹었다. 피터는 포크로 장난을 치고 있었다.

피터의 엄마가 물었다.

"얘야, 왜 먹고 싶지 않니?"

피터가 고개를 치켜들고는 툭 내뱉었다.

"여기서 쟤랑 안 잘 거예요."

"괜찮다, 우리 아들. 가비 씨가 함께 계실 거야. 저분이랑 있으면 제아무리 콜이라 해도…."

콜이 불쑥 끼어들었다.

"이 오두막에서 나랑 같이 자고 싶지 않으면 안 자도 돼."

에드윈이 거들고 나섰다.

"그렇다마다. 내가 텐트를 가져왔다. 네 마음이 풀릴 때까지 콜이 밖에서 자면 된다."

피터는 콜을 미심쩍은 눈초리로 쳐다보며 한사코 먹지 않겠다고 고집을 피웠다. 30분이 지나 피터는 부모와 함께 트롤선으로 돌아갔다. 음식에는 손도 대지 않은 채.

이튿날 아침 콜은 혼자 못으로 가 몸을 담갔다. 콜의 뇌리에 겁에 질려 자신을 바라보던 피터의 눈초리가 떠오르자 잔잔하게 가라앉았던 마음의 평화가 산산이 깨져 버렸다. 도대체 무슨 마음으로 자기를 그다지도 싫어하는 사람을 데려오지 못해 안달했을까? 아무리 심호흡을 해도 어수선한 생각들을 떨칠 수가 없었다. 야영지로 돌아오니 에드윈이 벌써 피터

와 그의 부모를 트롤선에서 데려왔다. 그들은 가비와 작별 인
사를 나누며 해안가에 서 있었다.

피터가 부모와 실랑이를 벌이는 소리가 들려왔다.

"하지만 아빠, 저는 여기서 재랑 단둘이 있기 싫단 말이
에요!"

"내가 벌써 설명했잖니. 너를 혼자 두지는 않을 거야. 가
비 씨가 같이 계실 거다. 별일 없을 거야. 여기서 물러서면 절
대로 안 돼."

몸을 돌리던 피터가 콜이 다가오는 것을 보자 멀찍이 피
해 갔다. 콜은 오두막으로 갔다.

에드윈이 떠나기 전에 오두막으로 콜을 보러 왔다.

"드리스칼 씨 부부가 오늘 아침 떠나기로 했어. 더 오래
머물 계획이었는데, 피터를 굴레에서 벗어나게 하는 데 자기
들은 별 도움이 못 되겠다는 생각이 들었단다. 어제 네 모습을
보고 너를 다시 본 모양이다."

"피터가 저를 너무 무서워하던데요."

에드윈은 남은 커피를 머그잔에 마저 쏟아붓고는 한 모
금을 홀짝였다.

"우리가 너를 참을성 있게 지켜본 것처럼 피터에게도 그
렇게 대해라. 절대로 조급하게 밀어붙여서는 안 돼."

피터의 아버지가 다가왔다.

"너와 둘이 할 얘기가 있는데 괜찮겠니?"

콜은 에드윈을 한 번 보고는 밖으로 따라 나갔다. 둘은 사람들이 엿들을 수 없는 숲으로 걸어 올라갔다.

피터의 아버지가 몸을 돌려 엄한 목소리로 말했다.

"미니애폴리스에서 볼 때와는 딴판이로구나. 나도 그 점은 인정한다. 하지만 아무리 그래도, 네가 우리 아들한테 한 짓을 생각하면 아직도 피가 거꾸로 솟는다. 이 말은 해야겠기에 이렇게 불렀다. 피터가 저 지경이 되고부터 날마다 너를 원망했다. 이제 우리는 예전처럼 단란한 가정으로는 결코 돌아갈 수 없을 거야."

콜은 고개를 푹 떨구었다.

피터 아버지가 말을 이었다.

"피터를 여기에 두고 싶은 생각은 추호도 없다. 다른 길이 있다면, 지금처럼 싫다는 애를 억지로 여기에 데려오지도 않았을 거야. 그 애가 두 번째 자살을 시도한 후에, 피터가 너랑 당당하게 맞서지 않으면 두고두고 끔찍한 악몽에 시달리게 될 거라고 가비 씨가 우리를 설득했다."

피터의 아버지가 쇠꼬챙이 같은 손가락으로 콜의 가슴을 쿡 찔렀다.

"만약 우리 아들한테 손가락 하나라도 까딱하는 날에는, 신 앞에 맹세컨대, 그날로 썩어 문드러질 때까지 감옥에서 지내게 될 거다. 내 말 알아듣겠니?"

콜이 고개를 끄덕였다.

"피터 아버지, 피터는 이 섬에서 많이 나아질 거예요. 제가 미덥지 않으시겠지만 이것만은 사실입니다."

"명심해라."

피터 아버지가 한마디 툭 내뱉고는 몸을 돌려 보트로 향했다.

오두막으로 돌아오니 에드윈이 물었다.

"드리스칼 씨가 뭐라던?"

"그냥 잘 지내라고 하셨어요."

콜이 에드윈의 눈길을 피하면서 얼버무렸다.

"그래, 잘도 그랬겠다."

"저한테 화내실 만도 하죠 뭐."

에드윈은 식탁에 컵을 내려놓고 문가로 갔다.

"우리가 갈 때까지 오두막에 있어라. 혹시 너희한테 무슨 일이 생길지도 모르니 가비한테 보트를 맡기고 떠나마."

콜은 일행이 소형 보트에 오르는 광경을 창문으로 내다보았다. 피터는 해안가에 앉아 있었다. 가비가 트롤선을 작동시키는 동안 피터는 누군가가 자기를 덮칠까 봐 겁먹은 눈초리로 흘끔거렸다. 가비가 돌아오고 나서도 피터는 물가에 앉아서 멀어지는 트롤선을 물끄러미 바라보고 있었다.

가비가 오두막으로 돌아왔다. 콜이 창문 옆자리에서 일어나 아이스박스로 갔다. 초콜릿바가 네 개 있었다. 콜이 하나를 꺼내 들고 문 밖으로 나갔다.

가비가 물었다.

"어디 가니?"

"뭐라도 좀 해 보려고요."

콜은 자갈밭을 지나 피터 쪽으로 천천히 걸어갔다. 6미터쯤 떨어졌을 때 피터가 발소리에 흠칫 고개를 들었다.

피터가 일어나려고 발버둥 치며 비명을 질렀다.

"가까이 오지 마!"

콜은 움찔하며 뒷걸음질쳤다.

"피터, 너를 해치려는 게 아니야."

콜은 초콜릿바를 내밀었다.

"그냥 너한테 이거 주려고."

"저리 가!"

피터는 재차 날카롭게 소리쳤다.

콜은 허리를 굽혀 초콜릿바를 돌덩이 위에 올려놓고 오두막으로 돌아와 창가 자리에 다시 앉았다.

가비가 말했다.

"시간을 좀 주렴."

그로부터 30분 동안 피터는 초콜릿바를 몇 번이고 훔쳐봤지만 그쪽으로 가지는 않았다. 지친 콜은 과제물을 꺼내 수학 문제를 풀기 시작했다. 한 시간이 지나자 콜은 의자 깊숙이 앉으며 눈을 비볐다.

"부모님은 좀 어떠세요?"

가비가 읽던 책을 내려놓고 쳐다보았다.

"네 엄마는 아주 잘 지내신다. 너한테 안부 전해 달라더라. 아빠는 아동학대죄로 기소된 걸 무효로 하는 소송을 제기했단다. 네 양육권 소송도 냈지."

"아빠가 저를 엄마한테서 떼어 놓으려고 그런단 말이에요?"

"자존심 싸움인 것 같아. 네 아빠는 자기가 무슨 일이든 마음먹은 대로 할 수 있다고 믿어. 그래서 그 누구건 무엇이건 자기를 찍어 누르는 꼴을 못 보는 거지."

콜은 연필에 달린 지우개를 탁자에 죽죽 그었다.

"저도 그랬어요."

"그건 나도 안다."

"아빠가 이기실까요?"

가비는 고개를 절레절레 저었다.

"내 눈에 흙이 들어가기 전에는 그렇게 안 되지."

콜은 연필을 내려놓았다.

"이렇게 이야기를 나눈 게 도대체 얼마만인지 모르겠어요. 옆에서 지켜보고 저를 위해 이것저것 힘써 주신 거 정말 고마워요. 이 은혜를 어떻게 갚죠?"

가비는 해안을 가리켰다.

"피터를 포기하지 않는 게 나한테 보답하는 거란다."

창밖을 내다보니 피터는 아직도 해안에 앉아 있었지만

초콜릿바는 온데간데없었다.

콜은 미소를 지었다.

"절대로 포기하지 않을 거예요."

피터가 꼼짝도 않은 채 두 시간이 흐르자 가비가 이야기를 나누려고 갔다. 가비가 아무리 달래도 막무가내더니 콜이 100미터쯤 떨어진 곳에 텐트를 치고 나서야 비로소 오두막으로 들어왔다.

오후 내내 콜은 텐트에 틀어박혀 있었다. 어스름이 깔리자 가비가 따끈한 저녁밥을 가져왔다.

"밖에서 얼마나 지내야 해요?"

김이 모락모락 나는 음식을 맛있게 먹던 콜이 몸을 부르르 떨며 물었다.

가비가 무뚝뚝하게 말했다.

"거의 죽을 정도로 두들겨 맞은 사람에게서 두려움이 사라지는 데 얼마나 걸리겠니? 잘 자라."

콜은 따뜻한 오두막으로 돌아가는 가비를 물끄러미 바라보았다. 가비와 피터는 그가 피땀 흘려 지은 오두막에서 아늑하고 편안하게 잠들 것이다. 정작 자신은 이슬비와 바람이 사정없이 들이치는 텐트에서 오들오들 떠는데 말이다. 콜은 구덩이에 불을 지피는 대신 침낭에 기어들어 일찌감치 잠을 청했다.

이튿날 아침 눈을 뜬 콜은 따스한 침낭에서 가까스로 기어 나와 뻣뻣하게 굳은 옷가지를 몸에 꿰었다. 못으로 가기 전에 오두막 문을 두드리며 나지막이 말했다.

"못에 갈 건데요, 누구 같이 가실 분?"

"지금 몇 시지?"

가비가 쉰 소리로 물었다.

콜은 거의 1년이 다 되도록 시계를 들여다보지 않았다는 사실이 퍼뜩 떠올랐다.

"못에 몸 담그러 갈 시간이에요. 못에 갈 시간 정각입니다 뚜."

"5분만 기다려라."

피터가 구시렁댔다.

"못 같은 데 들어가기 싫단 말이에요."

가비가 말했다.

"우리는 그냥 가서 구경만 할 거란다."

창으로 램프 불빛이 어른거리더니 안에서 움직이는 기척이 났다. 곧이어 고무장화를 신고 두툼한 외투를 걸친 가비와 피터가 오두막에서 나왔다. 두 사람이 나오기 무섭게 콜은 피터가 따라잡을 수 있는 느릿한 걸음걸이로 안개가 자욱하게 깔린 어스름 속을 헤치며 갔다. 질질 끄는 듯한 피터의 발소리가 콜의 귓전에 맴돌았다.

못에 다다랐을 무렵 콜은 수건을 깜빡 잊은 걸 깨달았지만 개의치 않았다. 내의로 대충 닦으면 그만이다. 옷을 벗고 얼음장 같은 물속에 발을 담갔다. 피터와 가비는 기슭에 앉아 구경했다. 5월인데도, 마치 가느다란 바늘로 살갗을 무지막지하게 찔러 대는 것처럼 차가웠다. 애써 숨을 고르면서 멀찌감치 떨어진 바위시렁으로 걸음을 옮겼다. 건너편 기슭에서 가비가 피터에게 소곤거리는 소리가 들렸지만 무슨 말인지는 알 수 없었다.

콜은 잠자코 있다가 싸늘하게 식은 숨이 배어 나오자 기슭으로 나왔다. 뼛속까지 저릿했지만 법석을 떨며 허겁지겁 뛰쳐나오지는 않았다. 해가 바뀌도록 꾸준히 하다 보니 찬물에도 웬만큼 적응이 된 듯싶었다. 처음 에드윈과 함께 들어왔을 때처럼 숨이 턱 막히는 느낌은 없었다.

"두 분 저랑 조상바위 나르실래요?"

콜이 내의로 물기를 쓱쓱 훔치며 물었다.

가비가 대꾸했다.

"피터에게 조상바위에 관해 설명했다. 같이 가서 구경할 거야."

콜은 큼지막한 돌덩이를 집어 들고 언덕을 올랐다. 앞장 서서 가는 동안 주춤거리지도 뒤를 돌아보지도 않았다. 언덕 배기에 이르자 못 쓰는 팔이 저렸지만 내색은 하지 않았다. 피터와 가비는 이마에 구슬땀을 송골송골 매단 채 숨을 헐떡이고 있었다.

콜이 큼지막한 돌덩이를 바닥에 내려놓고 말했다.

"이제 조상바위는 제 분노가 되는 거예요."

콜은 피터를 돌아보았다.

"하고 싶으면 네가 이 돌덩이를 언덕 아래로 굴려도 돼."

피터는 고개를 가로저었다.

"그럼 내가 할게."

콜은 돌덩이를 힘껏 밀었다. 돌덩이가 우르릉거리며 굴러 떨어지는 동안 콜은 눈을 감았다.

"나는 저 소리를 들으면서 내 분노가 떨어져 나간다고 상상해."

콜은 요란스레 굴러가던 돌덩이가 바닥에서 멎고 나서도 잠시 동안 꼼짝도 하지 않고 있다가 눈을 뜨고는 언덕을 내려갔다.

냇가를 내려가는 동안 아무도 입을 열지 않았다.

야영지에 다다르자 가비가 물었다.

"뭣 좀 도와줄까?"

"아무래도 밖에 있으려면 땔감이 더 있어야 할 거 같아요."

가비가 피터에게 물었다.

"땔감 모으는 것 좀 도와줄래?"

피터는 대꾸도 하지 않고 몸을 돌려 해안으로 걸어가더니 수평선만 물끄러미 바라보았다.

콜이 물었다.

"쟤, 왜 저래요?"

"너 때문이지."

콜이 속삭였다.

"우리가 누구 때문에 땔감을 모으는 건지 모르는 모양이에요."

콜이 말을 마치기가 무섭게 가비가 되받아쳤다.

"너 때문에 다들 이러고 있다는 사실을 모르는 모양이군."

콜은 두말 않고 땔감을 구하러 갔다.

여러 날이 흘렀지만 피터는 조금도 달라지지 않았다. 내내 입을 다물고 마지못해 가비가 시키는 일만 할 뿐 더는 진전을 보이지 않았다. 아침마다 못으로 가는 콜을 따라나서기는 했지만 물속에는 발도 들여놓지 않았다. 밥을 먹거나 걸음을 걸을 때면 꼭 죽었다 살아난 사람을 슬로모션으로 연기하는 것처럼 괴기스럽게 움직였다. 결국 지친 콜은 피터에게 말을 걸려는 노력을 포기하고 말았다.

피터가 온 지 2주째 되는 날 아침, 일행은 조상바위를 든 콜을 따라 언덕을 올랐다. 언덕배기에 이르자 콜이 돌덩이를 바닥에 내려놓고 잠시 숨을 돌렸다. 그 순간 느닷없이 피터가 달려들어 돌덩이를 힘껏 밀었다. 피터는 입을 삐죽 내밀고는 요란스레 굴러가던 돌덩이가 바닥에 멎을 때까지 죽 지켜보고 있었다.

콜이 피터에게 말했다.

"거참, 시원하다."

피터는 여느 때와 다름없이 잔뜩 주눅이 든 채 콜을 피해 다니며 하루를 보냈다.

그로부터 사흘 후 불가에서 점심을 준비하는 콜의 몇 발짝 앞에 돌멩이가 툭 떨어졌다. 돌아보니 피터가 아무 일도 없었다는 듯 물속에 돌멩이를 던지고 있었다. 콜은 하마터면 자신을 정통으로 맞힐 뻔한 돌멩이를 보고 주먹을 꼭 쥐었다.

가비에게 돌멩이 사건을 말하지는 않았지만 콜은 한시도 눈을 떼지 않고 피터의 일거수일투족을 관찰했다. 다음 사건은 이틀 뒤 가비와 못으로 산책을 나갔을 때 일어났다. 이른 아침, 콜이 냇가 디딤돌을 건너뛰려는 찰나였다. 피터가 느닷없이 뒤에서 들이받는 바람에 콜은 물속으로 맥없이 고꾸라졌다. 콜은 흠뻑 젖은 몸을 일으켰다. 피터가 능청스레 웃으며 바라보고 있었다.

콜이 발끈했다.

"무슨 짓이야 이게?"

피터가 천연덕스레 대꾸했다.

"널 물에 빠뜨릴 작정을 하고 그런 건 아니었어."

콜이 못으로 가는 동안 가비는 한마디도 하지 않았다.

콜이 말했다.

"오늘은 못에 안 들어갈래요. 갈아입을 옷도 없고. 조상 바위를 들고 언덕이나 오를래요."

콜이 돌덩이를 집어 들려고 몸을 돌리는데 피터가 옷을 벗었다. 그 뼈만 앙상한 소년은 양팔을 번쩍 쳐들고 얕은 물속으로 비트적거리며 들어갔다. 피터는 요란한 비명과 함께 숨을 가쁘게 몰아쉬면서 한 발짝씩 나아갔다.

피터는 바위시렁 근처에도 이르지 못했다. 물이 가슴까지 차오르자 그냥 몸을 돌려 물 밖으로 나왔다. 내의로 물기를 훔치는 동안 피터는 이가 딱딱 맞부딪치는 추위를 느꼈다.

그날 아침 야영지로 돌아오는 피터의 얼굴은 한결 편안해 보였다. 웬일인지 먼저 콜에게 말을 걸기도 했다.

"못에 들어가 있으면 춥지 않니?"

콜이 미소를 지었다.

"작년에 처음 들어갔을 때는 머리통이 쩍 갈라지고 발톱이 몽땅 빠지는 줄 알았어. 하지만 금방 익숙해져."

"그런 데 익숙해지고 싶은 생각은 추호도 없어."

피터가 중얼거렸다. 그리고 뒤도 돌아보지 않고 오두막으로 걸어갔다.

날이 갈수록 공기는 따스해졌지만 연일 비가 내렸다. 콜은 아침마다 침낭을 말리려고 오두막 안에 널어놓았다.

"이번 크리스마스에는 에드윈 영감님한테 물이 줄줄 새는 텐트 하나 선물해야겠어요."

콜이 가비를 붙잡고 푸념했다.

피터는 다시 입을 닫고 시무룩한 기색으로 지냈다. 가비는 예나 지금이나 변함없이 두 소년에게 날마다 우스갯소리를 했다. 가비는 줄곧 텐트에 있는 콜에게 갓 장만한 음식을 날라다 주었다. 피터가 섬에 온 지 거의 한 달이 되었다. 에드윈이 두 차례 생필품을 가지고 와서 별 탈 없이 지내나 보고는 부리나케 돌아갔다.

세찬 빗줄기가 거침없이 쏟아지던 어느 날 콜은 텐트 안에 있었다. 시간이 흐를수록 무지막지하게 퍼붓는 빗줄기가 솔기 틈으로 들어오는 바람에 콜의 침낭이며 옷가지가 흠뻑 젖었다. 점심 나절에 가비가 음식을 가져왔다가 양팔로 무릎을 감싸안고 잔뜩 웅크리고 있는 콜을 우두커니 바라보았다.

"이거 원, 엄청 춥네. 대장, 난 오두막으로 얼른 들어가야겠어."

"고마워요."

콜이 중얼거렸다. 콜은 몇 시간 동안 쭈그리고 앉아 오들오들 떨었다. 밖에서는 빗줄기가 하염없이 쏟아지고 번개와 성난 천둥이 몰아쳤다. 사위가 어둑해지면서 작은 물줄기가 텐트 바닥 한복판으로 흘러내렸다. 손이 닿는 족족 흠뻑 젖었고, 축축하고, 싸늘했다.

콜은 기나긴 밤을 맞이할 각오를 했다. 오늘 밤 거의 잠을 이루지 못할 것이다. 양팔로 가슴을 부둥켜안고 있으려니 이가 저절로 딱딱 맞부딪쳤다. 섬에서 탈출하려다가 물에 빠져

죽다시피 한 그날 이후 이렇게 추운 적은 없었다.

텐트 밖에서 난데없는 발소리가 들렸다.

"추우면 오두막에 들어와도 돼."

피터가 망설이는 얼굴로 외쳤다.

27

 말이 떨어지기 무섭게 콜이 벌떡 일어났다. 무릎걸음으로 텐트를 나와서는 차가운 빗속을 부리나케 내달렸다. 콜이 오두막 문을 열고 들어가자 가비가 찡긋 눈짓을 해 보였다. 피터는 침대에 걸터앉아 미심쩍은 눈초리로 콜을 바라보고 있었다.

 콜이 말했다.

 "고마워, 피터."

 물기를 닦고 옷을 갈아입은 콜은 뜨거운 초콜릿을 먹으려고 물을 올렸다.

 "누구 따끈한 차 드실 분?"

 가비는 고개를 저었다.

 콜이 피터를 돌아보았다.

"피터, 너는?"

피터가 어깨를 으쓱했다.

물이 끓자 콜이 뜨거운 초콜릿 두 잔을 만들어 한 잔을 피터에게 건넸다. 피터가 주춤거리며 잔을 받아들었다.

피터가 말했다.

"왜 스피릿베어가 우리 앞에 한 번도 나타나지 않는 거지?"

콜은 식탁에 앉았다.

"나타날 거야."

콜은 찻잔에서 모락모락 피어오르는 김을 불었다.

피터가 믿을 수 없다는 투로 말했다.

"스피릿베어가 여기 있다는 게 도무지 말이 안 되는데."

"나도 여기 처음 왔을 때는 그렇게 생각했어. 눈으로 보고서도 허깨비를 본 건가 했다니까."

콜은 소매를 걷어 곰의 공격을 받아 생긴 상처를 보여 주었다.

"그런데 이 상처는 허깨비가 아니거든."

"다른 곰한테 물렸을 수도 있잖아."

가비가 벌떡 일어나더니 기지개를 켰다.

"이제 자야겠구나."

가비는 문 쪽을 가리켰다.

"콜, 너는 저기서 자고 피터 너는 침대에서 자거라."

가비는 콜에게 둘둘 만 고무 매트리스를 내밀었다.

"옜다. 바닥이 덜 배길 게다. 오늘 밤은 내 담요 하나 꺼내
써라. 네 침낭은 내일 말리고."

"고맙습니다."

자신의 고무 매트리스를 펼친 가비가 콜과 피터 사이에
자리를 잡았다.

"밤에 불이 꺼지지 않게 지피는 사람한테는 아침에 팬케
이크를 한 조각 더 주마."

"제가 할게요."

콜이 선뜻 나섰다. 설령 내달까지 날마다 불을 지피라 해
도 감지덕지할 판이었다. 오랜만에 이렇게 훈훈하고 뽀송뽀
송한 데 들어와 있는 것만으로도 더 이상 바랄 게 없었다. 가
비가 램프를 불어 끄자 콜은 고무 매트리스에 드러누워 담요
를 덮었다. 확실히 물이 새는 텐트하고는 비교도 안 되었다.
어둠 속에서 콜은 피터 쪽을 돌아보았다.

"여기서 자게 해 줘서 고마워."

피터가 불퉁스레 대꾸했다.

"그렇다고 내가 너를 친구로 받아들인다고 착각하진 마."

그날 이후 가비가 오두막을 비우거나 냇가로 혼자 산책
을 나가면 피터는 온갖 방법을 동원해서 콜에게 앙갚음을 했
다. 두 차례나 콜의 침낭을 진흙투성이 신발로 밟았다. 말리려
고 고리에 줄줄이 걸어 놓은 외투를 지나칠 때마다 번번이 콜

의 외투를 바닥에 내동댕이쳤다. 피터는 한밤중에 화장실에
가면서 보란 듯이 문을 활짝 열어 놓았다. 볼일을 보고 오면서
도 똑같은 짓을 했다. 콜은 찬바람이 쌩쌩 불어 닥치는 문가에
서 자다가 부들부들 떨면서 일어나 문을 닫아야만 했다.

콜이 후미 주변을 산책하고 돌아왔을 때는 도무지 그냥
눈감아 줄 수가 없는 사태가 벌어졌다. 토템에 새겨 놓은 곰이
엉망진창이 되어 있었던 것이다. 누군가 조각한 부분을 손도
끼로 마구 찍어 깡그리 날려 버린 것이다. 예의 그 분노가 콜
의 몸속에서 부글부글 들끓었다. 콜은 오두막에서 피터와 맞
닥뜨렸다.

콜은 분을 삭이려고 무진 애를 썼다.

"왜 내 곰 조각을 그 모양으로 망쳐 놨어?"

피터가 어깨를 으쓱했다.

"있지도 않은 스피릿베어를 보았다고 깝죽대는 꼴이 역
겨워서. 그건 그렇고, 너 지금 나한테 뭐 하는 짓이야? 나를 또
때리기라도 할 폼인데?"

"아냐, 너를 때리려는 게. 그냥 날 좀 내버려둘 수 없니?"

"네가 나한테 한 짓을 생각해야지."

피터가 톡 쏘아붙였다.

가비는 잠자코 듣고 있었다.

순간 콜의 뇌리에 불현듯 떠오르는 생각이 있었다.

"토템 기둥으로 쓰기 딱 좋은 통나무가 있는 데를 알고

있거든. 혹시 네가 관심이 있으면, 그걸 이리로 끌고 와서 네 토템 기둥을 만들 수도 있을 거야."

"그딴 걸 왜 하냐?"

"조각을 하다 보면 차분하게 생각할 여유가 생기거든."

"생각이고 뭐고 다 귀찮아. 그냥 네가 내 눈앞에서 꺼져 주기만 하면 돼. 그걸 옮겨 온다고 해도, 조각할 게 뭐 있는데?"

"네 맘대로 뭐든지. 고래를 보면 고래를 조각하고 스피릿베어를 보면 스피릿베어를 조각하고. 조각을 하는 온갖 동물들한테서 배울 게 있거든."

피터가 다시 어깃장을 놓았다.

"있지도 않은 스피릿베어 좀 그만 들먹여. 너한테 달려든 건 그냥 흔해 빠진 흑곰이야. 보나 마나 더럽게 못생겼겠지!"

그 말은 듣는 둥 마는 둥 콜이 말했다.

"갖고 싶다면 내가 통나무 나르는 거 도와줄게."

피터는 시큰둥한 기색으로 어깨를 으쓱했지만, 점심을 먹고 나서 콜과 가비를 따라 통나무를 보러 해안가로 내려갔다. 콜은 밧줄을 가져갔다. 셋이서 힘을 합쳐 통나무를 물에 띄워 해안선을 따라 흐르게 해서, 어스름이 내릴 무렵 오두막 옆에 콜의 토템과 나란히 세우는 데 성공했다.

피터가 물었다.

"먼저 뭘 새길까?"

콜이 대꾸했다.

"새기고 싶은 거 아무거나. 네가 가장 최근에 본 동물이 뭐야?"

"오늘 아침에 오두막에서 쥐새끼 한 마리를 보았어."

콜이 미소를 지었다.

"그러면 오늘 밤에 들쥐 춤을 추고 내일은 쥐를 새기면 되겠네."

"그까짓 쥐새끼가 뭐 대단하다고 춤까지 추냐? 웃긴다, 야."

피터가 빈정대는 투로 말했다.

"아무리 하찮아 보이는 동물이라도 배울 게 있는 법이야."

피터는 대꾸가 없었다. 콜은 숲을 가리켰다.

"우리 가서 춤출 때 피울 땔감이나 좀 모아 오자."

피터가 오두막으로 발길을 돌리며 쏘아붙였다.

"그런 일은 너나 해."

가비가 말했다.

"내가 도와주마."

"지금 불을 피워 놓으면 저녁 준비하기에 딱 좋을 거예요."

오두막 안으로 들어간 피터는 저녁 준비를 완전히 마칠 때까지 꼼짝도 하지 않았다. 그러더니 불가에서 떨어져 국물을 홀짝이고는 콜이 은박지에 싸서 벌건 숯에 구운 감자 한 알을 먹었다.

저녁을 다 먹고 콜이 불에 장작을 더 넣었다. 콜은 잠자코 있다가 밤공기 속으로 시뻘건 불꽃이 기다란 혓바닥을 날름거리자 일어서서 불가로 다가갔다.

"제가 먼저 출게요."

콜은 느릿느릿 모닥불 주변을 맴돌며 쥐처럼 콧잔등을 실룩거렸다. 그러다 소스라치게 놀란 듯 갑작스레 저만치 내빼더니 다시 콧잔등을 실룩거리며 다가왔다. 그러더니 속이 그득하게 먹는 시늉을 했다. 춤을 마친 콜이 자리에 앉았다.

"쥐 춤은 저에게 끈기와 용기를 가르쳐 주었어요. 쥐들은 언제 어디서건 끈질기게 살아남는 법을 터득하잖아요."

가비가 고개를 끄덕였다.

"훌륭한 교훈이구나. 이번에는 내 차례다."

가비는 일어서서 불가로 차츰 다가갔다. 피터는 가비의 춤에 흠뻑 취한 듯 동작 하나하나를 유심히 살폈다. 마침내 자리에 앉은 가비가 쥐들은 눈에 띄지 않고도 잘 돌아다니고 다른 동물들이 보지 못하는 것을 곧잘 본다는 설명을 마치자 피터가 일어서서 춤을 추기 시작했다. 종잡을 수 없는 몸짓으로 남의 눈을 의식해 줄곧 어깨너머를 힐끔거리면서도 멈추지 않고 계속 춤을 췄다. 춤을 마치자 피터는 입을 꾹 다물고 불가로 가서 섰다.

가비가 물었다.

"춤을 추면서 무엇을 배웠니?"

"내 꼴이 참 병신 같겠구나 하는 거요!"

피터가 내뱉었다. 그러고는 몸을 돌려 곧장 오두막으로

내달렸다.

콜과 가비는 불가에 남아 있었다.

콜이 말했다.

"저를 절대로 용서하지 않을 건가 봐요."

가비가 어깨를 으쓱했다.

"네 팔이랑 엉덩이가 아직도 얼마나 욱신거리는지 한 번 생각해 보렴. 하물며 마음에 받은 상처야 더 말할 나위도 없지."

콜은 잠자리에 누워서도 가비의 말을 곱씹었다. 이튿날 날이 밝기 무섭게 밖으로 나가 못으로 가는 대신 통나무에 쥐 한 마리를 새기기 시작했다. 전에 새긴 곰을 피터가 망쳐 버린 이후 곰을 다시 새길 엄두가 나지 않았다. 곰 조각을 완성하는 데 족히 한 주가 걸렸던 것이다.

피터가 주뼛거리며 오두막에서 나와 자신의 통나무에 조각을 하기 시작했다. 느지막한 오후, 두 소년은 각자의 통나무에 쥐를 한 마리씩 새겼다. 피터가 새긴 쥐가 어찌나 그럴듯한지 마치 살아서 꿈틀거릴 것만 같았다.

콜이 탄성을 질렀다.

"대단하다. 너 조각하는 거 어디서 배웠니?"

"내 쥐새끼가 그래도 네 것보단 봐줄 만하네."

"그렇고말고. 하지만 경쟁하려고 토템을 새기는 건 아니야. 네 조각이 낫다는 건 그만큼 네 감성이 풍부하다는 얘기지."

피터가 능청스레 웃었다.

"그야 두말하면 잔소리지."

피터가 콜에게 물었다.

"너 스피릿베어 봤다는 거 정말이야?"

콜은 고개를 끄덕이고는, 곰의 공격을 받는 동안 흰 털을 한 뭉치 잡아 뜯었다가 그냥 버린 사연을 들려주었다.

"워낙 거짓말을 밥 먹듯이 하다 보니까, 내 말을 믿게 하려고 온갖 구차한 변명을 끌어다 붙이는 데 이골이 났어. 이제부터는 거짓말을 하지 않겠다고 다짐했기 때문에 눈 딱 감고 곰의 흰 털을 버린 거야."

점심을 먹으러 오두막으로 가면서 피터는 콜을 유심히 살펴보았다. 피터는 식사를 하는 내내 입을 다물고 있었다. 점심을 먹고는 조각을 하려고 통나무로 갔다.

피터가 콜에게 말했다.

"나 혼자 하고 싶어."

콜과 가비는 멀뚱하니 서로를 마주 보고는, 고래 구경을 하러 후미 외곽으로 산책을 나갔다. 둘은 어둑해질 무렵에야 돌아왔다. 어스름이 내리는 후미를 끼고 돌아오다 보니 피터가 아직도 조각을 하고 있었는데, 피터의 통나무가 아니었다.

"저런 멍청한 자식! 저게 내 토템을 또 망쳐 놓잖아. 야!"

콜이 버럭 고함을 내지르며 쏜살같이 달려갔다.

"너 뭐 하는 거야?"

콜이 허겁지겁 달려오자 피터가 통나무에서 물러났다.

통나무를 내려다보던 콜의 입이 쩍 벌어졌다. 곰 조각을 엉망으로 해 놓았던 바로 그 자리에 피터가 거의 완벽하게 곰을 새겨 놓은 것이다. 새로 새긴 조각이 얼마나 정교한지 통나무에서 곰 한 마리가 불쑥 튀어나올 것만 같았다.

콜이 감탄사를 토했다.

"와, 끝내주는데."

"기분 나쁘지 않았으면 좋겠다."

"저렇게 조각하는 법 나한테 좀 가르쳐 줄래?"

피터는 어깨를 으쓱했다.

"정 배우고 싶다면."

피터는 몸을 돌려 오두막으로 향했다.

28

북쪽 마을에 여름이 찾아오고 못에 가는 일이 일상사가
될 무렵의 어느 날 피터가 폭탄선언을 했다.

"오늘 아침에는 콜이랑 저 둘이서만 갈래요."

가비는 벌써 바지를 갈아입은 뒤였다.

"괜찮겠니?"

피터가 고개를 끄덕였다.

가비는 콜을 돌아보았다.

"네 생각은 어때?"

콜은 어깨를 으쓱했다.

"상관없어요."

가비가 한 번 더 물었다.

"그냥 너희끼리만 가도 별 탈 없겠지?"

피터가 목소리에 힘을 주었다.

"그럼요."

콜은 얼떨결에 고개를 끄덕이기는 했으나 설핏 두려움이
일었다.

가비가 말했다.

"좋아, 그럼 잘 다녀오너라."

콜은 배낭에 수건을 쌌다. 그리고 잠시 주춤하더니 얼른
엣투를 배낭에 집어넣었다. 콜과 피터는 동틀 녘에 오두막을
나서서 해안을 따라 걸어갔다. 냇가에 다다라 못을 향해 물줄
기를 거슬러 올라가는 동안 두 사람은 입을 꾹 다물고 있었다.
피터는 주먹을 꼭 쥔 채 몸을 비틀거렸다. 어색하고 묵직한 침
묵이 두 사람 주위를 감돌고 있었다.

이윽고 못에 다다르자 답답한 마음에 콜이 먼저 말문을
열었다.

"둘만 오니까 참 좋다. 우리 이제 친구로 지내자."

그러면서 피터에게 손을 내밀자 피터가 손을 홱 뿌리쳤다.

"너랑 절대로 친구가 되지 않을 거야."

"내 말 들어 봐. 피터, 너를 해치려고 그런 게 아니었어."

그러다가 갑작스레 피터가 미는 바람에 콜이 휘청했다.

"너는 나를 실컷 두들겨 패고 피가 철철 흐르도록 내 머
리를 복도에 짓찧었어. 아이들이 뜯어말려야 할 정도였지. 그
런데 나를 해치려고 한 게 아니라니 말이 되는 소리야?"

피터의 눈이 이글이글 타올랐다.

콜은 간신히 중심을 잡았다.

"내 말은, 그렇게 화를 내려던 게 아니었다는 거야. 애초에 너를 해치려던 건 아니었어."

"이제 와서 그렇게 말한다고 뭐가 달라져?"

피터는 콜을 두 손으로 확 밀쳤다.

"아니, 그렇게는 안 될걸. 지긋지긋한 이놈의 두통이 싹 가시고, 밤마다 덮쳐 오는 악몽도 딱 그친다면 모를까."

피터의 눈자위가 눈물로 흥건했다.

"고작 몇 발짝 걷는 데도 얼마나 몸부림을 쳐야 하는지 알기나 해. 정신이 오락가락하고 말이 잘 안 나올 때도 있단 말이야."

피터는 콜의 얼굴에 대고 주먹을 휘둘렀다.

"너는 내가 어떻게 되든 안중에도 없잖아. 자나 깨나 이 섬에서 빠져나갈 궁리만 하면서. 그게 네 녀석이 바라는 거 아냐?"

"1년 전엔 그랬어. 하지만 지금은 아니야."

피터는 언성을 높였다.

"너는 하나도 변하지 않았어. 기회만 생기면 옳다구나 하고 나를 또 때릴 거야."

콜은 고개를 저었다.

"지금 당장이라도 마음만 먹으면 너를 때릴 수 있어. 하지만 그러지 않을 거야."

"당연하지. 가비 아저씨가 저렇게 떡 버티고 있으니. 감옥에 갈 생각을 하면 두렵기도 할 테고."

콜은 다시 고개를 저었다.

"그냥 이런저런 생각을 많이 했기 때문이야. 한데 내가 너를 또 해칠 거라고 생각하면서 아까 가비 아저씨한테 나랑 단둘이 가겠다고 말한 이유가 뭐니?"

피터는 신발 끈을 묶는 시늉을 하며 몸을 숙였다.

콜이 간절히 말했다.

"나를 믿어 줘. 너를 돕고 죗값을 치르는 길이라면 무슨 일이든 할게. 그렇게 울분을 키우는 건 좋지 않아."

느닷없이 피터가 벌떡 일어서서 힘껏 밀자 콜이 바닥에 나동그라졌다.

피터가 고함을 쳤다.

"꺼져! 네 도움 따위 필요 없어!"

콜은 연거푸 말했다.

"정말 미안해."

"마음에도 없는 소리 작작 해!"

피터는 땅바닥을 발로 차서 콜에게 자갈과 흙먼지를 퍼부었다. 얼굴을 가리며 콜이 일어서려 했지만 피터가 몸을 날려 다시 냅다 밀쳤다.

"어디 한번 때려 보시지? 죽든 말든 상관없으니까!"

콜은 잠자코 일어섰다.

피터가 주먹을 휘두르며 말했다.

"내가 두려운 모양이지?"

피터는 콜의 얼굴을 정면으로 후려쳤다.

"자, 나를 때려!"

피터는 약을 바짝 올렸다.

"죽일 테면 한번 죽여 보시지. 죽든 말든 상관없으니까."

콜이 얼굴을 막으며 말했다.

"마음에도 없는 소리 하지 마. 이제 다시는 너한테 손대지 않을 거야. 이래도 모르겠니?"

"순 악질, 거짓말쟁이!"

피터가 소리치며 콜의 복부를 후려쳤다.

"내가 두려운가 보군."

콜이 맞받아치지 않자 피터는 한층 더 사나워졌다. 피터는 한 방 두 방 콜에게 맨주먹을 날렸다. 콜은 팔꿈치를 들어 올려 막기만 할 뿐 맞받아치지도 달아나지도 않았다. 그러자 피터는 더욱 길길이 날뛰며 주먹을 휘둘렀다.

사정없이 쏟아지는 주먹을 묵묵히 견디는 동안 콜은 속에서 울컥 화가 치밀었다. 콜은 이를 악물고 깊은 숨을 삼켰다. 절대로 화를 내지 않을 테다. 더군다나 지금은. 휘청휘청 뒷걸음질치던 콜이 넘어졌다. 그 순간 피터가 달려들어 주먹을 날리고 고함을 질렀다. 콜은 몸을 한껏 웅크리고 얼굴을 막을 뿐 아무런 저항도 하지 않았다.

급기야 피터가 발길질을 하기 시작했다. 마치 커다란 쇠망치로 가슴이며 팔을 마구 두들기는 것 같았다. 한껏 움츠리고 있었지만 얼굴과 뒤통수를 한 방씩 맞았다. 혀끝에 비릿한 피 맛이 돌았다. 세상이 느릿느릿 돌아가고 있었다. 망치질은 하염없이 계속되었다.

콜이 숨을 헐떡이며 말했다.

"그만해! 제발 그만!"

피터는 정신 나간 사람처럼 고함을 쳤다.

"덤벼 봐, 이 겁쟁이야!"

"너랑 싸우지 않을 거야."

외치다가 발길질에 배를 정통으로 차이는 바람에 콜은 숨이 턱 막혔다.

순간 발길질이 멈추었다. 웬일인가 싶어 콜이 눈을 뜨니 피터가 무릎을 꿇고 울고 있었다. 딸꾹질을 하며 흐느끼는 피터의 몸이 부르르 떨렸다.

콜이 고통에 일그러진 얼굴로 물었다.

"괜찮아?"

피터가 울먹였다.

"무서워, 너무나 무서워. 머릿속이 온통 뒤죽박죽이고 세상이 나를 확 덮쳐 버릴 것만 같아."

주춤거리며 콜이 일어나 앉았다.

"너한테 아무 짓도 하지 않을 거라는 내 진심을 어떻게 해야 믿겠니?"

피터가 흐느꼈다.

"그 소리 지긋지긋해."

"피터, 나는 나쁜 사람이 아니야. 그냥 나 자신에게 너무나 화가 난 나머지 너한테 화풀이를 한 거야. 내가 하잘것없는 인간이기 때문에 아빠가 나를 때린다고 생각했거든."

콜은 잠시 틈을 두었다.

"춤을 추고, 토템을 조각하고, 조상바위를 나르고, 스피릿베어를 어루만졌던 이 모든 일이 내게 길을 열어 주었어. 바로 진정한 내가 누구인가를 찾게 해 준 거야."

피터가 흐느꼈다.

"너는 바보야. 바보 천치라고."

콜은 눈물을 삼키느라 안간힘을 썼다.

"나로서는 도무지 헤아릴 길이 없는 거대한 순환의 일부분이야. 너도 마찬가지고, 삶과 죽음, 선과 악, 모든 게 다 순환의 일부지. 내가 너를 해코지한 순간 나도 지울 수 없는 상처를 입었어. 결코 용서받지 못할 짓을 저질렀다는 건 알지만 그래도 용서해 줘. 피터, 정말 미안해."

피터는 엎드려서 흐느꼈다. 콜은 어쩔 줄을 몰라 피터의 어깨를 감싸안았다. 피터는 한동안 콜의 품에 안겨 있었다.

바로 그때 그것이 나타났다. 6미터도 채 안 되는 곳에서 두 사람을 바라보고 있었다. 다름 아닌 스피릿베어가.

콜이 피터를 일으키며 속삭였다.

"저것 봐."

피터는 여전히 눈을 내리깔고서 코를 훌쩍였다.

콜이 팔꿈치로 찌르며 더 큰 소리로 속삭였다.

"저기 봐. 스피릿베어야."

피터가 고개를 들어 보고는 놀란 나머지 입이 쩍 벌어졌다.

피터가 속삭였다.

"우리한테 덤벼들까?"

콜이 속삭였다.

"아니, 우리는 저 곰한테 아무런 위협도 되지 않아. 너랑 나랑 둘 다 보이지 않게 되었거든."

피터는 어리둥절한 눈길로 콜을 바라보았다.

콜이 속삭였다.

"신경 쓰지 마. 나중에 설명해 줄게."

곰은 얼어붙은 듯 서서 한동안 그들을 바라보았다. 적막이 흐르는 가운데, 바로 곁에서 재잘대는 다람쥐 소리가 천둥소리처럼 귀청을 때렸다. 그러고는 나타날 때만큼이나 갑작스럽게, 스피릿베어가 육중한 머리를 빙그르 돌리더니 유령처럼 느릿느릿 사라져 갔다.

기나긴 잠에서 깨어난 듯 피터가 한숨을 폭 내쉬었다.

"방금 우리가 허깨비를 본 건 아니지?"

콜은 빙그레 웃으며 어깨를 으쓱했다.

"다들 스피릿베어가 여기에 없다고들 하지."

피터가 따지듯 말했다.

"하지만 두 눈으로 똑똑히 본걸. 사람들이 우리 말을 믿어 줄까?"

"사람들이 믿건 말건 신경 쓰지 마. 네가 믿으면 되는 거야. 중요한 건 바로 그거야."

그 아침 훈훈한 적막이 내려앉은 못에 콜과 피터는 몸을 담그고 있었다. 그러고 나서 조상바위를 언덕 아래로 굴려 각자의 분노를 함께 날려 버렸다. 야영지로 향하는 동안 콜은 퉁퉁 부은 몰골로 욱신거리는 옆구리에 팔꿈치를 갖다 댔다.

피터가 물었다.

"괜찮겠어?"

감각 없이 부어오른 입술을 핥으며 콜이 얼굴을 찡그렸다. 입가에는 여전히 미소를 머금고 있었다.

"다시는 못 할 짓이다, 야."

피터는 잠자코 걸음을 옮겼다.

야영지로 돌아오자 콜이 침묵을 깼다. 콜은 토템 옆에 서서, 보이지 않게 되는 건 순환하는 자연의 일부가 되는 것이고, 그 사실을 순순히 받아들이는 거라고 피터에게 설명해 주었다.

"오늘 아침 우리는 서로를 용서하면서, 동시에 자기 자신도 용서하게 된 거야. 스스로가 거대한 순환의 일부가 되도록 허락한 거지. 그래서 스피릿베어도 보게 된 거고."

피터가 말했다.

"내가 너를 용서했다고 누가 그래?"

콜은 배낭을 끌어당겼다.

"너한테 주고 싶은 게 있어."

콜이 둘둘 만 엣투를 꺼냈다.

"우정과 믿음의 표시로 가비 아저씨가 내게 준 거야."

콜은 피터에게 엣투를 건넸다.

"이제 이걸 너한테 주고 싶어."

"나를 믿는다는 말이니?"

콜은 고개를 끄덕였다.

"너도 나를 믿는 날이 오겠지."

피터가 엣투를 빤히 바라보며 말했다.

"토템 기둥 빈 공간에 조각하는 거 도와줄게. 네가 분노의 춤을 추고 남겨 두었던 데 말야."

콜은 잠시 망설였다.

"좋아."

콜은 오두막으로 달려가 칼을 들고 돌아왔다.

콜과 피터는 두 시간 동안 함께 조각을 했다. 작업을 마치자 콜은 오두막에 있는 가비를 불러와 빈 공간을 완전히 메운 동그란 원 모양의 토템을 한번 봐 달라고 했다.

가비는 두 소년이 통나무에 새긴 조각을 빤히 내려다보
았다.

입가에 다정한 미소를 지으며 가비가 말했다.

"원을 새겼구나. 그런데 왜 하필 원이지?"

콜과 피터는 서로를 곁눈질할 뿐 아무 말도 하지 않았다.

가비가 물었다.

"원에는 시작도 끝도 없기 때문이 아닐까 싶은데? 결국
모든 것이 하나라는 뜻이고?"

피터가 어색하게 어깨를 으쓱하고는 콜을 보고 빙그레
웃었다.

"원 말고는 저 녀석한테 가르칠 만한 게 없어서요."

콜이 미소 지으며 고개를 끄덕였다.

"제가 워낙 솜씨가 젬병이라 그렇죠, 뭐. 그래도 그럭저
럭 버티고 있어요."

양철북 청소년문학 14

스피릿베어

1판 1쇄   2005년 6월 8일
2판 1쇄   2008년 10월 15일
3판 1쇄   2024년 7월 22일

글쓴이   벤 마이켈슨
옮긴이   정미영
펴낸이   조재은

펴낸곳   (주)양철북출판사
등록   2001년 11월 21일 제25100-2002-380호
주소   서울시 영등포구 양산로91 리드원센터 1303호
전화   02-335-6407
팩스   0505-335-6408
전자우편   tindrum@tindrum.co.kr
ISBN   978-89-90220-86-8 (03840)
값   15,000원